Das Ende & alles danach

Zwei Geschichten aus der (Post-)Apokalypse

Janina Nilges

1. Auflage 2025

Zu diesem Buch:

Ein Blick in die Zukunft – hundert, fünfzig, vielleicht nur zwanzig Jahre nach heute. Die Welt stand in Flammen, jetzt regiert die Asche. Die Politik: überfordert, verlogen, ungerecht. Die Menschen: arm, verzweifelt, tot. Die Umwelt: Verwüstet. Im wahrsten Sinne des Wortes. Die Rebellen versprechen Hoffnung, Änderung, Besserung, doch innerhalb ihrer Reihen herrscht dieselbe Grausamkeit wie im Parlament. Gibt es noch eine Chance auf eine bessere Welt – oder ist der einzige Ausweg aus dem Leiden der Tod?

~~~

Von der Autorin bereits bei Books on Demand erschienen:
Dark Deadly Lies – Fatale Spiele (Thriller)
Rebel School – Gefährliches Geheimnis (Urban Fantasy, ab 12)
Rebel School – Wanted Dead Or Alive (Urban Fantasy, ab 12)
Rebel School – Was Jetzt Noch Bleibt (Urban Fantasy, ab 12)
Tungldraumur (High Fantasy, ab 12)
~~~

FSC
www.fsc.org
MIX
Papier aus ver-
antwortungsvollen
Quellen
Paper from
responsible sources
FSC® C105338

JANINA NILGES

Das ENDE & alles DANACH

Bibliografische Information der Deutschen Nationalbibliothek: Die Deutsche Nationalbibliothek verzeichnet diese Publikation in der Deutschen Nationalbibliografie; detaillierte bibliografische Daten sind im Internet über dnb.dnb.de abrufbar.

Die automatisierte Analyse des Werkes, um daraus Informationen insbesondere über Muster, Trends und Korrelationen gemäß §44b UrhG („Text und Data Mining") zu gewinnen, ist untersagt.

Dieses Buch ist ohne den Einsatz von generativer K.I. entstanden.

ISBN: 978-3-7693-5651-9
© 2025 Janina Nilges
Verlag: BoD · Books on Demand GmbH, Überseering 33, 22297 Hamburg, bod@bod.de
Druck: Libri Plureos GmbH, Friedensallee 273, 22763 Hamburg
Umschlaggestaltung: Janina Nilges (unter Nutzung von lizenzfreien Grafiken via darkmoon-art.de)

Für alle, die sich bemühen,
die Apokalypse zu verhindern.

Inhaltsverzeichnis

nerkung:

e Figur in der Geschichte Deserted

ntifiziert sich als nichtbinär

d nutzt dey/demm-Pronomen.

e Erklärung zu diesen Pro-

nen sowie eine Liste

queeren Identitäten im

ch findet sich im Anhang.

Inhaltswarnung:

Im Buch werden Themen behandelt, die auf manche Menschen triggernd wirken oder Unwohlsein auslösen können. Dazu zählen: Waffengewalt, Tod/Mord, Monster/Mutationen, suizidale Gedanken, Lebensmüdigkeit, Manipulation/Gaslighting, Drogen-/Alkoholkonsum.

Einführung

Die Apokalypse liegt hinter uns. Ein Atomkrieg konnte gerade noch abgewendet werden; stattdessen haben Sandstürme Mitteleuropa verwüstet – gelegentlich entsteht auch heute noch einer und hinterlässt Zerstörung und Chaos.

Bewohnbares Land ist knapp geworden, nur hier und da gibt es fruchtbare Oasen in der Wüste – und eben die Städte. Großstädte, verbunden durch ein paar wenige Autobahnen zum Gütertransport – Großstädte, vor deren Mauern sich Dörfer und Slums den Stürmen stellen oder untergehen. Und innerhalb der Mauern leben diejenigen, die es sich leisten können.

In diesem Buch lernst du unterschiedliche Persönlichkeiten kennen, ihre unterschiedlichen Wege, in der Postapokalypse zu leben, und eine ganze Menge Möglichkeiten, wie unsere Zukunft aussehen könnte, wenn wir die Apokalypse nicht aufhalten.

Allgemeine Tageszeitung

Regierung ruft neues Zeitalter aus

Deutschland. Im Angesicht der aktuellen Ereignisse, oft als *Drei K* bezeichnet (Krieg, Klimawandel, Katastrophen), hat die Regierung den endgültigen Beginn eines neuen Zeitalters ausgerufen. Ab sofort soll alles anders sein, so eine Sprecherin. Das Land untergeht einem Wandel, der bei neuen Städtenamen und -zusammenschlüssen anfängt und bei neuen Jahreszahlen und Währungsreformen noch lange nicht aufhört. Über kurz oder lang wird sich wohl auch die Regierung auflösen, so die Sprecherin weiter. Gewisse Differenzen seien nicht mehr zu überwinden.

Allen Bürger*innen des Landes wird geraten, in eine der auf S. 2-3 aufgelisteten größeren Städte umzuziehen, da die Räte dieser Städte akute Notfallmaßnahmen gegen die Sandstürme durchgesetzt haben und aktuell noch nicht absehbar ist, wie sich die Wetterlage in den nächsten Wochen verändert.

Meinung: **Jahr Null – Rettung?** Mit dem neuen Zeitalter sollen Frieden und Schutz gewährleistet werden. Städte sollen mit Notfallmauern aus Sandsäcken geschützt werden. Nun – Sand hat dieser Staat inzwischen im Überfluss. Wie erfolgreich diese Maßnahmen auf Dauer sein werden, bleibt abzuwarten, ebenso die Versprechung von Frieden. Was zuvor ein externer Konflikt war, könnte sich durch die Unzufriedenheit der Bevölkerung durchaus nach innen verlagern. (...) Fortsetzung S. 16

- Von unserer Autorin Yuliana Munroe

Six Feet Under

Playlist

Living At The End Of The World - a-ha

Desert Song — My Chemical Romance

Desert Rose — Sting

THE LONELIEST — Maneskin

Viva la Gloria? (Little Girl) — Green Day

Selfmachine - I Blame Coco

ilomilo — Billie Eilish

The Judge — Twenty One Pilots

Neon Gravestones — Twenty One Pilots

Piano Man — Billy Joel

Six Feet Under — Billie Eilish

Six Feet Under: Das Ende

01 - Der Überfall

Die Apokalypse hatte die Form der Augen eines Zehnjährigen. Bis zu diesem Tag hatte ich geglaubt, es wären die üblichen Dinge gewesen – der Krieg, die Sandstürme, die Zerstörung und natürlich die Regierung mit ihren Lügen und falschen Versprechungen. Aber diese Dinge waren vor meiner Geburt schon da gewesen – sie hatten mich höchstens geprägt, aber nicht verändert. Deshalb hatte meine ganz persönliche Apokalypse die Form der Augen eines Zehnjährigen.

Der Junge stand bloß dort wie zur Salzsäule erstarrt, als ich vom Heulen der Sirenen begleitet und mit der Pistole im Anschlag durch die Gänge des Gefängnisses schlich. Er stand bloß dort, und er war kein Teil meiner Mission.

Ich konnte die Worte meiner Mitstreiter förmlich hören. *Lass ihn, Arianna. Der macht uns bloß Probleme. Kleine Jungs aufnehmen sendet keine Signale an Faherty und ihre Regierung.* Und vielleicht hatten sie Recht – er war rein zufällig zusammen mit allen anderen befreit worden, als meine Leute in der Zentrale die Generalverriegelungen aller Zellen geöffnet hatten. Die Präsidentin interessierte nicht, ob jemand diesen Jungen aufnahm, sondern es interessierte sie, dass die Rebellen das Gefängnis in Schutt und Asche gelegt und sämtliche einst verhafteten Gleichgesinnten zurück in ihre Reihen geholt hatten.

Ich nahm den Jungen an die Hand und führte ihn in den Innenhof des Gefängnisses. Man mochte mir nachsagen, was man wollte. *Rebellin. Mörderin. Verräterin. Monster.* Damit konnte ich leben. Aber ich würde ganz sicher nicht die Person sein, die ein Kind in den Händen der Regierung ließ.

Es war Mittag, als wir in den Innenhof traten – schutzlos unter der gnadenlosen Wüstensonne. Das Heulen der Sirenen war hier allerdings erträglicher als in den Fluren. Leise genug, dass man ein kurzes Gespräch führen konnte.

Ich führte den Jungen vorbei an aus Beton Kübeln, in denen vor fünfzig Jahren vielleicht mal Blumen gewachsen waren. Der blaue Himmel über mir war nur ein kleines Rechteck; die Mauern des Gefängnisses waren so hoch, dass sie beinahe auf mich hinunterzukippen schienen. Einige Fenster waren zerbrochen und auf dem Boden lagen Scherben – meine Einheit hatte es wohl mal wieder übertrieben und Teile des Gebäudes gesprengt. War das wirklich nötig gewesen?

»Wie heißt du?«, fragte ich den Jungen, nachdem ich ihm bedeutet hatte, sich auf eine ebenfalls aus Beton gegossene Bank zu setzen.

Er hatte bislang kein Wort gesprochen. Weder, als ich ihn an der Hand genommen hatte, noch, als ich ihn durch die Flure geführt hatte. Vermutlich hatte er einfach Angst vor mir – mit einer Größe von einem Meter dreiundachtzig, meiner Uniform und dem Helm, der mein Gesicht verdeckte, war ich nicht gerade der Typ von Mensch, dem man bedingungslos vertraute.

Jetzt öffnete er den Mund, zögerlich. »Ich weiß es nicht.«

»Du weißt deinen Namen nicht?«

»Ich kann mich an nichts erinnern.«

Verdammter Staat. Was hatten sie ihm angetan? Ich kniete mich vor ihm hin und legte meine Hände auf seine schmalen Schultern. »Hör zu, Junge ohne Namen. Ich hole dich hier raus, aber dafür musst du dich noch ein paar Minuten gedulden. Bleib im Innenhof, bis ich wieder da bin. Hock dich am besten unter die Bank, falls nochmal jemand oben randaliert.« Ich zeigte auf die Scherben am Boden. »Alles wird gut, okay? Keiner wird dir etwas antun.«

Weil keiner mehr übrig ist. »Ich bin in fünfzehn Minuten wieder da. Spätestens.«

Er sah mich aus großen blauen Augen an und nickte.

In all den Jahren, die ich bei den Rebellen verbracht hatte, hatte ich mich noch nie so schlecht gefühlt wie in diesem Moment, als ich den Jungen zurücklassen musste. Aber ich war nicht bloß irgendwer, ich war eine von drei Sergeants auf dieser Mission und ich hatte die Verantwortung dafür, dass meine Leute und die Leute aus dem Knast es sicher in die Fahrzeuge schafften.

Es war eigentlich bis auf wenige Ausnahmen nur noch ein Kontrollgang. Die meisten der Gefangenen hatten den Weg zum Ausgang schon gefunden oder waren hingebracht worden – nur wenige waren zu alt oder zu verletzt und brauchten meine Hilfe. Diejenigen, die ich von früher kannte, gehörten leider zumeist der letzteren Kategorie an. Ein schmerzhafter Anblick.

Und trotzdem: Lag die Zukunft unseres Landes nicht eher in den Kindern als in den Alten, die wir zum Ausgang schleppten? Klar, niemand sollte im Knast versauern, aber ich wusste genau, dass jeder einzelne von ihnen den Jungen hierlassen würde, und das erfüllte mich mit einer lebendigen Wut, die ich lange nicht mehr gespürt hatte.

Meinen Ruf hatte ich mir damit nicht verdient. Sergeant Arianna Travino war keine hektische, wütende Rebellin, sondern eine bedachte, geduldige. Eine, die sich Zeit für jede einzelne Person nahm und selbst im Angesicht des Todes immer ruhig und kontrolliert blieb. Ich war selbst in der Planung des Überfalls auf das Gefängnis beteiligt gewesen. *Wir setzen ein Zeichen, indem wir unsere Leute befreien. Wir sind Rebellen. Wir halten zusammen. Wir lassen niemanden sterben.*

Es war verdammt scheinheilig, so wie alles, was wir taten.

Nach nur fünfzehn Minuten, die sich wie Stunden zogen, kehrte ich in den Innenhof zurück.

»Hey, Junge ohne Namen, ich bin wieder da!« Ich zwang mich, ein gewisses Maß an Fröhlichkeit vorzuspielen.

Der Junge kroch unter der Bank hervor. Er hatte sich Dreck ins Gesicht und in die Haare geschmiert, um sich in der tristen Umgebung zu tarnen. »Du bist zurückgekommen.« Er klang überrascht und irgendwie abweisend.

»Natürlich«, bestätigte ich. In Gedanken war ich schon einen Schritt weiter: Wie würde ich ihn ins Hauptquartier bekommen? Die Tragelast der Helikopter und Wüstenvans war genaustens beschränkt und man würde ihm stets die Erwachsenen vorziehen. *Es geht um das Zeichen. Wir haben genug Nachwuchs.* Ich konnte die Worte bereits förmlich hören. *Da ist es ein Junge mehr oder weniger nicht wert, unseren Plan über den Haufen zu werfen.*

»Komm mit«, sagte ich. »Wir müssen hier raus.«

Er machte vorsichtig einen Schritt auf mich zu, dann einen weiteren, in stummem Einverständnis.

Über unseren Köpfen lärmten die abhebenden Helikopter und ich zählte stumm mit, als sie vorbeiflogen. Zwölf. Wenn alles nach Plan gelaufen war, waren zeitgleich auch sechzehn Minivans auf ihren Weg durch die Wüste aufgebrochen. Ich hätte in einem davon sitzen sollen, aber da ich nicht um Punkt eins am Treffpunkt gewesen war, hatten sie wohl vermutet, ich wäre tot.

Beinahe hätte ich gelacht bei dem Gedanken. So einfach konnte mich keiner töten, nicht mit der Vorbereitung, die ich in all den Jahren bekommen hatte. Und nicht mit der kugelsicheren Weste und dem Helm. Es gab letztendlich nur eine Person in der Welt, die die Macht dazu hatte, aber wer das war, daran wollte ich in diesem Moment nicht denken.

Der Junge und ich machten uns auf den Weg durch die Flure. Ich warf immer wieder einen Blick nach hinten. Man wusste nie, wo sich noch jemand versteckt haben konnte, der uns jetzt hinterrücks erschießen wollte. Es war ein Gefühl, das ich seit Beginn unserer Mission kein einziges Mal verspürt hatte: Angst.

»Bleib immer vor mir, ja?«, wies ich den Jungen an. Wenn jemand *vor* uns auftauchen würde, konnte ich schnell eingreifen. Wenn wir von hinten angegriffen würden, war der Junge schutzlos.

Er nickte stumm.

Ich blickte erneut über meine Schulter zurück. Ein Schatten huschte hinter die nächste Wand, aber ich hatte ihn gerade so noch gesehen. Bloß der Lauf seiner Waffe lugte noch um die Ecke, und im nächsten Moment knallte auch schon der Schuss.

Ich warf mich zu Boden und riss den Jungen mit. Ein dumpfer Schmerz breitete sich an meiner rechten Seite aus – das würde auf jeden Fall einen blauen Fleck geben, aber immerhin steckte keine Kugel zwischen meinen Rippen.

Der Soldat des Staats stand mir jetzt offen gegenüber und natürlich trug auch er schusssichere Kleidung, aber letztendlich waren er und ich gleichermaßen trainiert worden. Wir kannten die Schwachstellen des jeweils anderen.

Der Junge gab ein Wimmern von sich, aber ich ließ mich nicht ablenken. Waffe ziehen, zielen, schießen, bevor der andere es tat.

Blut spritzte gegen die Wand hinter dem Soldaten, als er am Boden zusammensackte. Ich wandte mich hastig ab, rappelte mich auf und zog den Jungen hoch. »Komm, weiter, schnell!«

Wir hasteten nach draußen und standen endlich im Sand vor dem Gefängnis. Hinter uns die Ruinen, vor uns unendliche Weiten der Wüste.

Es war heiß, viel zu heiß. Kurz wägte ich ab, wie wahrscheinlich es war, dass sich jetzt noch lebendige Soldaten im Gefängnis befanden, dann entledigte ich mich meines Helmes und der schusssicheren Weste. Das Tuch, das ich wie eine Art Sturmmaske unter dem Helm getragen hatte, war schweißnass und ich zog es ebenso aus, sodass meine langen dunkelblauen Haare jetzt offen über meine Schultern fielen. Es gab mir ein Gefühl von Freiheit und von Rebellion – dass ich unter den beigen Camouflage-Klamotten noch eine eigene Identität hatte.

Der Junge beobachtete mich mit einer undefinierbaren Neugierde im Blick, und mit einem Mal fiel mir ein, dass ich mich gar nicht vorgestellt hatte. »Ich bin übrigens Arianna. Sergeant Arianna Travino, wenn du es ganz genau haben willst.«

»Hi«, erwiderte er etwas unschlüssig. »Wie gesagt, ich weiß meinen Namen nicht.« Stille. »Du bist Rebellin, oder?«

 19

Ich nickte.

»Warum?«

Wow, das kam unerwartet. Ich zögerte, dann winkte ich ab. »Erzähle ich dir später, ja? Wir sollten zusehen, dass wir von hier wegkommen, bevor die Verstärkung des Staats anrückt.« Ich gab ihm meine Weste und ließ den Helm achtlos in den Sand fallen. »Zieh die an, die schützt dich etwas vor der Sonne.«

Er gehorchte und streifte die Weste über, die ihm natürlich viel zu groß war und ihn noch kleiner und zerbrechlicher wirken ließ als er sowieso schon war.

»Also …« Ich redete, um mich selbst zu beruhigen. »Wir gehen jetzt dort rüber in den Anbau und überprüfen die Ressourcen, die wir haben, und dann schauen wir, wie wir von hier wegkommen, okay?«

Er nickte stumm und folgte mir in einigem Abstand zu dem besagten Anbau, der nichts weiter als ein kleinerer Betonklotz neben dem Gefängnis war. Laut dem Plan, den wir uns vor dem Angriff auf den Knast besorgt hatten, wurden hier diverse Dinge gelagert, die uns bei der Flucht hilfreich sein konnten: Wüstentaugliche Motorräder, haltbare Nahrung, Ausrüstung für Reisen.

Aber die Halle war leer.

Ich wusste nicht, ob meine Leute oder die fliehenden Soldaten die Motorräder genommen hatten – es war aber auch egal. Wir saßen fest.

»Und jetzt?«, fragte der Junge beinahe tonlos.

»Wir müssen laufen.« Ich marschierte quer durch die Halle zu einer Werkbank, auf der noch ein paar vereinzelte Dinge verstreut lagen, und sah mich um. Das Erste-Hilfe-Set wanderte sofort in meinen Rucksack, dann füllte ich meine halb leere Wasserflasche am Wasserhahn in der Ecke auf. Ich bezweifelte, dass das reichen würde, aber wir hatten keine andere Chance. Es gab weder Essen noch Flaschen hier, also mussten wir uns auf eine anstrengende Reise gefasst machen.

Nach kurzem Überlegen kramte ich zwei frische Schutztücher aus meinem Rucksack, befeuchtete sie am Wasserhahn und reichte eins dem Jungen. »Wickel das um deinen Kopf, es schützt deine Haut und kühlt dich ab.« Ich machte es ihm vor und er machte es nach, und dann standen wir wieder an der Tür der Halle.

»Wir schaffen das, okay?« Ich wusste nicht, ob ich ihn oder mich selbst zu beruhigen versuchte.

»Okay«, erwiderte er, aber ich wurde das Gefühl nicht los, dass sein Einverständnis weniger in Vertrauen als in etwas anderem begründet war, das ich nicht greifen konnte.

02 – In der Wüste

Die Wüste lag brennend heiß vor uns, als wir die Halle wieder verließen. Sand, Sand, Sand, wohin ich auch blickte. Ich hasste die Apokalypse so abgrundtief – noch vor wenigen Jahrzehnten war hier vielleicht mal ein Wald gewesen, eine Wiese, ein Feld. Dann waren die Sandstürme gekommen und hatten alles Lebendige niedergemacht.

Andererseits: Wenn die Sandstürme nicht gewesen wären, wären die Kriege eskaliert. Vielleicht wäre dann hier nukleares Sperrgebiet. So oder so, beide Katastrophen waren menschengemacht. Wir trugen Schuld an allem, was passiert war. Und Präsidentin Faherty machte keine Anstalten, irgendetwas zu verbessern. Sie hatte gut reden, in ihrer befestigten und gesicherten Stadt, im Luxus.

»Kennst du den Weg?«, fragte der Junge leise und unterbrach so meine Gedanken.

Ich hatte keine zufriedenstellende Antwort für ihn.

Wohin, war die Frage.

Zurück zu den Rebellen, natürlich, war meine erste instinktive Antwort. Und die einzig richtige. Trotz allem.

Und wie?

Gute Frage.

Ich kannte zwar das ganze Gefängnis auswendig, aber nicht den Weg dorthin beziehungsweise zurück. Wir normalen Rebellen kannten den Standort des

Hauptquartiers nicht – bloß die, die einen Helikopter oder Transporter steuerten, bewahrten dieses gefährliche Wissen. Die Rebelleneinheit hatte ein sehr komplexes Sicherheitssystem.

Andererseits war ständig irgendwer von uns in den Städten unterwegs, um neue Mitglieder anzuwerben. Wir würden sie finden, irgendwie. Wir mussten.

»Wohin gehen wir?«, wiederholte der Junge nachdrücklich.

»In die Wüste«, sagte ich. Ich musste irgendwas sagen und das war das Einzige, das mir einfiel. Natürlich stellte die Antwort ihn nicht zufrieden, aber er schien sich nicht zu trauen, nochmal nachzuhaken – und die Wahrheit würde ihn ebenso wenig zufriedenstellen. Der Weg in die Zivilisation war höllisch weit. Man hatte den Standort des Gefängnisses nicht einfach *irgendwie* ausgewählt.

Ich blickte zum Himmel und wählte eine vage Richtung. Jemand hatte mal erwähnt, dass unser Hauptquartier westlich des Knasts lag, und wenn jetzt Mittag war, stand die Sonne im Süden, oder? Und wenn der Staat Soldaten zum Knast schicken würde, dann sicherlich aus der Hauptstadt Forlin. Wenn wir jetzt nach Westen gingen, hatten wir Forlin im Rücken und liefen weniger Risiko, von den Helikoptern gesehen zu werden.

Irrsinnig war die Aktion natürlich trotzdem, aber es gab keinen anderen Weg. Zurück zu den Rebellen oder in den Händen des Staats landen – es war im wahrsten Sinne des Wortes eine *Do or die*-Situation.

Wir liefen im totalen Schweigen durch den Sand. Der Junge folgte mir in einigem Abstand, als traute er sich nicht, auf einer Höhe mit mir zu sein, und ich hing meinen Gedanken nach.

Meine Eltern hatten noch die Zeit mitbekommen, die allgemein als das »Früher« bezeichnet wurde. »Früher war alles anders«, pflegten diese Generationen zu sagen. Als ich noch ein Kind gewesen war – als die Apokalypse noch fünf, zehn Jahre her war und man noch Hoffnung auf einen Neuanfang gehabt hatte, hatten sie mir vom »Früher« erzählt. Von einer Zeit, in der man die Apokalypse hätte verhindern können – und es hatte immer Leute gegeben, die dafür gekämpft hatten. Für Demokratie, für die Umwelt, für Menschlichkeit. Von allem hatten wir jetzt viel zu wenig.

Hey, liebe Bevölkerung, ihr dürft doch wählen, beschwert euch nicht. Klar – wählen durfte, wer sich ausweisen konnte und einen festen Wohnsitz hatte. Sprich: Die Leute innerhalb der Metropolen. Die, denen es sowieso gut ging. Alle anderen – die Mehrheit der Bevölkerung –, die in Dörfern und Slums außerhalb der Städte lebten, die vielleicht sämtliche legalen Dokumente in der Apokalypse verloren hatten oder deren Barackendorf nicht als Wohnort anerkannt wurde, hatten keine Stimme.

Und, mal ehrlich: Die Optionen an Parteien waren alle beschissen. Die einen waren mehr und die anderen weniger schlimm, aber sie bewegten sich alle auf einer Skala von *Wir kümmern uns gar nicht um Mensch und Umwelt* bis *Wir tun so, als würden wir uns kümmern.*

Was brachte eine intakte Wirtschaft – so intakt sie eben sein konnte, in einer Welt wie dieser –, wenn die Bevölkerung nichts davon hatte? Wenn die Armen immer ärmer und die Reichen immer ärmer wurden?

Wenn Kinder so verzweifelt waren, dass sie zu den Rebellen überliefen?

Bist du Rebellin? Ja. Warum?

Weil ich blind war.

Als wir an einer groben Steinformation vorbeikamen – die Überreste einer Stadt, die jetzt unter einer dicken Sandschicht begraben war – holte der Junge mich wieder ein.

»So eins hat mich am Kopf getroffen«, erklärte er. »Laut den Leuten im Knast zumindest.«

»Dir sind solche Trümmer auf den Kopf gefallen?«

»Yep. Die Leute vom Staat haben mir überhaupt nichts gesagt, aber die Leute in meiner Zelle haben es mir so erklärt, sie haben wohl Gespräche der Wärter belauscht. Sie haben gesagt, unser Haus wäre in einem der Sandstürme zusammengebrochen. Der Staat hat aufgeräumt.«

Das passt, dachte ich bitter. Der Wohltäter Staat: Natürlich tun wir etwas für die Armen. Wir helfen ihnen, nachdem die Katastrophe, die wir hätten verhindern können, eingetreten ist.

»Meine Eltern sind tot«, fuhr der Junge leiser fort. »Aber wie gesagt, ich erinnere mich nicht an sie. Angeblich hatte ich auch mal eine Schwester. Die ist schon vor Ewigkeiten zu den Rebellen übergelaufen, meinten sie. Sie glauben, dass ich deshalb in den Knast gekommen bin. Der Staat wollte sie erpressen, dass sie ihr Leben im Tausch für meins gibt. Aber sie ist nicht gekommen, um mich zu retten.« Er schüttelte den Kopf. »Sie interessiert sich nicht für mich. So wie alle Erwachsenen.«

»Was – wie meinst du das?«

»Ich möchte nicht darauf antworten.« Er hob das Kinn, aber seine Augen wanderten unruhig hin und her.

Ich zögerte. »Was haben dir die Leute im Gefängnis sonst noch erzählt?«

»Nichts.« Er seufzte. »Ich habe eine Art Ame- Ane- Vergesslichkeit, meinte eine der Frauen, die mit mir gefangen waren.«

»Amnesie?«

»Genau. Ich weiß noch ein paar Dinge, die ich mal gelernt habe, aber ich erinnere mich fast gar nicht an Gesichter oder Orte oder Namen. Nicht mal meinen eigenen. Der Staat muss ihn ja kennen, vielleicht haben sie in den Trümmern das Klingelschild gefunden oder meinen Ausweis. Aber sie haben ihn mir nie gesagt und … und es hat mich auch nie besonders interessiert. Es gibt nichts in meiner Vergangenheit, das mich wirklich interessiert.«

Und das ist es, was der Staat unseren Kindern antut.

»Welchen Namen willst du?«, fragte ich den Jungen.

»Was …?«

»Ich kann dich nicht einfach *Junge ohne Namen* nennen.«

»Das haben sie im Gefängnis auch getan. *Junge. Bursche.* Oder *kleiner Bastard.*«

»*Wer* hat das gesagt?!« Ich blieb abrupt stehen, um ihn anzuschauen.

»Alle. Die Wächter. Die Erwachsenen in meiner Zelle. Die … waren wie du. Rebellen, meine ich.«

Meine Einheit. Eine leichte Übelkeit stieg in mir auf. Leider überraschte es mich nicht. Ich kannte zu viele Leute, die so mit Schwächeren umgingen.

»Ich möchte dich aber nicht Junge nennen«, erwiderte ich. »Willst du dir nicht einen neuen Namen aussuchen?«

»Ich denk mal drüber nach.« Zum ersten Mal spielte sich ein Lächeln auf seine Lippen.

03 – Unterkunft

»Wie lange noch?«, fragte der Junge mich irgendwann, als sich die Sonne langsam dem Horizont näherte und den Himmel und die Wüste in ein feuriges Orange tauchte. Er hatte die Frage in den letzten sechs Stunden immer wieder gestellt und ich hatte bloß immer »Noch ein paar Stunden« geantwortet, aber jetzt schien es mir endlich Zeit für die unbeschönigte Wahrheit.

»Wir kommen langsamer voran als gedacht. Bei der nächsten Gelegenheit suchen wir uns ein Nachtlager und laufen morgen weiter.«

»Hm«, machte er.

»Hast du einen Einwand?«

Er schaute zu mir hoch. »Würdest du denn einen Einwand von mir hören wollen?«

»Warum nicht? Ich bin nicht unfehlbar. Es kann aber sein, dass ich andere Argumente habe.« Ich hatte inzwischen gemerkt, dass er mir beinahe mit Angst oder zumindest einem sehr ungesunden Respekt gegenübertrat, aber ich war mir nicht ganz sicher, wie ich damit umgehen sollte.

»Also … wäre es nicht sinnvoller, nachts zu laufen? Wenn es kalt ist? Dann können wir tagsüber rasten. Der Sand ist so heiß … ich schaffe das morgen nicht nochmal, glaube ich.«

Er hatte Recht, unser Weg war unglaublich anstrengend – und das für mich, die ja als Rebellin ein regelmäßiges ausgiebiges Sporttraining absolviert hatte. Wie sehr er litt, wollte ich mir gar nicht vorstellen. Bei jedem Schritt sanken wir tief im Sand ein; man stolperte mehr, als dass man lief. Ab und zu hatten wir natürlich Pausen gemacht, aber das Sitzen im Sand wurde schnell zu heiß und wir waren weitergelaufen.

»Keine üble Idee«, erwiderte ich. »Aber ich glaube, wir haben beide jetzt eine Pause nötig. Da vorne am Horizont ist ein Dorf, das nicht ganz untergegangen ist, vielleicht können wir dort in einem Haus schlafen. Das Glück haben wir vielleicht nicht, wenn wir tagsüber schlafen wollen, und dann müssen wir unter der offenen Sonne schlafen. Das überleben wir nicht.«

»Also ich könnte noch ein Stück laufen«, versuchte er es vorsichtig.

»Wenn es nur das Laufen wäre, schon. Aber —«

»Oh«, unterbrach er mich. »Nein, ist schon gut, du hast Recht.«

»Was?«

»Biomasse.«

»Genau.« Ich lächelte erleichtert. »Biomasse.« Es war der Begriff für alles, was in dieser Wüste lebte und nachts an die Oberfläche kam – gewöhnlich wilde Tiere, aber auch Mutationen, die bei den Stürmen aus Genlaboren befreit worden waren. Monster, die wahnsinnige Wissenschaftler gezüchtet hatten, um die Apokalypse noch schlimmer zu machen. Und natürlich: Menschen.

»Laufen ist die eine Sache«, erklärte ich ihm trotzdem nochmal, »aber Kämpfen ist eine ganz andere. Auch ich habe nur begrenzt Kraft.«

»Ist schon gut«, nickte er. »Dann suchen wir eine Unterkunft?«

Ich nickte.

»Arianna …«

»Ja?«

»Warum tust du das?«

»Was?«

»Warum hast du mich mitgenommen? Warum rennst du mit mir durch die Wüste, statt einfach irgendwen anzurufen, der dich abholt?«

Ich musste lachen. *Abholt?* Nein, niemals. Niemand würde auf die irrsinnige Idee kommen, einen Helikopter rauszuschicken, um eine einzige Rebellin abzuholen. Es war viel zu riskant. »Das erkläre ich dir, wenn wir in Sicherheit sind, ja?«

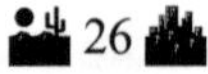

Stille. Dann, leiser: »Willst du mich ausnutzen? Soll ich für dich arbeiten? Rekrutierst du mich für die Rebellen?«

»*Himmel*, nein!« Es tat weh, ihn so reden zu hören. Ein *Kind*. »Ganz im Gegenteil. Ich bringe dich zwar erstmal zu meiner Einheit, aber es steht dir völlig frei, ob du bei ihnen bleiben willst.«

»Wie du meinst.« Er schien wieder unzufrieden, fragte aber nicht nach.

Das war es also, das ihn zu stummem Gehorsam getrieben hatte. Angst. Angst, ich würde ihn so behandeln wie die Leute im Gefängnis.

Keiner der Erwachsenen interessiert sich für mich.

Die Silhouette am Horizont, die ich gesehen hatte, war kein ganzes Dorf. Es war bloß ein Turm, dessen Spitze aus dem Sand ragte. Ein Kirchturm, vermutlich. Der Rest der Stadt war im Sand begraben, aber ich meinte, den Dachgiebel der Kirche unter meinem Füßen zu spüren.

»Wir können durchs Fenster klettern«, schlug ich vor. »Dann verbringen wir die Nacht hier und laufen in den frühen Morgenstunden weiter.«

Der Junge schwieg, folgte mir aber zur Kirche.

Das Fenster war höher, als es von weiter weg ausgesehen hatte, aber zumindest gab es keine Glasscheibe, die wir hätten zerstören müssen. Es sah aus, als wären wir dort drinnen sicher vor der Biomasse.

Ich ließ den Jungen auf meine Schultern klettern und hob ihn auf die Fensterbank. Selten zuvor war ich so froh um das Militärtraining gewesen, zu dem ich Tag für Tag gezwungen wurde.

Nachdem der Junge in den Glockenraum geklettert war, lief ich zwei Schritte an der Wand hoch und zog mich ebenfalls nach drinnen. Es war dunkel und staubig und der Raum war groß und leer – die Glocke, die hier einst geläutet hatte, war wohl längst gestohlen und verkauft worden.

Ich zückte meine Stabtaschenlampe und ließ den Lichtkegel über den Boden wandern, bis ich bei einer Falltür hängenblieb.

»Cool«, sagte der Junge leise. »Wir sind in Sicherheit. Und jetzt gehen wir runter in die Kirche?«

Ich schüttelte den Kopf. »Ich muss nach draußen sehen können, falls wir angegriffen werden. Sie suchen noch immer nach uns, weißt du?«

»Sie?«

»Der Staat. Meine Einheit hat den Knast überfallen – natürlich will man überprüfen, ob noch jemand von uns hier unterwegs ist. Die nutzen wahrscheinlich sogar Wärmebildkameras bei Ruinen wie diesen. Und dann sind da noch unsere Spuren im Sand ...« Es schien mir immer wahrscheinlicher, dass wir heute Nacht unliebsamen Besuch haben würden.

»Dann wären wir doch unten sicherer ...?«

»Unten gibt es keinen Fluchtweg.«

»Wenn die durch ein Fenster hier reinklettern, kommen wir unmöglich schnell genug durch ein anderes nach draußen. Die haben *Waffen*.«

Er hatte Recht, natürlich, ich hatte denselben Gedanken auch gehabt, aber ich wollte es nicht akzeptieren. Ich wollte nicht in einen Raum gehen, der unter einer Sandschicht begraben war und dessen Mauern ungefähr siebenhundert Jahre alt und damit total instabil waren. Und in dem wir definitiv in der Falle saßen.

Ich seufzte und trat näher an die Falltür. »Dann lass uns mal sehen, ob wir die aufkriegen.« Ich zog an dem Eisenring, der wohl einen Griff darstellen sollte, aber das Holz hier war wohl keine siebenhundert Jahre alt – jedenfalls war es kein bisschen porös, bewegte sich aber auch keinen Zentimeter. Wir konnten also hier oben bleiben.

Dann sah ich in die Augen des Jungen, verängstigt und zweifelnd, und ich verstand. Er hatte Angst. Und es war meine Verantwortung, ihm diese Angst zu nehmen.

Ich wühlte in meinem Rucksack, zückte das schwere Brecheisen, das mich auf dem Weg schon die ganze Zeit in den Rücken geschlagen hatte, und nutzte es als Hebel. Das Holz zerbarst.

»Ich geh vor«, sagte ich und schnappte mir meinen Rucksack, eine Hand an der Waffe. »Und wenn ich dich rufe, kannst du nachkommen.«

»Okay.«

Den Rucksack auf dem Rücken und die Pistole in der Hand kletterte ich Stück für Stück die Leiter hinab, die in Form von Eisensprossen in die Wand eingelassen war. Für die Stabtaschenlampe hatte ich keine Hand mehr frei, deshalb war es bloß der dünne Lichtstrahl der in die Pistole integrierten Lampe, in deren Licht ich den Abstieg fortsetzte. Da unten konnte alles und jeder lauern. Kreaturen – oder schlimmer: Menschen. Soldaten.

Aber ich war allein. Meine Füße berührten den sicheren Boden; ich schaltete die starke Taschenlampe wieder dazu. Das Kirchenschiff war leer, die alten Bänke teils verwittert, teils umgekippt, der Altar mit Graffiti und Dreck beschmiert. Die Buntglasfenster lagen in Scherben am Boden und gaben den Blick auf die dichten Sandschichten draußen frei.

Die christliche Gemeinde, die hier einst gefeiert hatte, war entweder sehr arm gewesen oder die Kirche war schon mehrmals überfallen worden. In diesen Zeiten war beides eine glaubhafte Möglichkeit.

»Wir sind sicher«, rief ich halblaut und hörte sofort das Rascheln von Stoff, als der Junge hinter mir die Leiter runterkletterte.

Auch er sah sich kurz um. »Wo sollen wir schlafen?«

»Hinter dem Altar«, entschied ich. »Wir können die langen Sitzkissen von den Bänken nehmen, um darauf zu liegen. Ich will nur halbwegs versteckt sein – bringt uns zwar nicht viel, wenn sie uns einmal im Visier haben, aber trotzdem … Ich brauche die Sicherheit.«

Er nickte und wir machten uns auf den Weg quer durch die Kirche zu unserem neuen Schlafplatz, die Sitzkissen unterm Arm. Schließlich saßen wir uns gegenüber auf den Kissen und ich reichte ihm die Wasserflasche und einen Proteinriegel aus meinem Rucksack.

»Arianna – kann ich dich Ria nennen?«

»Klar.«

»Ria.« Er nahm einen Schluck aus der Flasche. »Du hast meine Fragen nicht beantwortet. Warum du Rebellin bist und … das hier tust.«

»**W**arum ich Rebellin bin …« Ich seufzte. »Weil ich damals dachte, dass ich etwas in der Welt verändern könnte.«

»Du dachtest? Jetzt nicht mehr?«

»Ich habe sie immer sehr glorifiziert. Also – verherrlicht«, wählte ich ein anderes Wort. »Sie waren immer eine Art unberührbare Helden. Und als ich ihnen dann mit vierzehn Jahren zum ersten Mal in echt begegnet bin … hat sich das Bild nur gestärkt. Es war Nacht, ich war ausnahmsweise in einer Stadt unterwegs, weil ich etwas dort kaufen musste, was es bei uns im Dorf nicht gab, und die beiden Rebellinnen haben mich beschützt, als ich beinahe von zwei übergriffigen Staatssoldaten überfallen worden wäre.«

Der Junge wirkte unbeeindruckt. Vielleicht hatte er im Gefängnis viel brutalere Geschichten gehört.

»Die beiden hatten eine faszinierende Aura, fast wie ein Geheimbund. Sie nahmen mich mit in eine ihrer verruchten Kneipen und erklärten mir, wer sie waren. Rückblickend – natürlich war es Absicht. Natürlich haben sie gehofft, in mir ein neues Mitglied zu finden. Und es hat funktioniert. Ich habe sie noch stärker idealisiert und habe auf den Tag gewartet, endlich alt genug zu sein, um ihnen beizutreten und an ihrer Seite für Veränderung zu kämpfen. Ich habe trainiert, was ich trainieren konnte, und mit siebzehn bin ich endlich von daheim weggelaufen.«

»Die Leute, die ich im Knast getroffen habe, waren ganz anders«, widersprach der Junge vorsichtig. »Sie waren böse. Haben gestritten ohne Ende. Daran war nichts faszinierend.«

»Das habe ich dann auch irgendwann gemerkt.« Ich zögerte. »Die jungen Frauen von damals – ich habe bei meinem Beitritt nach ihnen gefragt, in derselben Kneipe. Der Typ an der Theke hat nur gelacht und gesagt, die beiden seien seit Monaten tot. Es hätte mich sicherlich abschrecken sollen, aber stattdessen hat es mich noch mehr fasziniert. Dass die Leute tatsächlich bereit waren, ihr Leben für Verbesserung zu geben. Ich glaubte, die Rebellen wären mein Schicksal, meine Bestimmung, aber es war eine völlig bescheuerte Entscheidung.«

Er nickte bloß.

»Und, wie du sagst: Die Rebellen sind kein Ideal. Sie sind bloß … Monster. Ich hatte keine Freunde. Bekannte, Kollegen, ja, aber nie Verbündete in der Art, wie ich es mir erträumt hatte. Keine geheimen Verschwörer, mit denen ich durch irgendwelche Tunnel in irgendwelche Regierungsanstalten klettern konnte, sondern bloß brutale Bestien. Sprengen, schießen, töten, Chaos und Zerstörung anrichten. Als ich Sergeant wurde, habe ich versucht, meine Einheit menschlicher zu machen. Im Englischen gibt es ein Sprichwort: *Practise what you preach*. Das bedeutet: Handle so, wie du es anderen predigst. Und das ist das Hauptproblem der Rebellen. Sie predigen Menschlichkeit, aber ihre Soldaten sind ersetzbare Marionetten. Ich bin Sergeant, aber sie würden sich nicht die Mühe machen, mich oder uns hier abzuholen, wenn ich sie jetzt anrufen würde.«

Der Junge schwieg lange, dann hob er den Kopf. »Also hast du mich gerettet, um ihnen zu zeigen, dass für dich jeder Mensch wichtig ist?«

»Nein.« Ich hielt seinem Blick stand. »Nicht, um es ihnen zu *zeigen*. Ich habe dich gerettet, weil *für mich* jeder Mensch wichtig ist. Ich predige nicht, ich handle nur. Wenn du verstehst …?«

Er nickte, aber ich war mir nicht sicher, ob er es wirklich verstanden hatte. Andererseits begriff er für einen Zehnjährigen wirklich tiefsinnige Dinge. Dinge, die jemand in seinem Alter noch nicht verstehen sollte. Ich wollte gar nicht wissen, wer oder was ihn dazu gezwungen hatte, so schnell erwachsen zu werden.

»Und außerdem könnte ich wirklich gut einen Freund gebrauchen.« Ich vermied es, ihm in die Augen zu sehen, während ich meinen Rucksack nach einer dünnen Decke durchwühlte, die ich schließlich fand und ihm reichte. »Schlaf gut.«

»Du hast keine Decke.«

»Ich hab meinen Mantel, das muss reichen.« Klare Lüge, natürlich.

»Sicher?«

»Sicher.« Ich legte mich auf die Kissen, den Rücken gegen den kalten Stein des Altars gelehnt. So konnte ich wenigstens sichergehen, dass mich niemand von hinten überfallen würde. Der Junge legte sich in einigem Abstand auf seine Kissen und ich löschte das Licht meiner Taschenlampe.

Stille, dann raschelte seine Decke.

»Milo«, sagte er. »Ich will Milo heißen.«

Ich musste lächeln. »Dann gute Nacht, Milo.«

05 – Unter Monstern

Der Helikopter landete in den frühen Morgenstunden. Ich hatte ihn nicht gehört – diese modernen Kriegshelikopter waren zu leise. Alles, was ich hörte, waren die Schritte im Turm über uns und das laute, dreckige Lachen der Soldaten. Sie machten sich nicht mal die Mühe, sich anzuschleichen – warum auch? Für sie waren Milo und ich leichte Beute.

Ich hatte schon eine Weile wachgelegen, bevor ich sie wahrgenommen hatte, und so war ich sofort auf den Beinen und weckte Milo so leise wie möglich.

»Sie kommen«, flüsterte ich.

»Der Staat?« Er blinzelte kaum. »Dann sind wir verloren.«

»Nein, *verdammt!*« Ich zog ihn hoch. »Wir sind so weit gekommen, da geben wir jetzt nicht einfach auf! Jetzt komm schon!«

Ich hatte nicht mal gemerkt, dass ich wieder in meinen militärischen Tonfall gerutscht war, bis ich in seine angsterfüllten Augen sah. Aber es war jetzt keine Zeit für Trost – erstmal mussten wir das hier überleben.

Ich nahm ihn an der Hand und zog ihn Richtung Sakristei, die ich gestern Abend noch als einzige Versteckmöglichkeit auserkoren hatte. Das Quietschen der metallenen Leitersprossen erklang; die ersten Soldaten kamen. Und auch die Tür zur Sakristei quietschte. *Fuck!* Ich schob sie trotzdem hinter uns wieder zu, das würde uns vielleicht einige wertvolle Sekunden geben.

Ich sah mich im Raum um. Die Tür nach draußen konnten wir vergessen, die würde unter all dem Sand nicht mal einen Spalt aufgehen. Dann blieb nur –

»Da, der Schrank«, flüsterte ich Milo zu und wir huschten in einen hohen Wandschrank, zwischen all die bodenlangen, muffigen Messgewänder. Ich zog die Tür hinter uns zu – sie klemmte und ließ einen Spaltbreit Licht hinein.

Im Kirchenraum lachten und lästerten die Soldaten weiterhin.

Türen knallten – wahrscheinlich der Beichtstuhl. Gut, dass ich den direkt als Versteck ausgeschlossen hatte.

»Aber sie waren definitiv hier«, hallte die Stimme eines Manns dumpf von den Wänden. »Hier liegt massenweise Zeug hinterm Altar – ein Mantel, eine Decke, ein Rucksack!«

»Und einzelne Haare auf dem Kissen hier«, rief eine Frau. »*Blaue* Haare! Meint ihr, das ist Sergeant *Travino*?«

Ein bitteres Lächeln schlich auf meine Lippen. Noch heute Morgen hätte es mich nicht gekümmert, wenn sie mich an meiner Haarfarbe erkannt hätten, aber im Moment wollte ich gar nicht so genau darüber nachdenken, was mein *ursprünglicher* Plan nach der Gefängnisstürmung gewesen war. Mein Ausweg aus den Reihen dieser grausamen sogenannten Rebellion.

»Wenn, dann müssen wir sie schnell finden, bevor sie sich selbst erschießt. Diese dummen Rebellen tun doch alles, um ihre Geheimnisse zu wahren!«

»Das wirst du tun?«, wisperte Milo erschrocken.

»Nein, keine Sorge. Ich *müsste*, unseren Regeln nach«, gab ich zurück. »Aber das ist Unsinn, niemand tut es. Niemandem ist es das wert. Die Rebellion … an sich ist eigentlich Schwachsinn. Wenn die Rebellen an die Macht kämen, würde sich im Land nicht viel ändern. Sie haben keine Ahnung vom Regieren. Und davon mal abgesehen ist die Struktur unserer Einheit so aufgebaut, dass niemand so viel weiß, dass es Schaden anrichten kann. Wir sind als Einzelne auf eine gewisse Art ersetzbar.«

»Ersetzbar?«

»In unserer Rebelleneinheit ist jeder nur ein Kämpfer, nur ein Soldat, und es ist kein Problem, einen von uns für einen übergeordneten Zweck zu opfern.« Es klang bescheuert, das wusste ich. Vielleicht *war* es das auch. *Aber wenn es*

das ist, was es braucht, um Präsidentin Melena Faherty und ihr verfluchtes Parlament zu stürzen? Nein. Faherty interessierte sich nicht für uns, wenn es nicht darum ging, uns hinzurichten. Verdammte Todesstrafe.

»Das klingt *schlimmer* als das Gefängnis«, setzte Milo an, aber ich hob bloß den Finger an die Lippen, als die Schritte draußen lauter wurden. »Leise jetzt! Sie kommen!«

Milo zuckte zusammen und drückte sich gegen die Rückwand des Schranks. Im nächsten Moment klammerten sich seine kleinen Hände an meine Uniform.

»Hilfe«, wisperte er und ich griff reflexartig nach seinen Armen. Die Schrankwand hatte nachgegeben und war zur Seite geschwungen. Dahinter tat sich ein dunkler Abgrund auf.

»Du bist genial«, flüsterte ich und richtete meine Stabtaschenlampe auf den Abgrund – eine Treppe nach unten, die Wände gemauert. »Ein Geheimgang!«

Ich drückte Milo die Lampe in die Hand. »Mach dir Licht und geh vor, ich komm gleich nach.« *Sobald ich sichergestellt habe, dass wir nicht da unten in der Falle sitzen.*

Er nickte zögerlich und verschwand mitsamt dem Licht irgendwo im Gewölbe der Kirche. Im selben Moment ging die Tür zur Sakristei auf und drei Personen in der typischen staatlichen Uniform kamen rein. Blauer Camouflage-Print. Musste man sich erstmal vorstellen – sie hatten es selbst in einer *Wüste* nicht nötig, sich zu verstecken. Ich hingegen wünschte mir auf dieser Flucht zum ersten Mal in meinem Leben eine ganz normale, vollkommen unindividuelle Haarfarbe.

»Sie müssen hier irgendwo sein«, murmelte ein Mann. »Durch die Tür können sie unmöglich geflohen sein!«

»Na ja, viele Möglichkeiten gibt es für Travino ja nicht. Die ist doch viel zu groß für die meisten Verstecke!«

Die Frau, die das gesagt hatte, drehte sich einmal um ihre eigene Achse und lief dann zielstrebig auf den Schrank zu, in dem ich stand. *Scheiße* – wenn die anderen beiden ebenfalls im Raum waren, konnte ich sie nicht einfach erschießen. Sie waren in der Überzahl und damit die schnelleren Schützen.

Ich huschte ebenfalls ein Stück die Treppe runter und schob dann die eben zur Seite geschwungene Tür in der Schrankwand wieder zu. Hoffentlich reichte das als Tarnung.

»Ria?« Milos Stimme war nur ein schwaches Flüstern, als er die Lampe anmachte und aus seinem Versteck kam.

Wir befanden uns in einer Art Gruft, und er hatte unter dem Altar an der Wand gehockt. Überall standen Gedenksteine, in die Namen eingeritzt waren – Namen von Leuten, die längst tot waren. An die sich vielleicht überhaupt niemand mehr erinnerte.

»Psst«, machte ich und fügte tonlos hinzu: »Sie sind in der Sakristei, aber noch kennen sie den Eingang nicht!«

Er nickte nur.

»Travino!« Die Stimme der Frau hallte selbst hier unten von den Wänden wider. »Wenn du dich jetzt ergibst, zeigen wir Gnade!«

»So ein Schwachsinn«, entfuhr es mir tonlos. Sie würden mir gegenüber keine Gnade zeigen. Nicht nach allem, was ich getan hatte.

»Verdammt, sie ist nicht hier«, rief die Soldatin kurz darauf. »Sie hat uns ausgetrickst – mal wieder!«

»Mal wieder?« Milo sah mich fragend an, aber ich legte nur den Zeigefinger gegen die Lippen.

»Dann hauen wir ab«, entgegnete einer der Männer laut. Etwas *zu* laut. Ich hielt Milo zurück, der sich schon auf den Weg zur Treppe machen wollte.

Über unseren Köpfen erklangen Schritte, dann Stille. Kein Helikoptergeräusch – natürlich, bei den leisen Rotoren –, aber auch sonst nichts, das uns Gewissheit verschaffen könnte, dass wir wirklich allein waren.

»Meinst du, die sind noch da?«, flüsterte Milo.

»Mit Sicherheit, die sind ja auch nicht blöd. Lass uns noch kurz hier unten warten und dann gehe ich nachsehen.« Zum ersten Mal in den letzten Minuten ließ ich die Anspannung von mir abfallen und sank zu Boden, den Rücken gegen den Altar gelehnt und Milo neben mir.

»Ich hab Angst«, flüsterte er mir zu. »Ich will nicht sterben!«

»Ich auch nicht.« Ich musste lächeln. »Aber uns fragt keiner. Leute wie wir werden nie gefragt.«

»Denkst du, sie töten dich, wenn sie dich finden?«

»Natürlich«, murmelte ich bitter. »Ich bin Rebellin. Und egal, was bei der Struktur meiner Einheit so alles passiert, offiziell bin ich ein Sergeant. Offiziell bin ich wichtig.«

»Das war meine Schwester angeblich auch. Bist du sicher, dass du sie nicht kennst?«

»Ohne einen Namen kann ich dir leider nicht helfen.« Ich hatte nicht die Kraft, ihm zu gestehen, dass ich dutzende Sergeants und Offiziere kommen und gehen gesehen hatte und fast jeder irgendwen verloren hatte, wie zum Beispiel einen kleinen Bruder. *Mich eingeschlossen.* Aber so weit wollte ich gar nicht denken. Auf gar keinen Fall. Dafür war ich nicht mental stabil genug.

»Schade.«

Stille.

»Ria?«

»Ja?«

»Wo soll ich hin, wenn wir das hier überleben? Du hast gesagt, die Rebellen brauchen mich nicht. Oder *wollen* mich nicht.«

»Ich werde mich um dich kümmern«, versprach ich entschlossen. »Ich schmuggle dich irgendwie nach drinnen, und dann hältst du dich für ein, zwei Wochen versteckt. Und dann konfrontieren wir die Anführer mit der Tatsache, dass sie ja nicht mal gemerkt haben, dass sich eine Person mehr im HQ aufhält und dass damit bewiesen ist, dass es nichts ausmacht, wenn du bleibst.« Ein völlig irrsinniger Plan.

»Und du meinst, das klappt?« Es klang eher nach *Ich will nicht zu den Rebellen.* Aber das war ein Problem für später – für den Zeitpunkt, wenn wir in Sicherheit waren.

»Es muss klappen.« Ich seufzte und streckte meine Arme und Beine aus. Die Verbände um meine Handgelenke, die Faustkämpfe und Schüsse abfedern sollten, waren längst verschwitzt und juckten. Sie waren für den

Einmalgebrauch bestimmt, nicht für Wanderungen durch die Wüste. Aber ich hatte keinen Ersatz, und wer wusste schon, ob ich sie nicht noch brauchen würde?

Okay, handeln. Jetzt. Ich zwang mich, die Fakten klarzustellen. Es waren drei Soldaten hier gewesen. Man brauchte mindestens zwei Personen, um die staatlichen Helikopter fliegen zu dürfen. Es gab also nur einen Heli, oder es waren noch mehr Soldaten mitgekommen, die ich nicht gehört hatte.

»Ria …«

»Psst.« Ich erhob mich. »Ich geh jetzt nachsehen, und du bleibst hier unten, bis ich deinen Namen rufe.«

»Und was, wenn du – was, wenn du mich nicht rufst?«

»Das wird nicht passieren.« Es war mehr ein Wunsch als ein Versprechen. »Ich überlebe, du überlebst. Und dann gehen wir auf direktem Weg ins Hauptquartier und revolutionieren die Revolution.«

»Tolle Aussichten.« Er lächelte, aber es war ein besorgtes Lächeln. »Aber ernsthaft, was passiert, wenn du –«

»Hör zu.« Ich legte ihm die Hände auf die Schultern. »Es gibt kein *was, wenn.* Es gibt Leben und Tod, und mein Leben bedeutet dein Leben, und mein Tod bedeutet deinen Tod. Deswegen werde ich überleben.«

Er nickte nur. Natürlich hatten meine Worte ihn kein bisschen beruhigt.

Ich zog meine Waffe aus dem Holster. Zum Glück hatte ich gewisse Routinen so sehr verinnerlicht, dass ich es nicht mal zum Schlafen abgelegt hatte. Nur den langen Schalldämpfer hatte ich im Rucksack liegengelassen.

Ich schlich die Treppe hoch und zog die Tür auf. Meine Finger berührten den feuchtkalten Stoff der Messgewänder, als ich sie zur Seite schob. Die Türen des Wandschranks waren weit offen. Jemand hatte also reingesehen, aber nicht die Hintertür gefunden. Zu unserem Glück.

Die Sakristei war menschenleer, dafür standen an sämtlichen Schränken die Türen sperrangelweit offen und manche Schränke waren scheinbar auch durchwühlt worden. Glücklicherweise nicht alle.

Aber sie waren natürlich nicht einfach abgehauen – dafür waren sie zu nahe dran gewesen, mich zu fangen.

Sie hatten einen Plan. Nur leider war ich mir noch nicht so ganz sicher, was dieser Plan war.

Die Waffe fest umklammert machte ich mich auf den Weg zur Tür, die die Sakristei vom Kirchenraum trennte. Sie stand einen Spalt offen und ich betete, dass sie nicht wieder quietschen würde, als ich sie weiter aufschob.

Für einen Moment dachte ich an meine Rebelleneinheit. An die Leute, die mit mir zum Knast gereist waren. Sie hatten keine Ahnung, dass ich noch lebte, und es juckte sie wahrscheinlich einen Scheißdreck. Vielleicht würde sich irgendwann irgendwer die Mühe machen, die Diskrepanz zwischen ihren Statistiken und denen des Staats zu berechnen – so-und-so-viele Tote und Gefangene auf dieser und jener Seite – und den Fehler bemerken. Dass der Staat eine Person weniger getötet hatte, als ihre Statistiken vermuten ließen. Und dann würden sie es als statistischen Fehler abstempeln und dabei belassen.

Ich hatte ein *Handy* dabei, und wenn sich irgendjemand wirklich für mich interessiert hätte, hätte er oder sie mich anrufen können.

Der Gedanke an diese Statistiken brachte mich kurz zu einem bitteren Lächeln. *Gefangene* auf dieser und jener Seite – die Zahl dürfte dieses Mal auf beiden Seiten gegen null gehen. Das Wachpersonal hatte jedes Recht, sich mit Waffengewalt zu wehren; und uns wiederum hatte man immer indoktriniert, dass nur ein toter Soldat des Staats ein guter Soldat des Staats war. Was natürlich irgendwo Schwachsinn war. Man konnte nicht für Humanität kämpfen und dann jeden Andersdenkenden mit einem Maschinengewehr aus dem Weg pflügen. Menschen, die ebenso ein Leben und eine Familie hatten wie wir alle.

Da war einer. Der Soldat war tot, bevor ich den Gedanken beendet hatte.

Und ich brach im Türrahmen zusammen.

Ich hatte es wieder getan.

Hatte mich doch gerade noch über die Brutalität meiner Einheit aufgeregt, und dann hatte ich es wieder getan. Er hatte mich ja nicht mal bedroht, nicht mal *gesehen*. Er hatte gerade am Boden gekniet und die Scherben der zerbrochenen Fenster betrachtet. Es war ein Reflex gewesen, eine Folge jahrelangen Trainings, auf alle blauen Uniformen zu schießen, die man sah.

Verzweifelte Tränen liefen über mein Gesicht und Leere füllte meine Seele. Ich war für immer ein Teil der Rebellen, und es gab keinen Weg zurück mehr. Einmal ein Monster, für immer ein Monster. Monster, Roboter, Maschine. Zum Töten programmiert.

Was auch immer mit diesem jungen Mädchen mit den blauen Haaren passiert war – der Sonnenschein der Familie, diejenige, die immer einen Witz parat oder ein Lied auf den Lippen hatte – sie war längst weg, längst vergangen, gestorben mit dem Rest ihrer Familie. Eine neue Person hatte ihr Leben übernommen. Eine ältere, radikalere, die niemals zuvor eine solche Angst vor sich selbst gehabt hatte als jetzt, da sie auf dem Boden in der Kirche kniete, die Waffe fest umklammert und einen Tränenschleier vor ihren Augen.

»Ria!«

Milo. Ich nahm seine leise Stimme wahr, aber verstand die Worte nicht.

»Ria, du lebst!«

Schritte auf dem sandigen Boden.

»Der Schuss – ich hab mir solche Sorgen gemacht!«

Ich zerbrach unter seiner Berührung.

Er legte seine Arme um meine Körper und lehnte sich an mich, und ich starb tausend Tode. Er wusste nicht, was er tat. Wusste nicht, wer ich war. Wusste nicht, dass ich ihn nicht verdiente, nicht seine Bedingungslosigkeit –

»Alles gut?«, fragte er leise.

Die Waffe rutschte aus meinen schweißnassen Händen und fiel klappernd zu Boden. Und wenn noch einer der Soldaten in der Kirche gewesen wäre, hätte er uns spätestens jetzt gehört und festgenommen oder umgebracht. Wir waren also vorerst in Sicherheit. Und trotzdem –

»Nichts ist gut«, entgegnete ich mit einem schwachen Lächeln. »Aber ich kann mich nicht erinnern, wann jemals irgendwas gut war. Also, den Umständen entsprechend: Wir leben. Nichts hat sich geändert.«

»Du hast uns gerettet.«

Das ist die eine Sichtweise. Die andere … egal.

»Lass uns gehen, unsere Sachen holen und dann abhauen, bevor die anderen wiederkommen und nach ihrem Kollegen sehen wollen«, schlug ich vor, klaubte meine Waffe auf und machte mich auf den Weg zum Altar.

Milo folgte mir langsam. »Du bist ein guter Mensch, Ria. Ich bin froh, dass du mich gefunden hast.«

Es tat so unglaublich weh, das zu hören. In welcher Welt lebten wir denn, dass ein Kind eine notorische Mörderin als guten Menschen bezeichnete?

»Ich bin auch froh«, brachte ich gerade so hervor, dann musste ich mich abwenden.

Ich packte die wenigen Sachen, die ich ausgepackt hatte – die Decke, das Brecheisen, ein Feuerzeug, mit dem ich mir heute Nacht die Finger gewärmt hatte, und eine kleine Powerbank, mit der ich mein Handy geladen hatte. Und natürlich die Wasserflasche, die inzwischen halb leer war. Ich ahnte, dass Milo durstiger war, als er zugeben wollte, aber er wollte wohl nicht schwach wirken. Er trank nur, wenn ich es ihm anbot, aber hatte noch nicht von sich aus nachgefragt.

»Okay«, sagte ich schließlich und stand auf. »Ich klettere in den Turm und sehe nach, ob sie noch jemanden dagelassen haben … was zwar unwahrscheinlich ist, nach dem Schuss eben hätten sie uns längst gehört, aber *better safe than sorry*, richtig?«

»Was?«

Ich überlegte kurz. »Vorsicht ist besser als Nachsicht.«

Milo nickte.

Die Eisensprossen der Leiter waren kalt und dreckig – beschmiert mit nassem Matsch. Wann hatte ich zum letzten Mal Matsch, nassen Boden, *Gras* gesehen? Besser gesagt – wann zuletzt in einer Umgebung, die nicht künstlich am Leben gehalten wurde wie die sogenannten *unterirdischen Gärten* im Hauptquartier? Aber natürlich hatten die Soldaten Matsch in ihren Schuhsohlen. Wer, wenn nicht sie, hatte den Luxus einer Großstadt mit Parks? Einer der Oasen in dieser Wüste, wo man noch genug Wasser hatte? Wer, wenn nicht sie, war reich genug, um sich ein Leben dort leisten zu können?

Die letzten Leitersprossen nahm ich zögerlicher, obwohl ich keinen Grund dazu hatte. Ich war eine gesuchte Serienmörderin und Staatsverbrecherin – warum also sollten sie oben auf mich warten, statt mich direkt unten hinzurichten?

Im Turm war tatsächlich niemand, und auch der Helikopter war nicht zu sehen. Scheinbar hatten sie den einen Soldaten tatsächlich alleine gelassen, vielleicht standen sie per Handy in Kontakt? Ein weiterer Grund, schnellstmöglich zu verschwinden. Sobald sie merken würden, dass er nicht mehr antwortete, würden sie sich auf den Weg hierher machen, und dann – dann würden sie uns trotzdem sehen. Überall. Es gab im näheren Umkreis, soweit ich sehen konnte, keine weitere Stadt, deren Ruinen uns als Versteck dienen konnten, und im Wüstensand würden sie uns sofort sehen. Egal, welche tollen sandfarbenen Camouflage-Klamotten ich trug, da waren trotzdem noch die schwarzen Stiefel und meine blauen Haare. Höchstens Milo würde sich vielleicht verstecken können, er war klein, blond und trug noch meine Weste. Vielleicht würde er sich die Decke überwerfen können – auch die hatte ein Camouflage-Muster. Aber ohne mich war auch er verloren. Er hatte nichts – kein Wasser, keinen Kompass, keine grobe Richtung. Wir mussten uns also beeilen – in fünf, sechs Stunden Entfernung wurden die Ruinen wieder häufiger und damit auch die Versteckmöglichkeiten.

»Wir sind sicher«, rief ich vage nach unten und warf einen schnellen Blick auf mein Handy. Wir waren etwas näher an der nächsten Stadt, und sobald wir die Zivilisation erreicht hatten, würden wir auch irgendwie einen Weg zur Rebellion finden. So, wie ich sie damals gefunden hatte – in einem siffigen Pub unter der Erde. Es gab sie überall.

Milo tauchte neben mir auf und ich kletterte wortlos aus dem Fenster in den Sand, dann half ich ihm nach unten.

Der Sand war noch kalt; es war noch relativ dunkel. Aber wir wussten beide, dass es nicht mehr lange dauern würde, bis wir wieder in der brennenden Hitze laufen würden.

Ich kramte die Decke wieder aus meinem Rucksack und drückte sie Milo in die Hand. »Wenn irgendwo ein Helikopter auftaucht, wirfst du dir die sofort über, verstanden?«

»Und du?«

»Hängt davon ab, wie viel Zeit wir haben.« Ich war mir ernsthaft nicht sicher, ob wir beide vernünftig unter die Decke passten, aber irgendwie würde es schon klappen. Wir mussten nur schnell so weit wie möglich von hier weg kommen, danach war alles egal. Menschen in der Wüste waren nicht zu auffällig, es gab sie ständig. Obdachlose, abenteuerlustige Wanderer, solche, die mit ihrem Leben abgeschlossen hatten und sich keine Waffe oder Gift leisten konnten, oder einfach Outlaws und Kriminelle, die die Wanderer überfielen. Aber mal von den Hoffnungslosen abgesehen hatten alle anderen Menschen in dieser Wüste einen klaren Vorteil mir und Milo gegenüber – sie waren auf die Umstände vorbereitet und hatten genügend Wasser und Nahrung dabei.

»Hast du Durst?«, fragte ich Milo, als wir unseren Marsch begannen.

»Schon, ja. Aber wir müssen doch sparen …«

»Wenn du Durst hast, musst du trinken. Wenn du immer nur sparst, stirbst du irgendwann und hast umsonst gespart. Du musst in kleinen Schlucken trinken und sie kurz in deinem Mund behalten, damit das trockene Gefühl weggeht«, erklärte ich und reichte ihm die Flasche.

»Du bist eine echte Expertin«, bemerkte Milo stolz. »Ich bin froh, dass du hier bei mir bist!«

»Ich wünschte, wir wären beide an einem anderen Ort«, entgegnete ich und nachdem Milo getrunken hatte, trank auch ich einen kleinen Schluck und konnte nur schwer dem Verlangen widerstehen, die ganze Flasche zu leeren. Es war immer noch eine Frage des Glücks, wann wir wieder an Wasser kommen würden.

06 – Hitze

Wir liefen schweigend für den Rest der Nacht, und auch nach der Morgendämmerung sprachen wir kein Wort. Einmal war ein Hubschrauber über uns geflogen, aber wir hatten uns rechtzeitig in einer Ruine verstecken können. Man hatte hier nicht gezielt nach uns gesucht, sonst hätten sie uns mit ihren Wärmebildkameras längst aufgespürt. Quasi zwei kalte Punkte in der Hitze der Wüste.

Der Mittag kam, und es war noch schlimmer als am Vortag. Wir hatten die ganze Zeit nichts gegessen – ich hatte noch Energieriegel irgendwo unten in meinem Rucksack, aber die wollte ich für Notfälle aufheben. Notfälle wie Kreislaufzusammenbrüche oder was auch immer das Schicksal noch für uns bereithielt.

»Können wir Pause machen?«, fragte Milo irgendwann vorsichtig und fast unhörbar. »Ich weiß, wir müssen eigentlich weiterlaufen, aber meine Füße brennen und mein Mund ist so trocken! Ich kann einfach nicht mehr! Nur bitte – bitte sei nicht böse, okay?«

»Ich bin nicht böse auf dich, keine Sorge.« Ich zögerte. »Es ist nur ein ungünstiger Ort für eine Pause. Siehst du da hinten am Horizont die Ruinen? Schaffst du es noch bis dahin?«

Tränen schimmerten in seinen Augen, als er nickte. Drei, vier Schritte, und dann brach er einfach zusammen.

»Milo!« Ich fiel neben ihm auf die Knie. Der heiße Sand brannte selbst durch den Stoff meiner Hose schmerzhaft auf meiner Haut und ich wusste, Milo musste sofort wieder aufstehen.

»Ria …« Er sprach wie im Delirium. »Tut mir so leid …«

»Nein! Nein, es muss dir nicht leidtun, ich –« Ich zog seinen Oberkörper vorsichtig auf meine Oberschenkel und drehte den Deckel von der Wasserflasche ab. »Trink! Los, trink!«

»Wir müssen … sparen …«

»Unsinn!«, widersprach ich forsch und panisch zugleich. »Trink, verdammt, trink!«

»Zu Befehl, Sergeant …« Er hob die Flasche mit zitternden Fingern an die Lippen und trank kleine Schlucke.

»Alles wird gut, okay? Wir schaffen das«, flüsterte ich. »Halt nur die Flasche gut fest, ja?«

»Aye.«

Ich holte tief Luft, um die Panik zu vertreiben und meine letzten Kräfte zu sammeln, dann schob ich meine Arme unter seinen Nacken und seine Kniekehlen und hob ihn vorsichtig hoch. Mein Körper protestierte sofort und ich glaubte, meine Arme würden abfallen, aber ich konnte ihn nicht einfach aufgeben. Nicht nach allem …

Ich musste alle fünf Schritte eine kurze Pause einlegen. Ich sank ständig tiefer im Sand ein und das Gewicht meines Rucksacks und des Jungen in meinen Armen zog mich nach unten. Und die Ruinen kamen einfach nicht näher. Sie waren eine Fata Morgana. Ein Trick, den mir mein erschöpfter Verstand gespielt hatte. Sinnlose Hoffnung. Aber ich musste weiterlaufen.

Und dann kamen wir an.

Als wären die Ruinen gerade vor uns aus dem Sand erstanden, waren sie plötzlich da. Okay, vielleicht halluzinierte ich. Das war mir lange nicht mehr passiert – hauptsächlich in den Wochen, bevor ich zur Rebelleneinheit weggelaufen war. Es war von der Angst gewesen, damals – und es waren auch keine wirklichen Halluzinationen gewesen. Mehr ein *in-jedem-einen-Feind-sehen*.

Und das hier gerade war definitiv real.

Ich brach im Schatten eines halb verfallenen Discounters zusammen.

»Milo«, flüsterte ich und legte ihn im Sand ab. »Milo, wir sind sicher. Bitte wach auf.«

Seine Augenlider zuckten. »Wo sind wir?«, wisperte er heiser.

»Ich weiß nicht«, gab ich zu. »Aber wir sind in Sicherheit. Bleib hier, trink ein paar Schlucke.«

»Und du?« Er hob schwach eine Hand, als wolle er mich aufhalten.

»Ich komme sofort wieder. Ich geh nur kurz in den Laden hier und sehe nach, ob es noch irgendwelche Nahrungsmittel gibt. Es wirkt, als wäre dieses Dorf noch nicht so lange verschüttet.«

 44

Es war ein schreckliches Gefühl, Milo allein da draußen liegen zu lassen, sein zerbrechlicher Körper in den Weiten der Wüste, aber ich konnte ihn nicht mitnehmen. Ich hatte Angst, dass das Gebäude zusammenbrechen würde und ich ihn nicht rechtzeitig nach draußen bringen konnte.

Die ehemals automatischen Türen bewegten sich kein bisschen, als ich dagegen drückte, also brach ich sie mit dem Brecheisen auf. Jede Bewegung brannte in meinen Muskeln, aber nach einiger Zeit hatte ich die Türen weit genug auseinandergedrückt, dass ich meine Finger in den Spalt schieben und die Türen auseinanderziehen konnte.

Ich betrat den Laden.

Kühle, fast feuchte Luft traf angenehm auf meine brennende Haut und mir wurde schwindelig von der plötzlichen Klimaänderung. Ich schaltete meine Taschenlampe an und ließ den Strahl über die Decke wandern. Scheinbar war nur das Äußere des Gebäudes verfallen –von innen sah es noch recht stabil aus. Klar, hier und da war eine Styroporplatte aus der Decke gefallen und gab den Blick auf die Kabel und Wasserleitungen frei. *Wasserleitungen.*

Ich senkte die Lampe wieder und widmete mich im Vorbeigehen den Regalen. Einige waren zusammengebrochen unter der Last der Fäulnis ihrer Inhalte, andere waren in sich geschimmelt. Und irgendwo am hinteren Ende leuchtete ein kleines rotes Licht.

Strom.

Egal, wie gut ein Notstromaggregat sein konnte – nicht *so* gut. Es bedeutete, dass dieser Laden noch irgendwie an ein Stromnetz angeschlossen war, vielleicht über eine Solaranlage auf dem Dach.

Es war ein seltsames Gefühl, durch diesen Laden zu laufen – einen Ort, an dem vor Jahren das Leben geherrscht hatte, an dem Menschen gelacht und geschwätzt hatten, wenn sie sich zwischen den Regalen begegnet waren.

Ich war nicht zum ersten Mal in einem verlassenen Gebäude, eher zum zehnten, zwölften Mal, aber jedes Mal bekam ich wieder eine Gänsehaut, wenn mir die Vergänglichkeit des Lebens so vor Augen gehalten wurde. Wir Menschen hatten uns für unbesiegbar gehalten, für Herrscher über die Natur, und die Natur hatte sich gerächt und ihre Übermacht bewiesen. Kein Meteorologe

hatte die Sandstürme vorhersagen können – sie waren von einem zum anderen Tag in unser Leben getreten und nicht wieder verschwunden.

In den vergangenen Jahren waren die Stürme weniger geworden, aber hin und wieder kam doch nochmal einer auf – zum Leidwesen der Leute, die sich kein Leben in den Städten leisten konnten. So wie meine Familie damals.

Ich schüttelte den Gedanken ab und widmete mich dem roten Licht, das ich inzwischen erreicht hatte. Es war ein Schalter, etwas versteckt zwischen zwei Regalen, und ich legte ihn auf gut Glück einfach um.

Grelle Neonröhren flackerten an der Decke auf, erst instabil, dann ein konstantes Licht. Und irgendwo erklang das dünne Summen einer Klimaanlage.

Ich hatte den Zentralschalter für den Strom im ganzen Gebäude gefunden!

Sofort schaltete ich meine Taschenlampe aus und hastete zurück zur Eingangstür. Der Laden war sicher, und ich konnte Milo nach drinnen holen.

Selbst die automatischen Türen funktionierten wieder – sie knirschten vor Sand im Getriebe, aber sie funktionierten.

»Milo!« Ich fiel neben ihm auf die Knie. »Milo, komm, da drinnen ist es kalt!«

Aber Milo antwortete nicht.

»Milo, bitte!« Tränen verschleierten meine Sicht, als ich nach seinem Puls tastete. Er war da! Schwach, aber doch deutlich. »Milo!« Wo war die Wasserflasche?

Fuck! Sie lag auf der Seite, offen, und die letzten Tropfen versickerten im Sand.

»Verdammt, Milo!« Ich hob ihn wieder in meine Arme und schleppte ihn nach drinnen. Mit letzter Kraft legte ich ihn direkt hinter der Tür auf dem Boden ab und schob meinen Mantel unter seinen Kopf. Hoffentlich würde die Kälte, die Luftfeuchtigkeit ausreichen –

Die Wasserleitungen!

Ich sprang auf. War irgendwo ein Waschbecken? Ich hastete an den Regalen vorbei. War nicht irgendwo eine Kundentoilette gewesen? Ich riss die Tür auf und erstarrte.

Der Vorraum der Toiletten war fast komplett eingestürzt.

Aber, Gott sei Dank, das Waschbecken war unversehrt.

Ich kämpfte kurz mit dem Wasserhahn, bis er sich drehen ließ. Eine braune, muffige Flüssigkeit plätscherte ins Waschbecken, aber schnell wurde der Wasserstahl klar.

Wasser, in der Wüste. Jetzt halluzinierte ich wirklich. Das Wasser rann über meine rissigen Finger, in meine Handfläche und in meinen Mund. Die Verbände um meine Handgelenke schälten sich unter der plötzlichen Nässe ab. Es fühlte sich so unreal an, so traumhaft, es konnte nur echt sein.

Dann wachte ich in der Wüste auf, unter der glühenden Hitze, und –

Verdammt! Ich blinzelte. Ich war ohnmächtig geworden. Und natürlich war ich *nicht* in der Wüste. Ich war in dem alten Laden, auf dem sandigen Boden des Toilettenvorraums, Wasser in meinem Gesicht. Bloß für die kurze Zeit meiner Ohnmacht war ich wieder in der Wüste da draußen gewesen.

Jetzt wieder mit klarem Verstand erkannte ich, dass unsere Situation nicht mal ansatzweise sicher war. Ja, wir hatten Wasser – ich füllte hastig die Flasche auf – aber das hieß noch lange nicht, dass ich Milo wachkriegen würde. Und selbst wenn er bald in der Lage wäre, weiterzuwandern, würde auch diese Wasserflasche nur eine gewisse Zeit ausreichen.

Ich kniete wieder neben Milo.

Schweißperlen standen auf seiner geröteten Stirn und seine Augenlider zuckten unruhig.

Ich zog das Nomadentuch von meinem Kopf und durchnässte den dünnen Stoff, dann platzierte ich es vorsichtig auf Milos Stirn.

Wieder und wieder wisperte ich seinen Namen, als würde das ihn retten. Ich lehnte meinen Rücken gegen die Wand und zog Milo in eine aufrechte Position auf meinen Schoß, während ich erneut versuchte, ihm Wasser einzuflößen.

»Ria …?«

»Milo!« Ich hätte vor Freude schreien können. »Du lebst!«

Er murmelte unverständliche Worte.

»Du lebst! Hier, trink, trink, du brauchst nicht zu sparen! Aber gib deinem Körper ein bisschen Zeit, es zu verarbeiten, also trink langsam, aber *trink*!«

Milo nickte langsam. »Kannst du ein bisschen leiser sprechen? Ich hab solche Kopfschmerzen …«

»Klar, sorry, ich – ich bin nur so froh.«

»Mh-mh.«

Stille, nur die Geräusche seines hastigen Trinkens.

»Danke«, sagte er dann leise.

»Nichts zu danken«, entgegnete ich. Mir war schwindelig von all den Emotionen. »Fühlst du dich besser?«

»Ein bisschen.« Er hustete. »Ich will schlafen.«

»Nicht schlafen!«, unterbrach ich hastig, dann leiser: »Wenn du jetzt schläfst … vielleicht wachst du nie wieder auf.«

»Meinst du … ich sterbe?«

»Ich – ich weiß nicht. Dein Körper ist so schwach … Du brauchst erstmal Energie.« Ich angelte nach meinem Rucksack und kramte einen der Energieriegel hervor. »Iss das. Langsam, kleine Stücke. Und bitte bleib wach. Wenn irgendwas ist, schrei bitte.«

»Wo willst du hin?« Er rutschte ein Stück nach vorne, damit ich aufstehen konnte.

»Ich suche Essen. Es muss doch hier irgendwas geben, was noch nicht verrottet ist. Konserven, Nüsse, irgendwas!«

»Danke«, sagte er wieder und knabberte an dem Riegel.

Ich wusste aus Erfahrung, dass die Dinger zwar nach sehr trockenem Papier schmeckten, aber tatsächlich sehr schnell Kräfte wiederherstellten.

Ich stand auf und lief erneut an den Regalen entlang, dieses Mal langsamer. Hier und da standen tatsächlich Lebensmittel, die auf den ersten Blick unbeschadet aussahen. Die Konserven waren noch über zwei Jahre haltbar – wir mussten nur irgendwie ein Feuer machen.

Und da waren Nüsse, und sogar Chips – allerdings extra scharf. Meine Lieblingssorte, aber im Moment eher kontraproduktiv.

Und da standen auch noch ewig haltbare Backzutaten. Mehl, Zucker, Honig. Gab es da nicht irgendwelche Arten von Teig auf Basis von Mehl und Wasser? Oder musste da noch Hefe rein? Ich hatte mal solche einfachen

Rezepte gelernt, allerdings war das in meiner Zeit vor der Rebellion gewesen und ich wusste kein einziges mehr.

Ich lief zurück zu Milo, mit Dosenravioli, Nüssen und Trockenfrüchten.

»Wow«, murmelte Milo. »Ein Festmahl! Ich habe ewig nichts gegessen!«

»Wann war das letzte Mal?«, fragte ich vorsichtig.

»Vorgestern, zum Frühstück. Wasser war nie das Problem, das kam immer halbwegs regelmäßig, aber Essen … war immer ein Glücksspiel mit der Stimmung der Wachen. Und wir haben sehr oft verloren. Also, das letzte, was ich gegessen habe, war ein Stück Toast, trockener als der Sand da draußen.«

Vorgestern? Ich fühlte mich verdammt schuldig. Wenn ich das geahnt hätte, hätte ich ihm schon viel früher alle meine Energieriegel gegeben …

»Du bist so stark«, murmelte ich. »Du bist durch die halbe Wüste gelaufen, ohne Essen!«

»Ich bin nicht stark.« Er lächelte erschöpft. »Ich weiß nur, dass ich überleben muss. Für dich. Weil ich weiß, dass du nicht mit der Schuld leben könntest.«

Ich zuckte zusammen. Warum wusste er das so genau? Nein, er konnte unmöglich ahnen, welche dunklen Gedanken sich hinter diesen Worten verbargen. An so etwas sollte jemand in seinem Alter nicht mal *denken*, egal, wie reif er durch die Zeit im Knast geworden war.

Und dann fragte ich mich zum ersten Mal, was ich hier eigentlich tat. Ich hätte ihn niemals aus dem Knast holen dürfen. Da hatte er wenigstens regelmäßig Wasser und ab und zu auch Essen bekommen, und hinter den Betonmauern war es auch nicht so heiß gewesen. Ich hatte ihn einfach mitgenommen, ohne zu fragen, was er eigentlich wollte.

»Ich bekomme spontan Lust, für eine sehr lange Zeit in der Wüste liegen zu bleiben«, murmelte ich, dann biss ich mir auf die Zunge. Das hätte ich nicht laut sagen sollen.

»Das wirst du ganz sicher nicht tun!« Er verschränkte die Arme, dann zuckte er zusammen. »Tut mir leid – ich wollte dich nicht kommandieren. Ich will nur sagen – du darfst nicht sterben. Nein – du *sollst* nicht – *bitte stirb nicht.*«

»Keine Sorge«, murmelte ich. »Ich hab Gründe, zu überleben.« Einen Grund, genauer gesagt. Und dieser eine Grund sitzt mir gerade gegenüber, den Rücken gegen die Wand gedrückt, Tränen in den Augen, und weicht meinen Blicken aus.

»Kannst du mir eine Frage ehrlich beantworten?«, fragte ich vorsichtig.

»Klar.« Er hielt den Blick gesenkt und spielte unruhig mit dem Deckel der Flasche.

»Warum –«, begann ich, aber meine Stimme brach und ich musste mich räuspern. »Warum hast du Angst vor mir?«

Milo zuckte zusammen. »Ich – ich habe keine Angst vor dir.« Er zog die Beine an seine Brust. »Ich habe nur Angst, dass du mich genauso hintergehen wirst wie alle anderen, wenn ich irgendwas tue, was dir nicht gefällt.« Er lachte vorsichtig. »Ich meine, wer bin ich, dass ich einem Sergeant Befehle geben kann?«

»Milo!«, flüsterte ich erschrocken. »Was hast du im Gefängnis erlebt?!«

»Vieles.« Er legte die Arme um seine Beine. »Wir waren mehrere Leute in der Zelle. Zehn, meistens. Und ich dachte, sie wären meine Freunde. Alles Erwachsene, dein Alter oder vielleicht etwas älter. Auch Rebellen, wie du. Die meiste Zeit kümmerten sie sich um mich, taten, als hätten sie Mitleid, aber wenn ich etwas Falsches getan habe oder gesagt habe, wurden sie wütend. Und ich habe meistens nicht mal meine Fehler erkannt.«

Das bestätigte den Verdacht, den ich von Anfang an gehabt hatte: Die Leute dort hatten ihn misshandelt. Es klang verdammt nach meiner Einheit – alles Arschlöcher.

»Was … was haben sie getan?«, fragte ich vorsichtig.

Er zögerte. »Sie haben mich angeschrien. Mich geschlagen und getreten, und mir kein Essen gegeben. Alle Erwachsenen, an die ich mich erinnere, sind so gewesen. Selbst meine Schwester – sie müsste inzwischen auch erwachsen sein. Vielleicht ist sie genauso geworden. Sonst wäre sie gekommen, um mich zu retten. Und du bist vielleicht auch so.« Er hob den Kopf. »Was hast du davon, dass du mir hilfst?«

Seine brutale Ehrlichkeit tat so weh. Er hatte nur die schlimmste Art von Menschen getroffen und das hatte ihn zu der Annahme gebracht, dass jeder so sein musste. *Sie* waren es gewesen, die ihn zu einem reiferen Menschen gemacht hatten, als ein Zehnjähriger es sein sollte.

»Milo …« Ich wusste nicht, wie ich es sagen sollte, dass er verstand. Ich wusste ja nicht mal genau, was ich sagen sollte. »Der Knast, die Rebellion: Das alles verändert Menschen. Es bricht sie. Nicht alle Erwachsenen sind so wie diese, die du getroffen hast. Normale Erwachsene sind anders. Ich bin anders.« *Hoffe ich.* »Ich habe nichts davon, dass ich dir helfe. Ich benutze dich nicht. Ich habe dich einfach in diesem Flur gesehen, ganz allein, und ich konnte nicht anders, als dich zu retten. Ich wollte dich nicht in den Händen der Regierung lassen.«

»Und warum ich, ausgerechnet ich?«

»Weil jeder andere eine gewisse Selbstschuld trägt. Alle Erwachsenen sind aus einem Grund im Knast. Ob dieser Grund jetzt gut ist oder nicht, ist eine andere Frage, aber jeder Rebell hat das Risiko im Kopf. Du allerdings kannst nichts dafür, dass deine Schwester eine Rebellin ist oder war. Du bist ja sogar zu jung, um dich an den Krieg und die Anfänge der Stürme zu erinnern! Dein Schicksal ist einfach unfair. Und dazu kommt noch, dass die anderen, die Erwachsenen im Gefängnis, jemanden hatten, der sich um sie gekümmert hat. Sie waren das Ziel unseres Angriffs auf den Knast, ihre Befreiung war unsere Mission. Aber du warst nie in unserem Plan. Die anderen hätten dich einfach ignoriert. Niemand hätte sich um dich gekümmert, also habe ich entschieden, dieser Niemand zu sein. Ohne einen eigenen Gewinn daraus zu ziehen, außer vielleicht einen Freund.«

Milo schwieg und ich griff nach der Wasserflasche. Ich war es nicht gewohnt, so lange am Stück zu sprechen, geschweige denn, dass mir zugehört wurde.

»Ich würde dir so gerne glauben und vertrauen, aber ich weiß nicht, ob ich das kann.« Milo fing meinen Blick auf. »Ich hoffe, du verstehst das.«

Ich schluckte hart, dann nickte ich. »Es ist gut, dass du vorsichtig bist. Ich kann dir nur wieder und wieder versprechen, dass du mir vertrauen kannst, dass ich dich niemals verletzen oder anschreien werde. Ich werde dich vor allem beschützen, das dir Böses will. Ich schwöre es.«

»Okay.« Er lächelte vorsichtig. »Ria … kann ich dich umarmen?«

»Oh Gott«, flüsterte ich und hatte sofort Tränen in den Augen. »Immer doch.«

07 – Staub und Sand

Wir blieben den Rest des Tages im Laden. Der Plan war, früh zu schlafen und dann ungefähr nach der Hälfte der Nacht weiterzulaufen, sodass wir noch Schatten hatten, aber weniger Risiko liefen, den Kreaturen der Wüste zu begegnen, die eher um den Sonnenuntergang und in der ersten Nachthälfte aktiv waren.

Wir redeten nicht viel, während wir abwarteten. Milo traute sich noch immer nicht, mir Fragen zu stellen, und ich legte auch nicht viel Wert auf Geschichten aus meinem Leben. Genauso wenig wusste ich, welche Fragen ich ihm stellen konnte – er erinnerte sich ja an nichts außer an das Gefängnis, und die Erinnerungen wollte ich nicht wieder erwecken.

Allerdings hatte ich inzwischen die These, dass sein Erinnerungsverlust nicht von einer Verletzung kam, dafür wirkte er zu fit. Eine Amnesie nach Verletzungen, aber ohne Nebenfolgen, war quasi unmöglich. Und der Staat hätte ihm auch keine Medikamente oder einen Arzt zur Verfügung gestellt, dafür wiederum war seine Rolle zu unwichtig.

Meine Vermutung war vielmehr eine psychisch bedingte Amnesie als Folge eines Traumas. Entweder durch die Sandstürme und den Verlust seiner Familie oder durch etwas, das in seinen Anfangsjahren im Knast passiert war. Darauf deutete auch sein Desinteresse an allem hin, was seine Vergangenheit betraf. Er wusste nicht, wer er war, und es interessierte ihn auch nicht – vielleicht hatte man ihm im Knast so lange eingeredet, dass er unwichtig und nutzlos war, dass er irgendwann angefangen hatte, daran zu glauben.

Alles, was ich wusste, war, dass wir ein Schicksal teilten. Falls der Staat ihm keine Lügen erzählt hatte. Ich hatte nicht die Kraft gehabt, Milo zu beichten, dass auch ich eine der Rebellinnen war, die einen Bruder verloren hatte. Allerdings *wirklich* verloren, er war tot. Er und meine Eltern waren auf dieselbe Art gestorben wie Milos Familie – eine Bekannte aus meiner Einheit war zum Zeitpunkt des Aufräumens zur Spionage im Dorf gewesen und hatte mir Fotos von unserem Haus gezeigt. Das *konnte* niemand überlebt haben, vor allen kein kleiner Junge.

Und trotzdem war da eine Stimme, eine völlig abgedrehte Stimme in mir, die sich an der irrsinnigen Hoffnung festklammerte. *Was, wenn er doch überlebt hat?* Wieder und wieder brachte ich die Stimme zum Schweigen. Ich konnte, *wollte* diese Möglichkeit nicht durchspielen, weil sie mich völlig zerbrechen konnte. *Er ist tot. Du hast all die Jahre daran geglaubt, also fang jetzt nicht an zu zweifeln. Die Wahrscheinlichkeit ist zu winzig.*

Zu viele Menschen heutzutage teilten dieses Schicksal, aber es war fast schon bitter, wie die Welt ihn und mich zusammengebracht hatte. Alles, was mir geblieben war, war ein uraltes Familienfoto, auf wenige Quadratzentimeter zusammengefaltet im Anhänger meiner Kette. Ich hatte es ewig nicht mehr angesehen und ich wollte es auch nicht. Mir reichte die Gewissheit, dass es da war – und damit irgendwie auch ein Teil meiner Familie.

Dann kam die Nacht. Ich verbarrikadierte die Tür mit Regalbrettern und baute uns im hinteren Teil des Ladens eine kleine Festung aus Regalen, sodass wir in Ruhe schlafen konnten. Allerdings hatten wir nicht viel Platz und ich befürchtete, Milo würde nicht genug Privatsphäre haben, also bot ich ihm an, außerhalb zu schlafen.

»Schon gut, bleib ruhig hier«, entgegnete er leise. »Der Platz reicht. Und du kannst auch die Decke haben, mir ist eh zu heiß …«

»Heiß?« Ich legte eine Hand auf seine Stirn. »Also Fieber hast du keins.«

»Nein, nein, nicht *heiß*, ich meine nur …« Er verschränkte die Arme und senkte den Blick. »Nimm die Decke, ich will sie nicht. Du sollst sie haben. Nach allem …«

»Nimm die Decke, Milo.« Ich griff nach seinen Händen. »Du brauchst mich nicht zu respektieren. Nicht auf diese Art. Bitte nimm die Decke. Du hattest einen anstrengenden Tag.«

»Du erst recht. Ich hab dir nichts als Ärger gemacht, Ria.«

»Du bist *zusammengebrochen*, weil ich es nicht geschafft habe, dich zu versorgen!« Ich legte ihm die Decke um die Schultern. »Kein Protest.«

»Kein Protest.« Er nickte langsam.

»Ich meine es ernst. Ich weiß, es ist schwer, mir zu vertrauen, aber ich will wirklich nur das Beste für dich. Vielleicht war es ein Fehler, dich befreien zu wollen, weil ich alles nur schlimmer gemacht habe, aber …«

»Nein.« Seine Stimme war erstaunlich energisch. »Das ist Unsinn. Jeder Ort ist besser als der Knast. Jeder Ort ist besser, wenn … du dabei bist.«

»Was?«

»Ich kann nicht wirklich glauben, dass du dich nicht irgendwann gegen mich entscheidest, aber bis jetzt warst du die netteste Person, an die ich mich erinnere. Und das will ich genießen, solange es hält.«

»Ich fühle mich geehrt.« Ich lächelte leicht. »Und vielleicht wirst du mit der Zeit sehen, dass du mir bedingungslos vertrauen kannst.«

»Vielleicht.« Er wickelte die Decke enger und legte sich auf die Sofakissen, die wir in der Haushaltsabteilung gefunden hatten. »Du solltest auch schlafen, Ria. Bleib nicht wach, um auf mich aufzupassen. Du brauchst dringend Schlaf.«

Er hatte Recht. Ich legte mir meinen Mantel um und machte es mir auf der anderen Seite der Regalfestung gemütlich.

»Gute Nacht, Milo.«

»Schlaf gut, Ria.«

Mein Handywecker riss mich aus dem Schlaf. Ich lag mit dem Rücken gegen ein Regal, und in meinen Armen lag Milo. Vorsichtig löste ich mich aus der Umarmung. Ich war mir nicht sicher, ob Milo es im wachen Zustand so gut finden würde, was er heute Nacht scheinbar im Schlaf getan hatte – auch, wenn es mir zeigte, dass sein Unterbewusstsein mir vertrauen wollte.

 54

Während Milo langsam aufwachte, tappte ich zur Steckdose, wo ich heute Nacht mein Handy zum Laden eingesteckt hatte, und schaltete den Wecker ab. Ich war mir ziemlich sicher, dass wir heute die nächste Steckdose erreichen würden, bevor der Akku leer war.

»Es ist so früh«, murmelte Milo und tauchte in die Decke gewickelt hinter mir auf.

»Ich weiß. Aber wenn wir jetzt gehen, müssen wir nicht so lange in der Hitze laufen. Ich denke, wir schaffen es heute in die Zivilisation.«

Er nickte und verschwand wieder hinter den Regalen, vermutlich um die Wasserflasche zu suchen.

Ich begann, die Regalbretter von der Eingangstür zu entfernen. Draußen war es dunkel – natürlich –, aber ich konnte keine Silhouetten von Kreaturen erkennen, keine hungrigen gelben Augen. Und im Notfall hatte ich genug Munition. Nicht die schönste Lösung, aber vielleicht die nötige.

»Ich bin bereit«, sagte Milo und trat neben mich, den großen Rucksack in seinen kleinen Armen. »Und ich hab ein Regal gefunden, wo Wasserflaschen stehen. Wir sollten welche mitnehmen, oder?«

Ich nickte zögerlich. »Kannst du noch drei holen? Dann haben wir vier insgesamt, mehr kann ich nicht tragen.«

Er nickte und verschwand wieder zwischen den Regalen. Ich kramte hastig aus dem Seitenfach meines Rucksacks die Zusatzmunition meiner Waffe und verstaute sie in meiner Hosentasche, damit ich im Notfall schneller drankam.

»Hier sind die Flaschen!« Milo schleppte drei große Wasserflaschen an und ich bekam sie gerade so im Rucksack unter. Der Extraballast war nicht gerade vorteilhaft, aber allemal besser, als zu verdursten.

»Und das Essen?«, fragte Milo.

»Für die Dosen ist kein Platz mehr, wir können nur Nüsse und Knäckebrot mitnehmen«, entschied ich. Wir hatten am Abend über der großen Flamme des Feuerzeugs eine Dose Ravioli gekocht – ein Glück, dass diese Feuerzeuge der Rebellion mit einem kleinen Flammenwerfer ausgestattet waren. Die wenigen Nährstoffe mussten uns jetzt eben über den Tag bringen.

Milo verschwand wieder, um die Nüsse zu suchen, und für einen Moment starrte ich einfach nur ins Leere und fragte mich, wie es so weit kommen konnte – die dunklen, ganz persönlichen Pläne, die ich vor dem Überfall auf das Gefängnis gehabt hatte, schienen so fern in diesem Moment, in dem ich um das Überleben eines Jungen kämpfte, der mir kaum vertraute.

»Bereit?« Milo reichte mir die Tüten und ich zerrte den Reißverschluss des Rucksacks zu. »Irgendwie schon. Wir haben ja keine Wahl, wenn wir nicht für immer hierbleiben wollen, hm?«

Milo nickte knapp.

Und wir verließen den Laden.

Ich ließ die Taschenlampe in meiner Hosentasche, um die Batterien zu schonen – der Mond war hell genug auf unserem sandigen Weg. Wir liefen schweigend, beide zu müde zum Reden, und ich traute mich nicht, Milo zu fragen, ob er heute Nacht *bewusst* in meinen Armen gelandet war oder ob er sich daran überhaupt erinnerte. Aber falls er es wirklich unterbewusst getan hatte, würde er mir wohl nicht glauben und vermuten, ich dächte mir etwas aus, um sein Vertrauen zu gewinnen, und das wollte ich nicht riskieren.

Nach einer halben Ewigkeit ging die Sonne auf. Nach einer halben Ewigkeit, in der ich innerlich tausend Tode gestorben war. Jedes Mal, wenn die Ruinen einer Stadt am Horizont aufgetaucht waren, hatte ich in ihnen die Silhouetten von Kreaturen zu erkennen geglaubt, und ich wusste, ich war zu schwach zum Kämpfen.

Und als die Sonne aufging, geschah es.

»Ria …« Milo zupfte an meinem Ärmel. »Ich will dich nicht beunruhigen, aber … ist das ein Sandsturm?«

Ich fuhr herum. Ich war auf alles mental vorbereitet gewesen, aber nicht auf das. Eine riesige beige Wand raste auf uns zu – und jedes Kind wusste, wie ein Sandsturm aussah.

»Wir sind so was von am Arsch«, flüsterte ich.

»Wie lautet der Plan?« Milos Stimme zitterte, als er sich an mich drückte. »Ria, du hast einen Plan, oder?«

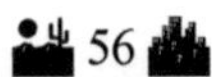

Ich schluckte hart. »Nein – nein, ich habe keinen Plan. Tut mir leid, tut mir so leid, ich weiß nicht, was wir tun sollen!«

»Nicht dein Ernst!« Er starrte mich aus großen Augen an.

»Ich konnte nicht ahnen … Die Dinger gibt es doch nur alle paar Monate, warum ausgerechnet jetzt?!« Tränen brannten in meinen Augen, oder vielleicht war es auch Sand. »Wir haben keine Chance. Keine Ruinen in der Nähe. Kein Atemschutzgerät, *nichts*!«

»Wenn wir die Decke als Schutzschild benutzen …?«, überlegte Milo und ich nickte hastig. »Hock dich hin, schnell! Den Kopf unter die Arme! Das Tuch über Mund und Nase! Augen zu!«

Der Sandsturm rauschte näher und näher und ich verstand mein eigenes Wort kaum. Hastig warf ich mir die Decke über, zog das Schutztuch hoch und hockte mich hinter Milo, um ihn abzuschirmen.

Die Decke war weder besonderes groß noch besonders stabil und als der Sturm auftraf, wäre ich fast nach vorne umgefallen. Selbst durch die Decke und meinen Mantel fühlte ich jedes Sandkorn wie einen Nadelstich in meinem Rücken. Ich atmete langsam durch den Stoff des Tuchs ein und aus und wusste, dass ich trotzdem noch wochenlang Sandkörner zwischen meinen Zähnen finden würde – falls wir das hier überhaupt überleben würden, falls wir nicht unter Sand begraben würden, falls ich nicht gleich zusammenbrechen würde –

Falls ich nicht gleich eine Panikattacke bekommen würde.

Der Sturm rauschte wie ein ewig langer Schnellzug direkt neben mir, und er ging und ging einfach nicht vorbei. Ich wusste längst nicht mehr, ob mein Zittern und die Tränen in meinen Augen von der Anstrengung oder von der Panik kamen.

Und dann war alles vorbei.

Es war still, ganz plötzlich.

Der Druck auf meinem Rücken blieb gleich und ich ahnte, dass ich wohl gerade die Last einer Sandschicht trug.

Ich blinzelte und stand auf, wobei der Sand von meinem Rücken rieselte. »Milo – alles okay bei dir?«

»Bei mir ja«, flüsterte er. »Aber ich glaube, bei *denen* da nicht.«

Ich hob den Blick. Wir waren von einem guten Dutzend Wüstentrucks umgeben, und dazu doppelt so viele Soldaten in blauer Camouflageuniform. Die Läufe ihrer Maschinengewehre deuteten auf uns.

08 – Melena Faherty

Es war kein Sandsturm gewesen. Wie ironisch, dass das mein erster Gedanke war. Es war kein natürlicher Sandsturm gewesen, sondern die Reifen der Wüstentrucks hatten all den Sand aufgewirbelt. Ich hätte es wissen müssen – für einen normalen Sandsturm war es viel zu wenig Sand gewesen.

Wie auch immer, das war jetzt wohl unser kleinstes Problem.

»Sergeant Travino«, sagte eine Frau und selbst in der Weite der Wüste, selbst mit dem Abstand zwischen uns, war ihre Stimme laut und deutlich, und ich erkannte sie sofort.

»Präsidentin Faherty.« Meine Stimme musste vor Spott triefen.

»Ich höre, Sie machen sich über mich lustig, Sergeant.«

»Sie meinen den sarkastischen Unterton? Ich bin begeistert, dass Sie den rausgehört haben. So eine schwere Aufgabe für Sie«, gab ich bitter zurück.

»Travino!« Ihre Stimme wurde scharf. »Sie sind nicht in der Situation für solche Sprüche. Nicht, wenn es nicht nur Ihr eigenes Leben ist, das Sie riskieren.«

Leider hatte sie Recht. Es war auch Milos Leben, das auf dem Spiel stand, und das wusste er ebenfalls. Er stand dicht neben mir und blinzelte ständig die Tränen weg.

Ich zog langsam meine Pistole und richtete sie auf die Präsidentin. »Wenn Sie Milo etwas antun, werde ich Sie töten.«

Sie zuckte nicht einmal. »Ist das nicht eigentlich sowieso die Mission von euch albernen Rebellen?« Sie machte jetzt sogar einen Schritt auf mich zu. »Aber, oh, ich habe ja ganz vergessen, dass du nicht mal mehr selbst auf der Seite deiner Einheit stehst, Arianna Travino. Richtig?«

Woher wusste sie das?! »Ich sehe ähnliche Probleme bei den Rebellen wie in deiner Regierung, Melena Faherty.« Die Waffe in meiner Hand zitterte. Nie zuvor war ein Rebell der Präsidentin so nahe gewesen wie ich in diesem Moment – geschweige denn mit einer Waffe. Wir alle hatten beim Schießtraining auf Zielscheiben mit Portraits von ihr geballert und uns lustig gemacht. Und trotzdem hielt mich irgendetwas davon ab, sie zu töten.

»Ich dachte mir schon, dass ich mit deiner Festnahme eine besonders gefährliche Feindin gefunden habe.« Sie kam wieder näher. »Du bist anders als die anderen Rebellen, Arianna Travino. Du hast andere Ziele. Denn in erster Linie bist du ein Mensch.«

Sie stand jetzt direkt vor mir. Ich müsste nur meinen Zeigefinger ein Stück bewegen …

»Und deshalb weiß ich auch ganz genau, dass du dich nicht wehren wirst, wenn ich dir jetzt sage, dass du hiermit festgenommen bist und dich vor einem Gericht für den Hochverrat gegenüber deines Landes verantworten musst.« Ihre kalten Finger umschlossen mein Handgelenk und senkten meinen Arm. »Du wirst sterben, Arianna Travino.«

Ich hatte die Waffe längst in den Sand fallengelassen, als ich endlich verstand. Ich hatte nicht einfach nur den Staat verraten. Ich hatte auch meine Rebelleneinheit verraten. Ich hatte die Präsidentin nicht getötet, als ich die beste Gelegenheit dazu gehabt hatte, und mein einziger Grund war gewesen, dass ich ein fremdes Leben mehr wertgeschätzt hatte als den Erfolg der ganzen Rebellen. Wenn ich sie erschossen hätte, hätten dreiundzwanzig Kugeln mich nur eine Sekunde später getroffen. Und Milo natürlich.

Ich wollte nicht, dass er nochmal sehen musste, wie ich jemanden tötete. Ich wollte nicht, dass er sehen musste, wie jemand mich tötete. Und am wenigsten wollte ich, dass jemand *ihn* tötete.

Ich leistete keinen Widerstand, als die Präsidentin ihren Soldaten befahl, mir Handschellen anzulegen. Sie durchsuchten meine Taschen, konfiszierten meine Waffe, die Munition, mein Handy und meinen Rucksack.

Und dann versuchten sie, Milo von mir loszureißen.

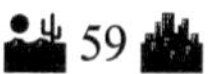

»Stopp!«, kreischte ich fast schon, meine Stimme heiser vom Sand und von der Angst, und zu meiner Überraschung hielten die Soldaten tatsächlich inne. Milo blickte mich aus panischen Augen an.

Präsidentin Faherty hob die Augenbrauen. »Du magst den Jungen?«

»Er – er braucht mich«, flüsterte ich, aber da hatte ich längst verstanden, dass es genau andersrum war. *Ich* brauchte *ihn*. Wäre ich ihm im Knast nicht begegnet, wäre ich mit den anderen zurückgereist, hätte ich nicht viel länger weitergelebt. Mit einer Lebensgeschichte wie meiner gab es Dinge, denen man nachsagte, angenehmer zu sein als das Leben. Diese Mission im Knast wäre meine letzte gewesen und dann wäre ich einfach nicht mehr zum Abendessen gekommen. Selbst einen Brief hatte ich schon geschrieben. Und dann hatte Milo dort im Gefängnisflur gestanden, in seinen dreckigen grauen Klamotten und mit seinen großen, angsterfüllten Augen, und hatte meine gesamte Welt zum Einsturz gebracht, meine Pläne über den Haufen geworfen.

Er war meine ganz persönliche Apokalypse gewesen und damit vielleicht meine Rettung. Hatte meiner Welt wieder einen Sinn gegeben.

Und jetzt war mein Leben doch verloren.

Die Präsidentin nickte nur, obwohl sie nicht wissen konnte, was mir durch den Kopf ging. »Dann trennt sie nicht voneinander. Bringt sie beide in die Limousine.«

Die Soldaten legten Milo ebenfalls Handschellen an und führten uns dann zum größten der zwölf Wüstenfahrzeuge. Der Bereich der Rücksitze war ausgebaut wie das Innere einer Limousine: vier Sitze – zwei vorwärts, zwei rückwärts –, ein kleiner Kühlschrank, getönte Scheiben.

»Setzt euch.« Präsidentin Faherty ließ sich auf den Rückwärtssitzen nieder und Milo und ich hockten uns ihr gegenüber hin.

»Wieso sind Sie so?«, fragte ich, unsicher über Du und Sie. Als sie zum Du gewechselt war, hatte ich dasselbe getan, um meinen Mangel an Respekt ihr gegenüber zu zeigen, aber irgendwie war das alles nur Show gewesen. Sie war eben die mächtigste Frau im Land und sie würde meine Richterin sein.

»Wie, *so*?«, fragte sie trocken. Die Türen wurden von außen geschlossen und der Wagen fuhr los.

»Warum geben Sie uns diese Sonderbehandlung? Sie hätten uns einfach in der Wüste erschießen können, wie Sie es bei jedem anderen Rebellen bisher gemacht haben. Sie hätten nicht mal persönlich in die Wüste kommen müssen, Ihre Soldaten hätten das doch alles getan. Und trotzdem sind Sie hier, und wir auch.«

»Du faszinierst mich.« Die Präsidentin sah mich an, als wäre ich ein naturwissenschaftliches Experiment. »Hast du deine Einheit schon mal betrogen? Vorher, meine ich? Vor heute?«

»Dieses Mal war es zum ersten Mal etwas wirklich … Wichtiges.«

»So wichtig, wie der Tod des wichtigsten Parlamentsmitglieds eben sein kann.« Sie lächelte amüsiert.

»Ich habe bei den Rebellen keine Zukunft, und in Gefangenschaft noch weniger. Also warum sollte ich nicht versuchen, zumindest Milos unschuldiges Leben zu retten?«

»Du hast keine Zukunft bei den Rebellen? Sie wollen dich ebenfalls tot sehen?« Sie wirkte interessiert.

»Sie würden, wenn sie wüssten, was ich wirklich über sie denke. Und ich hätte es nicht viel länger für mich behalten können. Es wurde jeden Tag schlimmer, mit jedem sinnlosen Mord, den ich begehen musste. Ich hatte meine eigenen Pläne mit meinem Leben. Oder … *nicht*-Leben.« Ich hoffte, dass sie meine Andeutungen verstand, ohne dass ich klarer werden musste. Milo sollte das alles nicht hören. Und dann fragte ich mich, warum ich ausgerechnet die Präsidentin in diese so privaten Gedanken eingeweiht hatte. Meine Erzfeindin. Diejenige, die mir gerade meinen Tod angekündigt hatte.

»Du faszinierst mich«, sagte sie wieder.

»Ich nehme das als ein Kompliment.«

»Vielleicht war es eins, wer weiß?«

»Dann überraschen Sie mich.«

»Wir sind nicht so unterschiedlich, wie du denkst, Arianna.« Faherty verschränkte ihre Arme. »Ich weiß, das ist das, was jeder Klischee-Antagonist dem Helden zu erzählen versucht. Aber du musst wissen, ich bin ebenfalls kein großer Fan von sinnloser Gewalt. Ich formuliere es mal vorsichtig: Mein

Parlament kann viele Entscheidungen auch ohne meine explizite Zustimmung treffen, das ist Demokratie. Und wäre ich nicht in die Familie geboren worden, die mich auf diese Seite der Politik gebracht hat, dann wäre ich vielleicht auch eine Rebellin geworden. Aber das Problem mit euch Rebellen ist, dass ihr eine Demokratie bekämpfen wollt. Ihr wollt das bekämpfen, was vom Volk gewählt wurde.«

»Wir bekämpfen das, was gewählt wurde und dann seine Versprechen nicht halten konnte.« Ich zögerte. »Aber ich fürchte, ich verstehe. Das ist genau mein Problem mit den Rebellen. Sie sind genau wie die Regierung. Sie machen Versprechungen und Pläne ohne eine Idee, wie man diese umsetzen könnte. Sie konzentrieren sich darauf, an die Macht zu kommen. Was danach kommt, ist ihnen im Moment noch völlig egal. Weil sie ahnen, dass sie es nicht umsetzen können.«

»Du verstehst mich.« Sie nickte.

»Das bringt uns trotzdem nicht auf dieselbe Seite«, stellte ich klar. »Ich stimme der Regierung nicht zu, denn sie ist nicht demokratisch. Ein Staat, in dem nicht alle Menschen die gleichen Stimmrechte haben, kann nicht demokratisch sein. Ich stimme aber meiner Rebelleneinheit ebenso wenig zu, denn Gewalt ist der falsche Ansatz. Ich bräuchte eine ganz neue Revolution. Aber selbst dann, was würde ich tun? Wenn weder Sie und Ihre Regierung noch meine Einheit ihre Ideen umsetzen können, wieso sollte ich dann ausgerechnet diejenige sein, die es schafft? Die Politik in diesem Staat ist längst verloren, jeder Funken von Demokratie erlischt unter den machthungrigen Reichen.«

»Du bist clever.« Faherty lächelte leicht. »Leider hast du gerade ein Geständnis abgelegt, dass du eine eigene Rebellengruppe gründen würdest.«

»Sie hätten mich nicht austricksen müssen, damit ich das gestehe«, entgegnete ich bitter. »Sie haben vielleicht gemerkt, dass mein Leben nicht gerade mein wertvollster Besitz ist.«

»Nicht deins.« Sie sah zu Milo, der uns schweigend zugehört hatte. »Aber seins.«

»Richtig.« Ich nickte.

»Seid ihr verwandt?«

Autsch.

»Nein. Ich habe ihn im Gefängnis gefunden und weil ich wusste, dass meine Einheit ihn nicht wollen würde, habe ich versucht, ihn allein in Sicherheit zu bringen.«

»Deine Einheit ist schrecklich.«

»Ich weiß.«

»Arianna …« Die Präsidentin seufzte. »Wenn ich könnte, würde ich dein Leben verschonen. Ich habe gedacht, du wärst eine der gefährlichsten Personen in diesem Staat, aber ich weiß jetzt, dass du in Wahrheit einfach nur realistisch und hoffnungslos bist. Du bist weniger gefährlich als die Realitätsblinden, die Träumer, die ziellos ins Verderben rennen. Ich würde dich verschonen, wenn ich könnte, weil ich sehen will, wie du in dieser Welt aufwächst und deinen Platz findest. Du und ich, wir könnten irgendwie zusammenarbeiten gegen die Probleme im Parlament. Aber wer wäre ich, wenn ich mit einer Rebellin zusammenarbeiten würde? Ich wäre die nächste, die hingerichtet wird. Nicht nur deine Einheit opfert gerne mal ihre eigenen Leute, wenn du verstehst.«

»Ihr Parlament würde Sie töten?«

»Natürlich. Verrat ist Verrat, egal, von wem.« Sie seufzte tief. »Tut mir ehrlich leid, Arianna. Dein Gerichtsverfahren ist schon terminiert, und dein Tod ebenso. Aber ich werde mein Bestes geben, was den Jungen betrifft.«

Wir fuhren in Stille weiter.

Die Präsidentin hatte mir so viel zum Nachdenken gegeben. Verrückt, zu denken, dass ihre und meine Leute so ähnlich waren. Dass sie und ich so ähnlich waren. Verrückt, zu denken, dass ich sterben würde. Und verrückt, zu denken, dass die Präsidentin persönlich mein Leben verschonen würde, wenn sie könnte.

Egal. Der Tod wartete so oder so auf mich. Ich hatte durch ihn der Staatsverfolgung entgehen wollen, die mich selbst dann erwartet hätte, wenn ich von den Rebellen desertiert wäre, und jetzt war ich hier, trotzdem in den Fängen der Regierung. Ausgerechnet jetzt, wo ich wieder eine positive Facette des Lebens entdeckt hatte.

Zumindest würde Präsidentin Faherty sich für Milos Leben einsetzen. Ein schwacher Trost – er würde stattdessen einfach wieder im Knast landen –, aber immerhin würde er leben.

Für mich persönlich waren tausend Tode besser als lebenslange Gefangenschaft, aber vermutlich sah Milo das anders. Vermutlich sah jeder das anders, der halbwegs mental stabil war. Aber wer war ich schon, das zu wissen?

Ich fragte mich, wie die Gerichtsverhandlung aussehen würde. Ich würde gestehen, natürlich. Ich stand zu den Dingen, die ich der Präsidentin erzählt hatte, und ich würde sie auch öffentlich wiederholen. Aber würden sie mich wirklich ernsthaft befragen und im Austausch am Leben lassen? Ganz sicher nicht. Nicht mal, wenn ich ihnen etwas über die Rebellen erzählen könnte – was ich ja nicht konnte. Sie konnten mir tausende Fragen stellen und ich würde wohl kaum eine beantworten können. Ob sie mir das glauben würden, war natürlich eine andere Frage.

Vermutlich nicht.

Vermutlich würden sie mich foltern.

Und darauf legte ich nun wirklich keinen Wert.

Die Stunden vergingen. Hin und wieder kreuzte sich mein Blick mit dem der Präsidentin, wir führten einen stummen Kampf, wer zuerst wegsah, mal gewann sie, mal gewann ich. Dann erreichten wir die Stadtmauern.

»Arianna?«, flüsterte Milo, als wir durch die Straßen von Forlin fuhren, die schemenhaft vor den getönten Fenstern tanzten. »Was wird aus mir werden?«

Ich holte tief Luft und blickte kurz zu Präsidentin Faherty. Sie saß aufrecht und ernst wie in jedem Fernsehinterview, als könnte nichts und niemand sie aus der Fassung bringen. Oder als würde sie sich *sehr* unwohl fühlen.

»Ihm wird nichts passieren.« Sie sah zu mir. »Ich verspreche es.«

»Dir wird nichts passieren«, wiederholte ich. »Du hast sie gehört.«

»Und wir vertrauen dem Versprechen der Person, die dich töten lässt?«

Sowohl die Präsidentin als auch ich zuckten zusammen und wir tauschten erneut einen Blick.

Schließlich lächelte sie sanft. »Du bist ein schlauer Junge«, sagte sie leise. »Es ist gut, dass du mir nicht vertraust. Nach allem – Aber du wirst sehen, dass niemand dir etwas antun wird, solange ich diesen Staat regiere.«

»Du regierst nichts in diesem Staat«, gab ich leise zurück, wieder ins Du verfallend. Es war bloß eine Eingebung, eine Ahnung, dass sie lediglich die Gallionsfigur des Parlaments war.

Sie hielt meinem Blick stand, aber ihre Gesichtszüge waren hart geworden und ich wusste, dass ich zu weit gegangen war.

»So etwas sagst du nie wieder«, flüsterte sie beinahe drohend und ich zuckte mit den Schultern. Ihre Reaktion hatte mir verraten, dass ich richtiggelegen hatte.

Ich wandte mich wieder zu Milo und strich über seine weichen Haare, soweit es die Handschellen zuließen. »Du überlebst das, Milo«, flüsterte ich. »Egal, was passiert. Vergiss mich einfach. Du wirst dein Glück an einem anderen, an einem besseren Ort finden.«

»Du glaubst doch selbst nicht mehr an diesen besseren Platz in dieser sterblichen Welt«, ging die Präsidentin plötzlich kalt dazwischen. »Wie kannst du ihm etwas versprechen, an das du selbst nicht glaubst?«

»Es ist kein Versprechen«, entgegnete ich bitter. »Es ist ein Wunsch. Der Wunsch, dass er das findet, was mir nie vergönnt war.«

»Ria …« Milo ergriff meine Hand. »Du kannst jetzt nicht gehen. Nicht jetzt. Das darf einfach nicht sein! Wir waren so nah dran …«

»Ich will nicht gehen«, flüsterte ich und als die Worte meine Lippen verließen, wusste ich, dass sie die Wahrheit geworden waren. »Ich will wirklich nicht gehen. Aber uns fragt keiner. Leute wie wir werden nie gefragt.«

Der Truck stoppte abrupt, die Türen wurden aufgerissen und ich blickte in die Läufe einer Handvoll Waffen. Ich sollte mich geehrt fühlen, das wusste ich. Je mehr Soldaten nötig waren, umso gefährlicher und wichtiger wurde man eingeschätzt. Aber im Hinblick auf die Tatsache, dass man mich und Milo allein mit der Präsidentin gelassen hatte, erwarteten sie wohl nicht viel von mir. Oder sie wussten, dass ich Milo um jeden Preis beschützen wollte.

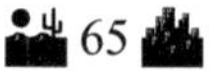

War es nicht ironisch, dass ausgerechnet die Präsidentin die Menschlichste von allen hier war?

»Ihr werdet gleich voneinander getrennt«, befahl die Präsidentin in einem Ton, der nichts über unsere vorangegangenen Unterhaltungen erkennen ließ. »Du wirst dich dem Verfahren ohne äußere Einflüsse unterziehen.«

»Darf ich einen Anwalt hinzuziehen?«, fragte ich, wohl wissend, dass ich kaum Geld hatte. Mich interessierte nur, wie weit die *Demokratie* hier wirklich ging.

»Theoretisch ja.« Die Präsidentin zuckte mit den Schultern. »Mit dem kleinen Beigeschmack, dass jeder Anwalt, der einen Rebellen zu verteidigen versucht, selbst des Hochverrats angeklagt wird. Du wirst also niemanden finden. Es sei denn, irgendein Anwalt in dieser Welt will so gerne sterben wie du.«

Ich zuckte ob der Anspielung zusammen, und sie lachte bitter. »Oh, ich habe ja ganz vergessen, dass du deine Pläne geändert hast.«

Nichts ließ mehr vermuten, dass sie im persönlichen Gespräch eine so andere Person gewesen war.

Sie gab den Soldaten ein Zeichen und zwei griffen nach meinen Armen, zwei nach Milos, und dann brachten sie uns in das hässliche Gebäude direkt vor uns.

Das Staatsgefängnis.

09 – Die Verhandlung

Das Staatsgefängnis verdiente diesen Namen eigentlich nicht. Kaum jemand lebte hier für eine so lange Zeit, dass man sie als Gefängnisstrafe bezeichnen konnte. Und kaum jemand kam lebendig wieder heraus.

Am schlimmsten war natürlich, dass jeder die Bedingungen kannte und tolerierte, unter denen Strafen in unserem Staat ausgeführt wurden. Aber die Todesstrafe *war ja nötig, um das neue Staatssystem stabil zu halten* und um den Leuten klarzumachen, dass keine Anarchie herrschte. Wer nicht direkt betroffen war, hielt sich von dem Thema so weit wie möglich fern.

Meine Rebelleneinheit hatte für ein *Gerichtssystem ohne Todesstrafe* gekämpft und dafür hatten sie jeden Soldaten getötet, dem sie über den Weg gelaufen waren. Klar lief kaum eine Revolution ohne Blutvergießen ab, aber musste man denn wirklich die Französische Revolution nachahmen oder konnte man es nicht zumindest bei Gefangennahmen belassen?

Wir betraten das Gebäude durch eine große Glastür, dann folgte eine Schranke, die die Präsidentin mit ihrem Fingerabdruck öffnete, und dann liefen wir durch eine Lobby zu einem Aufzug.

»Den Jungen in irgendeine freie Zelle, um den kümmern wir uns später«, befahl Faherty. »Und Travino nach 505. Ihre Verhandlung beginnt in zwanzig Minuten.«

In zwanzig Minuten?

So früh hatte ich es nicht erwartet. Ich hatte gehofft, zumindest noch ein oder zwei Tage zu haben. Ein oder zwei Tage mit Milo.

Jemand stieß mich an und ich betrat den Aufzug, dicht gefolgt von den anderen. Es passten sicher fünfzehn oder zwanzig Leute rein, aber nur sechs stiegen ein. Milo und ich, und jeweils zwei Soldaten. Die Präsidentin winkte, als sich die Türen zwischen uns schlossen, und plötzlich fühlte ich mich einsam. Egal, wer sie war: Sie hatte mir die Hoffnung auf ein humanes Ende gegeben. Sie hatte mir Verständnis gezeigt – mehr Verständnis, als meine Einheit mir jemals entgegengebracht hatte.

Und jetzt waren wir wieder ganz allein. Nur noch Milo und ich.

Der Aufzug stoppte nach wenigen Sekunden und die Soldaten zerrten mich in einen Flur.

»Ria!«, heulte Milo auf. »Ria!«

»Milo …« Ich wandte den Kopf, um einen letzten Blick auf ihn zu erhaschen. »Ich werde dich vermissen.«

Was hätte ich sonst sagen sollen? Wie hätte ich sagen sollen, dass alles gut wird, wenn nichts jemals wieder gut werden würde?

»Geh!« Der eine Soldat stieß sein Knie in meinen Rücken und ich stolperte vorwärts. Hier waren sie wie bei uns in der Einheit. Hatten Spaß an Gewalt. Ich fühlte mich beinahe wie in einer vertrauten Umgebung.

Wir passierten Raum um Raum.

499, 500, 501.

Und weiter.

502, 503, 504.

»Anhalten!«

505.

Sie führten mich durch die offene Tür nach drinnen.

Der Raum war ungefähr so groß wie die Unterrichtsräume des Rebellenhauptquartiers und es standen Tische in einer Art U-Formation. Am offenen Ende des U stand ein etwas erhöhter Tisch – wohl das Richterpult.

Sie brachten mich zum geschlossenen Ende des U und bedeuteten mir, mich hinzusetzen, dann stellten sie sich in einigem Abstand hinter mir an die Wand und richteten ihre Waffen auf mich. Ich drehte mich nach vorne und ließ den Kopf auf die Tischplatte sinken.

Kurz erwartete ich, sie würden mich einfach hier hinrichten, sofort, ohne Urteil, aber ich wusste, dass das Unsinn war. Sie erhofften sich Antworten von mir. Antworten, die ich ihnen nicht geben konnte.

Die Erschöpfung, die ich während der Reise durch die Wüste unterdrückt hatte, traf mich jetzt doppelt so hart und zum ersten Mal erlaubte ich mir, darüber nachzudenken, was geschehen war. Wir waren so nah dran gewesen, die Zivilisation zu erreichen. Was hatte uns verraten? Vielleicht der plötzliche Stromfluss in einer verlassenen Wüstenstadt.

Es war vorbei.

Und ich hatte mein Versprechen an Milo gebrochen. Ich hatte ihm Sicherheit versprochen, und jetzt waren wir beide hier. Nein – wir waren noch nicht mal *beide* hier. Er war irgendwo über mir in einer einsamen Zelle und ich war hier unten und wartete auf den Tod.

Würde ich ihn vorher nochmal sehen? Ich hoffte darauf, aber … hoffentlich würden sie ihn nicht zum Zusehen zwingen. Alles, nur das nicht.

Für eine ewig lange Zeit war ich allein mit meinen Gedanken, bis endlich Schritte im Flur erklangen und ich den Kopf hob.

Drei Richter – ein Mann, zwei Frauen – marschierten geradewegs auf das Richterpult zu und setzten sich. Eine Handvoll anderer Menschen – Zeugen? Eingeschworene? – verteilten sich auf den langen Seiten des U, und zuletzt betrat die Präsidentin den Raum. Sie kam geradewegs auf mich zu und nahm auf dem Stuhl neben mir Platz.

»Was gibt's?«, fragte ich müde.

»Ich bin deine Anwältin.«

»Verarschen kann ich mich selbst.«

»Ich meine es ernst.« Sie lehnte sich zu mir rüber. »Ich will deine Strafe senken.«

Ich lachte trocken auf. »Das ist vergebens. Du kannst mich nicht retten, Melena Faherty. In welcher Welt lebst du, dass du glaubst, ein Urteil wie meins ändern zu können? Wir können niemals zusammen die Welt verändern. Geh, lass mich sterben und ändere, was du kannst, ohne durch so einen Unsinn wie das hier deine Position zu riskieren.«

Ihr Gesicht war ausdruckslos. »Entweder bist du dämlich oder äußerst mutig. Wer bist du, dass du mir etwas befehlen willst?«

»Ich habe nichts mehr zu verlieren.« Ich fing ihren Blick auf. »Ich will lieber sterben, als in ein Arbeitslager zu gehen.«

»Und ins Gefängnis?«

»Knast ist scheiße.«

»Also *willst* du sterben?«

»Ich will frei sein. Frei von einer Welt, in der es keine Freiheit gibt. Ich will frei sein von Verfolgung und von einer Gesellschaft, wo jede Option ein bisschen schlimmer ist als die nächste.«

»Also willst du sterben.«

»Oder in einen anderen Staat fliehen, wo die Dinge anders sind. Aber die Optionen sind … beschränkt. Wenn ich die Wahl hätte, stehend zu sterben oder kniend zu leben, würde ich eher sterben.«

»Ich wüsste einen Ort, der dir gefallen könnte.«

»Was juckt dich mein Leben eigentlich?«, fuhr ich sie etwas ruppiger an, als ich gewollt hatte.

»Wie ich schon gesagt habe: Du erinnerst mich sehr an mich selbst.«

»Faherty –« Ich zögerte. »Ich wollte das vor Milo nicht fragen, aber … woher weißt du eigentlich den ganzen Scheiß über mich?«

Sie lachte kurz. »Ich weiß eine ganze Menge über dich, hm? Sachen, die deinen wunden Punkt treffen. Wobei bei dir quasi jeder Punkt ein wunder ist.«

Ich blickte sie schweigend an.

»Der Brief«, sagte sie, als würde das alles erklären.

Tat es leider auch. *Der Brief* – mein Abschiedsbrief. Ihre Soldaten mussten ihn gefunden haben, als sie meine Sachen in der alten Kirche durchwühlt hatten. Ich hatte ihn vor mein Zimmer legen wollen, sobald wir von der Mission zurückgekehrt waren – und da mich dann die Rebellion nur noch einen Scheißdreck angegangen wäre, hatte ich in dem Brief meinem ganzen Ärger Luft gemacht. Da stand wirklich *alles* drin – wie ich im kalten Hauptquartier nie ein Zuhause gesehen hatte, nie Freunde gehabt hatte und wie ich dachte, dass sie alle grausame Monster waren. Und das schien genug gewesen zu sein, dass die Präsidentin höchstpersönlich Interesse an mir gefunden hatte. *Deswegen* also hatten die Soldaten uns nicht früher gefangen – weil sie auf die Ankunft der Präsidentin gewartet hatten.

»Du tust mir leid«, sagte sie ehrlich. »Es ist eine Schande, dass junge Menschen wie du solche Gefühle haben müssen. Hilflosigkeit und Verlorenheit, bis zu einem Punkt, dass sie keinen Ausweg außer dem Tod mehr sehen. Es ist eine Schande, was mit unserer Welt geschehen ist.«

»Unter deinem Einfluss, Faherty.«

Sie zuckte mit den Schultern. »Nicht wirklich. Ehrlich gesagt hast du ja selbst schon gemerkt, dass ich nicht viel mehr als eine Repräsentationsfigur bin. Mein Parlament trifft – ganz im Sinne der Demokratie – alle Entscheidungen per Mehrheitsvotum. Und vielleicht hast du Recht. Vielleicht habe ich zu lange zugesehen. Aber du weißt auch, dass ich nichts tun kann. Es ist dieselbe Situation mit dieser Regierung wie mit jeder vorherigen, die seit dem Krieg die Führung hat. Bei den Neuwahlen vor vier Jahren stiegen die Hoffnungen an, und in den ersten Monaten ging wieder alles bergab. Es ist alles verloren.«

Es war komisch, die Präsidentin so sprechen zu hören. Als wäre sonst niemand im Raum. Aber als ich mich umsah, erkannte ich, dass uns niemand zuhörte. Sie waren alle weit genug weg und in ihre eigenen Plaudereien vertieft, vielleicht lasen sie gerade die Liste meiner Verbrechen oder dachten übers Abendessen nach.

»Bereust du deine Taten?«, fragte die Präsidentin unvermittelt.

»Tue ich das?« Ich seufzte. »Ich habe schnell den Überblick über Gut und Böse verloren – schon in den ersten Wochen bei den Rebellen. Bis zu dem Punkt, wo ein Mord ein antrainierter Reflex ist, als würde man einen Ball fangen, der auf einen zufliegt. Es tut weh, zu sehen, was aus mir geworden ist, aber ich weiß nicht, ob ich es bereue. Lange genug habe ich geglaubt, ich würde das Richtige tun. Ich bin ein *Sergeant* geworden, verdammt – irgendwas müssen sie in mir gesehen haben, und irgendwas muss ich selbst gesehen haben, dass ich den Titel angenommen habe! Aber ... inzwischen bin ich von nichts mehr überzeugt. Mein Moralkompass ist schon so lange kaputt und ich weiß nicht, wie ich ihn in dieser Gesellschaft wieder ausrichten kann. Ich will einfach keine Meinung mehr haben. Oder vielleicht vertrete ich die Meinung, dass meine Taten genauso problematisch waren wie die Taten deiner Regierung, Faherty. Und jetzt dreh mir daraus einen Strick, wenn du willst.«

»Ich *will* dir keinen Strick drehen«, entgegnete sie vage, dann nickte sie. »Ich bin mir nicht sicher, wie genau ich daraus dein Plädoyer formulieren soll, aber es ist ein Anfang.«

Und als sie *Anfang* sagte, schlug der Richter in der Mitte mit der Handfläche auf den Tisch. Es wurde sofort still.

»Hiermit eröffne ich offiziell das Gerichtsverfahren gegen Arianna Travino, zweiundzwanzig Jahre alt, in ihrer Rebelleneinheit bekannt als Sergeant Travino. Sie wird beschuldigt, Massenmörderin und Unterstützerin einer staatsfeindlichen, anti-demokratischen Organisation zu sein.«

Anti-demokratisch? Das war auch nicht *ganz* richtig. Oder zumindest war die Einheit genauso demokratisch wie die Regierung. Was das jetzt wiederum über die Regierung aussagte …

Der Richter begann, eine Liste meiner Verbrechen zu verlesen, die ersten aus der Zeit, als ich siebzehn gewesen war, bis zu den neusten von vorgestern.

»… die Befreiung unzähliger gefährlicher Gefangener aus dem Wüstengefängnis und die Entführung eines kleinen Jungen. Auf der Flucht der Mord an einem weiteren Soldaten. Die Morddrohung an die Präsidentin bei ihrer Gefangennahme.«

Auch das war nicht ganz richtig. Aber wen interessierten schon die Details?

»Auf das Zusammenspiel all dieser Taten steht selbstverständlich nichts als die Todesstrafe«, schloss der Richter seine Rede ab. »Es sei denn, jemand möchte Einspruch erheben.«

Die beiden Richterinnen links und rechts von ihm schüttelten die Köpfe.

Meine Hände zitterten, als ich mich an der Tischplatte festklammerte. Konnte ich theoretisch jemanden hier töten – oder sie das zumindest glauben lassen – und so meinen Weg in die Freiheit erpressen? Aber selbst wenn, dann wusste ich nicht, wo Milo war. Und eine Flucht ohne ihn war sinnlos.

»Ich erhebe Einspruch«, sagte die Präsidentin laut und deutlich. »Travinos Brief, der dem Gericht auch als Beweismittel vorliegt, zeugt von ihrem Hass auf die Rebelleneinheit, weshalb eine Bezeichnung des *Unterstützens* der Organisation nicht ganz richtig ist.«

»Sie hat Menschen getötet. Und sie hat sich gegen die Regierung gestellt.« Der Richter schien nicht einmal verwirrt, warum die Präsidentin sich auf meine Seite stellte. Vielleicht machte sie das öfter in solchen Verhandlungen, um das Bild der radikalen Rechtsprechung zu brechen. »Und was zählt, ist nicht *auf wessen* Seite jemand ist, sondern vielmehr *gegen wen*. In diesem Fall *gegen den Staat*.«

»Hat jemand überprüft, ob ihre Morde Selbstverteidigung waren?«, fragte die Präsidentin weiter und ich seufzte tief. Warum konnte sie es nicht einfach sein lassen? Die einzige Person auf dieser Welt, die mich auf einer irrsinnigen

Ebene verstand, riskierte gerade die Position, aus der sie zumindest den Hauch einer Chance hatte, etwas zum Guten zu ändern.

»Ein paar Morde waren Selbstverteidigung«, erklärte ich laut. »Aber die meisten nicht. Ich wurde zum Töten trainiert, nicht zum Nachdenken.«

»Sie wurde manipuliert«, fügte die Präsidentin an.

»Wurde ich nicht, verdammt nochmal! Ich dachte – ich dachte, ich hätte Recht!« Eine Träne der Verzweiflung lief über mein Gesicht. Konnte es nicht einfach endlich alles vorbei sein? Die Verhandlung und alles, was damit zusammenhing? Bis zu dem Punkt, wo die Politik nicht mehr mein Problem war?

»Travino –«

»Lasst mich einfach sterben, verdammt!«, heulte ich auf.

Die Richterin auf der linken Seite räusperte sich scheinbar unsicher. »Sie werden einsehen, dass es nicht so einfach ist. Selbst wenn Sie Ihre Schuld gestehen, müssen wir Sie trotzdem über einige Dinge befragen.«

Fragt mich. Aber foltert mich nicht.

»Ich weiß nichts«, sagte ich langsam. »Die Struktur meiner Einheit ist bewusst so gewählt, dass nur wenige über beispielsweise die Lage des Hauptquartiers Bescheid wissen. Diejenigen, die Autos fahren oder Helikopter fliegen. Sie haben sogar die Scheiben getönt, wenn wir näher ans Quartier gekommen sind. Bloß, damit wir nicht den genauen Ort gesehen haben.«

»Das kann unmöglich die Wahrheit sein«, sagte die linke Richterin entschlossen. »Sie waren ein Sergeant!«

»Das heißt noch lange nicht, dass man mir vertraut hat. Es ist ein bisschen wie in eurem Parlament«, erklärte ich, ohne nachzudenken. »Titel haben eine eher repräsentative Funktion.«

Die Präsidentin rammte mir unter dem Tisch den Ellenbogen in die Seite und ich fügte hinzu: »Diejenigen mit niedrigeren Titeln – so wie ich – hatten kaum Rechte. Wir sollten nur unsere Untergruppen innerhalb der Einheit koordinieren. Die Befehle dazu haben wir wiederum von den höheren Rängen bekommen und irgendwo in der Machtpyramide standen dann die echten Anführer. Von denen ich, bevor jemand fragt, ebenfalls keine Namen kenne. Ich weiß nicht mal, wie viele es sind. Ob es vielleicht nur einer ist. Ich weiß nicht mal, wer das *wissen* könnte! Man hat alles getan, um die Geheimnisse der Einheit zu wahren.«

»Können Sie das beweisen?«

»Wie sollte ich?«

»Sie hat dasselbe in ihrem Brief geschrieben«, fügte die Richterin auf der rechten Tischseite an und ich musste einen Aufschrei unterdrücken. Sie hatte wirklich meinen Brief in der Hand. Den Brief, den zu meinen Lebzeiten keiner hätte lesen dürfen. Meine tiefsten, einsamsten Gedanken und emotionalsten Wutausbrüche in den Händen dieser kalten Staatsrichter.

»Und was beweist das?«, fragte die Richterin von links. »Sie hätte den Brief auch als Spur für uns legen können.«

»Bei aller Hochachtung, Alice, weißt du eigentlich, *was für eine Art von Brief* das ist?« Die Richterin rechts reichte die Papiere weiter. »So etwas fälscht man nicht so einfach.«

»Unsinn«, entgegnete Links. »Das überzeugt mich nicht. Jeder kann so etwas behaupten.«

Jeder, der keinen Funken Anstand und Respekt im Leib trägt, fügte ich in Gedanken an.

»Wir sollten sie auf anderem Weg befragen«, fügte Links an.

Bitte nicht.

»Bloß nicht!« Rechts schüttelte entschlossen den Kopf. »Sieh sie dir doch an, Alice! Sie ist innerlich längst tot, sie hat nichts zu verlieren! In all meinen Jahren habe ich nie eine ehrlichere Person vor diesem Gericht gesehen.«

»Und ich keine bessere Lügnerin und Schauspielerin.« Links lachte bitter und beide Richterinnen drehten sich zum Mann in ihrer Mitte, der eine Art Vorsitz zu haben schien. Ich schickte ihm eine stille Bitte, aber als ich seinen Blick auffing, wusste ich, es war vergebens.

»Ich stimme zu«, sagte er kalt. »Wir können uns nicht darauf verlassen. Bereitet die Befragungsräume vor!«

Fuck, fuck, fuck. Ich ließ den Kopf auf die Tischplatte sinken. Ich hätte niemals zu dieser Mission gehen dürfen. Hätte es vorher beenden sollen. Hätte Milo niemals treffen dürfen. Es hätte so einfach sein können.

»Ich erhebe Einspruch«, sagte die Präsidentin wieder und dieses Mal war ich ihr dankbar.

»Ich habe das Recht dazu, richtig?«, fragte sie nach.

»Ich wüsste zwar nicht, mit welchem Hintergrund Sie das tun sollten, Frau Präsidentin, aber theoretisch haben Sie das Recht«, erklärte der männliche Richter.

»Ich erhebe Einspruch, weil Arianna Travino diese Strafe nicht verdient. In all ihren vorherigen Antworten hat sie gezeigt, wie ehrlich sie ist – den Sarkasmus mal beiseite gelassen – und ich bin der Meinung, dass sie das Vertrauen des Gerichts erarbeitet haben sollte. Sagen Sie mir, wieso sollte sie für eine Organisation lügen, die sie ihr Leben lang verachtet hat? Sie hat keine Freunde dort, für die es sich lohnen würde.« Sie hustete kurz. »Aber, wo wir gerade von Freunden sprechen …« Sie riss mich unsanft an den Haaren hoch und zwang mich, sie anzusehen. »Was, wenn wir dem Jungen stattdessen wehtun?«

Auf wessen Seite stand sie denn jetzt eigentlich? Tränen brannten in meinen Augen, als ich ihrem Blick standhielt. »Dann nehmt lieber mich. Tausendmal lieber mich.«

»Willst du nochmal über deine Antworten nachdenken?«, fragte sie mich ernst.

»Lasst Milo in Ruhe«, flüsterte ich. »Ich schwöre, ich weiß nichts! Ich weiß nichts, verdammt, *nichts*!«

»Bist du sicher?«

»Frau Präsidentin, *bitte*, ich schwöre bei welchem Gott auch immer Sie wollen, und auf jede Verfassung, die Sie mir vorlegen, *ich weiß nichts*!«

Präsidentin Faherty legte den Kopf schief und sah die Richter fragend an. Und endlich nickte der Richter in der Mitte. »Hiermit erkläre ich die Angeklagte für schuldig, aber frei von weiteren Befragungen.«

»Bringt sie über Nacht in einen freien Raum. Die Hinrichtung ist morgen früh um neun«, verkündete die Präsidentin neben mir in ihrem kalten Ton, der nichts von der Person durchscheinen ließ, die sie *wirklich* war. Oder vielleicht war es andersrum – war ihre nette Seite mir gegenüber nur Show? Aber wieso?

Ich musste daran denken, was Milo mir erzählt hatte. Wie für ihn jeder Erwachsene gleich war, mit zwei Gesichtern, und eines davon würde immer andere betrügen.

Nicht mal ich selbst hatte es geschafft, meine Versprechen ihm gegenüber einzuhalten. Ich hatte mein Leben aufgegeben, obwohl ich ihm tausendmal versprochen hatte, wir würden es in Sicherheit schaffen.

Wie hatte ich jemals daran glauben können, dass wir es schaffen würden?

Die Soldaten traten wieder an mich heran und zerrten mich vom Stuhl. Ihre Griffe waren fest, als erwarteten sie, dass ich jeden Moment einen Aufstand veranstalten würde, aber ich hatte keine Pläne mehr. Selbst wenn ich es in die Freiheit schaffen würde – selbst, wenn ich Milo irgendwie mitnehmen konnte –, wo sollte ich hin? Nicht zu den Rebellen, definitiv nicht – vor allem nicht, nachdem diese Richter jederzeit meinen Brief veröffentlichen konnten. Aber wohin sonst? Der Staat würde weiter nach mir suchen und ohne den Schutz meiner Einheit würden sie mich schneller finden, als ich »Todesstrafe« buchstabieren konnte. Ein Leben als ganz normaler Mensch kam nicht infrage.

Ich war verloren – so verloren, wie ich es mein ganzes Leben lang gewesen war.

Das Schlimme war nur, dass Milo irgendwie mit in meine Angelegenheiten geraten war. Ich war so egoistisch gewesen – zu glauben, ihn retten zu können und mich dabei mit ihm anzufreunden.

Die Soldaten brachten mich nach draußen in den Flur und als ich mich im Aufzug umdrehen durfte, war die Präsidentin noch immer bei uns. Sie nickte mir ernst zu und ich nickte zurück.

Ich fragte mich, was sie gerade sah. Ob sie mir in die müden Augen blickte oder an mir hinuntersah und innerlich mein verlottertes Aussehen kritisierte. Ich war mir nicht sicher, wann ich zuletzt in einen Spiegel geschaut hatte – wahrscheinlich am Morgen der Abreise zum Wüstengefängnis, als ich in meinem Badezimmer das dunkle Make-Up aufgetragen hatte, ohne das ich mich inzwischen fast schon nackt fühlte – nicht wie ich selbst. Ich wünschte mir, ich könnte den Kajal oder wenigstens den Eyeliner wieder nachziehen. Nach all der Heulerei war der wohl längst verlaufen und ich wollte wenigstens im

Tod das Aussehen haben, das mir im Leben das nötige Selbstvertrauen gegeben hatte.

Der Aufzug stoppte, man stieß mich nach draußen und wir liefen durch einen langen Flur, vorbei an Türen um Türen aus Stahl, mit einem winzigen vergitterten Fenster. In so einem Ding würde ich also meine letzten Stunden verbringen.

»Ria!«

»*Milo?!*« Ich fuhr herum. Die Soldaten stießen mich sofort weiter, aber ich hatte Milo trotzdem für einen winzigen Moment gesehen – sein Gesicht so zerbrechlich hinter den Gitterstäben des Fensters.

»Ria! Ria, wo gehst du hin?«, schrie er mir verzweifelt hinterher, aber ich konnte ihm keine Antwort geben.

»Ria!«

»Vergiss mich«, sagte ich halblaut, dann lauter, »Vergiss mich einfach, Milo! Bitte vergiss mich einfach!«

Er blieb still.

Die Soldaten lösten meine Handschellen, öffneten die allerletzte Zelle des Flurs und stießen mich hinein. Ich stolperte und schlug hart auf dem Steinboden auf. Die Tür fiel hinter mir ins Schloss und der Schlüssel drehte sich, dann war es still.

Ich blieb einfach auf dem kalten Boden liegen und ließ den Tränen freien Lauf.

10 – Sterne und Dunkelheit

Wie spärlich meine Zelle eingerichtet war, stellte ich fest, als ich keine Kraft mehr zum Weinen hatte und stattdessen auf die schäbige Matratze in der Ecke gewechselt war. Es gab ein sehr einfaches Klo, das aber nicht mal auf irgendeine Art von der Tür abgeschirmt war. Immer noch angenehmer, als in der Wüste hinter irgendwelche Ruinen zu pinkeln.

Dann gab es dieses Bett, das den Namen nicht mal verdiente. Zumindest schienen das Bettlaken und die Decke sauber und ein bisschen roch beides nach blumigem Waschmittel. Es passte überhaupt nicht in diese Umgebung und ich verspürte bei dem Geruch ein unbändiges Heimweh nach einem Ort, der nicht existierte.

Direkt über der Matratze war auf Kopfhöhe – auf der Kopfhöhe des *durchschnittlichen* Menschen – ein Fenster. Verglast und vergittert, natürlich. Es war inzwischen später Abend und ich starrte für eine Ewigkeit einfach über die Dächer der Vorstadt hinweg in die Wüste. Die verschwommenen Silhouetten irgendwelcher Kreaturen schimmerten im Mondlicht.

Ein Glück, dass wir keiner von ihnen begegnet waren.

Eine Schande, dass die Menschen die schlimmeren Kreaturen waren.

Ich fragte mich, ob Milo gerade dieselben Dinge sah wie ich. Denselben Sternenhimmel, dieselben Weiten, dieselbe vergitterte Freiheit. War er überhaupt groß genug, um nach draußen zu sehen? Bestimmt – er hatte ja auch irgendwie durch das Fenster in der Tür sehen können. Sicher auf Zehenspitzen.

Was würde man mit ihm machen? Würden sie ihn hierbehalten? Kaum ein Gefangener blieb in diesem Gefängnis für eine längere Zeit, aber vielleicht würden sie für ihn eine Ausnahme machen – oder vielleicht würden sie ihn in wenigen Wochen zurück ins Wüstengefängnis verlegen, sobald das wieder aufgebaut war. Vielleicht würden sie ihn weiterhin benutzen, um seine Schwester zu fangen – ohne zu wissen, dass sie sie vielleicht längst gefunden hatten? Es wurden täglich so viele Rebellinnen festgenommen und viele hatten einen anderen Namen angenommen, um ihre Vergangenheit zu vergessen.

Genau wie Milo. Hatten sie ihm wohl inzwischen seinen Geburtsnamen gesagt, wie sie es bei mir in der Verhandlung getan hatten? Wahrscheinlich hätte er sich dann die Ohren zugehalten und protestiert.

Irgendwann schlief ich endlich ein.

Sie weckten mich zum Sonnenaufgang, indem sie lautstark an meine Tür klopften. Als erwarteten sie, dass ich ihnen öffnen würde.

»Bin wach«, kommentierte ich und blieb demonstrativ liegen.

»Mal sehen, wie lange noch«, kommentierte eine Person auf der anderen Seite der Tür.

Ein Schauder lief über meinen Rücken. Ja, es war an der Zeit.

Überhaupt war ich überrascht, wie gut ich geschlafen hatte. Keine Angst, keine Aufregung hatten mich wachgehalten. Warum auch? Was geschehen würde, war unvermeidlich.

Die Soldaten von gestern waren auch heute wieder für mich zuständig. Der eine fragte mich, ob ich nochmal aufs Klo musste, aber ich verneinte. Weder wollte ich, dass sie zusahen, noch interessierte es mich großartig, was mit diesem Körper passierte – wenn ich tot war, musste ich nicht mehr pinkeln, so einfach war es doch, oder nicht?

Die Soldaten lachten rau, als ich das laut sagte – es war nicht mal besonders lustig gewesen.

»Hände zusammen«, befahl der eine Mann. Ich legte meine Handflächen aneinander und er schloss die kalten Handschellen um meine Unterarme.

Sie stießen mich nach draußen auf den Flur, und wir liefen los.

Einerseits hoffte ich, noch ein letztes Mal Milos Gesicht hinter den Gittern zu sehen. Andererseits wollte ich nicht, dass er mich so sah: Gebrochen und verloren.

Er war nicht da, hinter keinem der Fenster, und ich hatte sowieso längst vergessen, welche Tür seine gewesen war.

Dann der Aufzug, runter, runter, immer weiter, bis in das wer-weiß-wievielte Kellergeschoss.

»Willkommen im Keller«, kommentierte der eine Soldat mit einem Grinsen. »An dem Ort, den kein Gefangener jemals lebendig verlässt.«

Ich schauderte, aber da waren weder Angst noch Bedauern. Warum auch? Ich hatte sterben wollen und hier war ich jetzt. Hatte keinen Grund mehr zum Kämpfen – es gab keinen Platz für mich in dieser Welt.

Sie führten mich zu einer massiven Holztür, auf der »Labor« stand.

Kein Schuss?

Ich hatte am Abend lange überlegt, wie sie es wohl tun würden. Ein Schuss war mir am wahrscheinlichsten erschienen – aus kurzem Abstand, irgendwo in einem gefliesten Raum, sicher, schnell und einfach aufzuräumen.

Aber als sie die Tür zum Labor öffneten, verstand ich.

Da waren die Präsidentin und eine Frau in einem langen, weißen Mantel. Auf einem Regal über einer Arztliege hatte jemand demonstrativ eine lange Spritze platziert.

Ich tippte auf Morphium. Weniger spektakulär als erwartet, aber irgendwie … friedlich. Vielleicht würde ich im Tod den Frieden finden, der mir im Leben verwehrt geblieben war.

»Setz dich, Arianna Travino«, lud die Präsidentin mich ein.

Und was blieb mir schon anderes übrig? Ich sank auf die Liege.

»Irgendwelche letzten Wünsche?«

»Letzte Wünsche?« Ich blickte zu Faherty auf. »Wusste gar nicht, dass ihr Verrätern wie mir sowas zugesteht.«

»Ich habe gefragt, ob du letzte Wünsche hast«, wiederholte sie nachdrücklich, als hätte sie mich nicht gehört.

»Nein. Oder – doch, ja.« Ich schluckte hart. Mir fiel nur eine Sache ein. »Ich will Milo ein letztes Mal sehen.« Ich wusste, es war egoistisch, und er musste unbedingt wieder gehen, bevor sie mir die Spritze setzen würden, aber ich hatte ihn zu sehr ins Herz geschlossen, um ohne Abschied von ihm aus der Welt zu gehen.

Die Präsidentin drehte sich zu den Soldaten. »Holt den Jungen. Ihr wisst, welchen.«

»Aber, Frau Präsidentin, können wir Sie alleine lassen mit – *der da*?« Ein Soldat machte eine besorgte Kopfbewegung in meine Richtung.

»Ich glaube, ich kann gut selbst einschätzen, was für mich am besten ist«, entgegnete die Präsidentin und schlug wie beiläufig ihren langen Mantel zurück, um für einen Moment den Blick auf eine Pistole im Gürtel freizugeben.

Für den Bruchteil einer Sekunde hatte ich das unbändige Verlangen, sie anzugreifen und herauszufordern – einfach, damit sie diejenige sein würde, die mich erschoss. Einfach, um zu sehen, ob sie es tun würde. Aber gleichzeitig

wusste ich, dass es nicht fair war. Sie hatte getan, was sie konnte. Sie trug keine Schuld an meinem Leben und meinem Tod.

»Natürlich. Natürlich, Frau Präsidentin.« Die beiden Soldaten verschwanden und die Tür fiel hinter ihnen ins Schloss.

Eine unangenehme Stille entstand zwischen mir, der Präsidentin und der Frau in dem Kittel – auf ihrem Namensschild stand *Dr. Pax*.

»Ich brauche einige Ihrer persönlichen Daten«, sagte die Ärztin schließlich. »Alter, Gewicht, Größe? Für die richtige Dosis. Sie sollten nicht lügen, sonst wird es unnötiges Leiden geben.«

Da hatte sie leider recht. Bei meinem Alter sagte ich also die Wahrheit, die beiden anderen Zahlen verfälschte ich leicht in die Höhe. *Better safe than sorry.*

»Sehr gut, sehr gut.« Die Ärztin zog eine Phiole aus einem anderen Regal über ihrem Schreibtisch und füllte die Spritze mit der Flüssigkeit auf. Ich konnte das Schild nicht lesen, aber meine Vermutung lag weiterhin bei Morphium – es war das Einfachste.

»Wir beginnen hiermit offiziell mit der Hinrichtung von Arianna Travino«, verkündete die Präsidentin und hielt für eine Sekunde Blickkontakt mit mir. Ich konnte ihre Emotionen nicht deuten.

Dann kniete sie sich hin und zog die unterste Schublade des Schreibtischs in der Ecke auf. Darin lag nur ein Bolzenschneider.

Okay ...?!

Sie trat einen Schritt näher. »Als Zeichen der Vollstreckung der Todesstrafe zerschneide ich jetzt diese Ketten, auf dass niemals wieder jemandem damit die Freiheit entzogen wird.«

Sie bedeutete mir, die Hände mit den Handschellen etwas zu heben, dann brach sie die Ketten auf, sodass nur noch die losen Enden um meine Handgelenke hingen. Was auch immer diese Floskel war, die sie gerade aufgesagt hatte – etwas so Hypokritisches hatte ich lange nicht mehr gehört. Sie zerstörten also die Handschellen symbolisch für die Freiheit, die man dann im Tod haben sollte?

Ich schüttelte langsam den Kopf, aber die Präsidentin zuckte nur mit den Schultern. Vermutlich wusste sie genau, was ich dachte.

Wir schwiegen.

Jemand klopfte.

»Herein«, befahl Faherty.

Die Tür ging erst einen Spalt auf, dann weiter, und dann lag Milo auch schon in meinen Armen.

»Ria! Ria! Sie behaupten, du wirst sterben, ist das wahr?!«

Ich hielt ihn fest, so fest, in meinen Armen. »Ja«, sagte ich leise. »Das ist wahr.«

»Du lügst!« Seine Stimme brach wieder und wieder. »Du lügst, du bist aus einem anderen Grund hier! Sie werden dich nicht töten, oder? Ria – Ria, du wirst leben, richtig?«

»Nein.« Meine Stimme bebte und ich war froh, ihm nicht in die Augen sehen zu müssen. »Nein, ich werde nicht leben. Ich werde in den nächsten Minuten sterben. Es – es ist nur Morphium, keine Sorge. Es ist wie einschlafen, nur ohne Aufwachen. Milo … Milo, bitte vergiss einfach, dass du mich jemals getroffen hast. Vergiss die letzten Tage. Denk dir einen anderen schönen Grund aus, warum du von einem ins andere Gefängnis gekommen bist. Aber vergiss dieses Mädchen mit den blauen Haaren. Vergiss mich, wie du deine Familie vergessen hast.«

»Ria, Ria, du *bist* meine Familie!«, heulte er auf. »Du bist alles, was ich noch habe! Wie kannst du jetzt einfach gehen?«

Ich konnte die Tränen nicht länger zurückhalten. »Ich bin nicht deine Familie. Ich bin nur – nur ein Mädchen, das dachte – Ich – ich weiß nicht, was ich mir dabei gedacht habe. Milo – ich wollte nicht nur dich retten. Ich wollte, dass *du mich* rettest. Milo – bevor ich dich getroffen habe, *wollte* ich sterben. Ich hatte schon Pläne. Und du, du hast mir wieder einen Sinn im Leben gegeben, selbst wenn es nur für zwei Tage war. Ich werde dich nie vergessen, aber es ist besser, wenn *du* mich vergisst. *Bitte.*«

»Ich kann nicht.« Seine Stimme war jetzt kaum mehr hörbar. »Ich kann nicht die einzige Person vergessen, die sich je um mich gekümmert hat. *Nicht*

mal meine eigene Schwester ist gekommen, mich zu retten, und du – du kanntest mich nicht mal! Ich kann dich nicht einfach vergessen, Ria!«

»Ich – ich glaube nicht, dass ich die einzige –« Ich räusperte mich. »Milo, bitte geh jetzt. Ich will nicht, dass du siehst, was gleich passiert.«

»Ich will bei dir bleiben.« Er legte den Kopf in den Nacken, um mich anzusehen, und ich blinzelte hastig die Tränen weg. Vergebens.

»Ria, ich will bei dir bleiben. Ich will nicht, dass du in so einem Moment alleine bist.«

»Du solltest nicht mal hier sein«, schluchzte ich auf. »Du solltest nicht –«

»Bitte, Ria, lass mich bleiben!« Seine kleinen Hände umklammerten meinen Mantel so fest, dass ich ihm nicht mehr widersprechen konnte. Ich war schon zu schwach, um mich gegen ihn zu wehren.

Wir blieben für ein paar Sekunden in unserer verzweifelten Umarmung, dann räusperte sich die Präsidentin. »Es ist an der Zeit.«

Sie forderte die Soldaten mit einer Geste auf, den Raum zu verlassen. »Auf Wiedersehen, Arianna Travino – auf dass du deinen Frieden findest. Ich komme den Jungen in ein paar Minuten holen«, fügte sie an Dr. Pax gewandt hinzu. Die Tür fiel ins Schloss und ich war allein mit Milo in meinen Armen und der Ärztin mit der Spritze.

Da war die Panik wieder, das plötzliche Bewusstsein, dass ich nicht wusste, was nach dem Tod geschah und ob ich Milo jemals wiedersehen würde – und dass ich ihn ab jetzt nicht mehr beschützen konnte.

Und gleichzeitig war ich so ruhig, weil ich ihn so oder so nicht beschützen konnte. Wir kamen nicht hier raus, nicht mal, wenn ich die Ärztin irgendwie töten konnte.

»Sie dürfen sich hinlegen, wenn Sie das bevorzugen«, erklärte die Ärztin, aber es klang mehr wie ein Befehl. »Und den Ärmel hochschieben. Rechts.«

Meine Finger zitterten, als ich den rechten Ärmel des Mantels und des dünnen Shirts darunter hochzog.

»Tu's nicht«, flüsterte Milo und die Ärztin lachte bitter. »Wenn sie es nicht tut, haben wir andere Wege. Junger Mann, deine Hoffnung ist sinnlos, siehst du das nicht ein?«

 83

»Hör nicht auf sie«, wisperte ich. »Deine Hoffnung ist nicht sinnlos, okay? Deine Hoffnung hat mich durch die dunkelsten Zeiten gebracht. Bitte gib deinen Optimismus niemals auf, okay?«

»Weg mit dir jetzt!« Die Ärztin scheuchte Milo von mir weg und hob die Spritze.

Ich ließ mich nach hinten auf die Liege fallen – und da war die Ruhe wieder. Ich hatte es so gewollt und jetzt waren eben die Umstände etwas anders. Kein Heldentod, aber der wäre die andere Option auch nicht gewesen. Ich hatte das hier für Wochen, Monate gewollt. Kein Grund, sich jetzt schlecht zu fühlen. Okay, *ein* Grund. Und der wollte einfach meine Hand nicht loslassen und brach gerade neben der Liege zusammen.

Aber ich hatte keine Kraft mehr, mich zu wehren. Es war ein sinnloser Kampf, und wahrscheinlich würde ich dabei auch Milos Leben riskieren. Sie ließen ihn nur am Leben, solange ich kooperierte.

Die Nadel näherte sich meinem Arm und ich verkrampfte meine Finger um Milos Hand und schloss die Augen. Der Einstich würde am schlimmsten sein.

»Milo … ich hab dich lieb«, flüsterte ich. »Und ich habe gelogen. Du *bist* meine Familie. Du bist genauso alles, was ich hatte.«

Sein Schluchzen wurde lauter, aber ich wollte die Augen nicht mehr öffnen.

Und dann verschwand sein Griff um meine Hand. Ein Schrei, ein dumpfes Geräusch, weitere komische Geräusche. Jemand packte mich am Arm und schüttelte mich. »Ria! Ria!«

Was hatte der Junge getan?

Ich blinzelte kurz, im nächsten Moment war ich auf den Beinen. Die Ärztin lag auf dem Boden, krampfend und würgend, die Spritzennadel tief in ihrem Hals.

Und Milo nahm wieder meine Hand. »Das sieht absolut nicht nach Morphium aus.«

11 – Frieden

Die Präsidentin sagte das gleiche, als sie den Bruchteil einer Sekunde später im Türrahmen stand. Und dann: »Wer von euch war das?«

Milo und ich tauschten einen Blick. Wir standen da, Hand in Hand, und sahen Dr. Pax dabei zu, wie sie zitterte und erstickte und sich übergab.

»Ich war's«, verkündete ich schließlich.

Die Präsidentin nickte nur sarkastisch. »Ganz sicher. Arianna, du bist akut suizidgefährdet. Du hast dich nicht gewehrt.«

»Was, wenn?«

»Milo.« Faherty ignorierte mich einfach. »Ich werde dir nichts tun. Aber – hast *du* das getan?«

Die Ärztin zwischen uns hatte ihren Todeskampf beendet und lag jetzt still in einer Pfütze aus Schweiß, Erbrochenem und Schaum aus ihrem Mund.

Milo hob den Kopf. »Wenn Ria es nicht war und Sie es nicht waren, bleibt ja nur einer übrig.«

»Mein Gott.« Die Präsidentin schüttelte langsam den Kopf. »Diese Welt ist einfach verloren.«

»Du lässt deine dreckigen Finger von Milo, Faherty«, zischte ich und schob ihn halb hinter mich.

»Bleib ruhig, Arianna.« Die Präsidentin zog die Pistole unter ihrem Mantel hervor. »Wir haben nicht viel Zeit. Die Soldaten sind gerade oben und suchen deinen Sarg, aber sie sind jeden Moment wieder da und wir können nicht mal den Aufzug nehmen, weil wir ihnen dann gezwungenermaßen begegnen.«

»Bitte?« Ich schüttelte den Kopf, jederzeit bereit, ihr die Waffe zu entreißen, sollte sie sie auf Milo richten.

Die Präsidentin verdrehte die Augen. »Stellst du dich nur so dumm oder bist du echt so stockblöd? Ich *will euch hier raushelfen*! Keiner kann beweisen, dass ich hier war. Oder besser –« Sie warf mir die Waffe zu und ich fing sie mehr aus Reflex. »Ich bin deine Geisel. Dann kommen wir definitiv nach draußen.«

»Bei allem Respekt, Faherty – du spinnst.«

Sie hielt meinen Blick. »Du ebenso. Und wenn du nicht bald reagierst, bist du nicht nur ein Spinner, sondern ein *toter* Spinner.«

»Und warum sollten wir dir vertrauen – nachdem du meinen Tod zugelassen hättest?«

»Hättest du nicht irgendwelchen Schwachsinn über deine Größe und dein Gewicht erzählt, hätte das Gift nicht gewirkt. Ich hab es verdünnt, damit du eine Chance hast, die Ärztin zu überwältigen. Und du hast irgendwas von eins achtundneunzig geredet.«

»Du hast doch selbst gesagt, dass ich suizidgefährdet bin, bist du bescheuert? Und vor allem, wieso sollte ich das glauben?«

»Ria!« Milo zupfte an meinem Ärmel. »Wenn sie lügt, sterben wir halt woanders – aber wenn wir hierbleiben, sterben wir definitiv!«

Okay, er hatte Recht. Ich machte einen großen Schritt über die Leiche von Dr. Pax. »Dann los.«

Faherty nickte knapp und trat in den Flur. Ich folgte ihr, die Waffe auf ihren Hinterkopf gerichtet. Schon zum zweiten Mal in weniger als vierundzwanzig Stunden hatte ich die Chance, sie zu töten.

»Ich hätte es wissen müssen«, murmelte die Präsidentin zu sich selbst, während sie uns durch die Flure führte. »Dass es kein Morphium war. Natürlich nicht. Natürlich wollten sie dich nicht so einfach davonkommen lassen.«

»Wer?«, hakte ich nach.

»Das Gericht.« Sie lachte bitter. »Genauer gesagt der Hauptrichter und Alice Lessing.«

»Die Richter –?«

»Korrekt. Sie haben vermutlich Dr. Pax bestochen, die Drogen auszutauschen. Gegen was auch immer – ich habe meine Vermutungen, aber das ist im Endeffekt auch egal. Fakt ist –« Sie schluckte hart. »Fakt ist, dass du einen unglaublichen Schutzengel hattest. Zumindest vermute ich, dass du ungern auf diese Art gestorben wärst?«

Ich zuckte mit den Schultern. »Schmerz ist temporär. Es wäre nicht schön gewesen, aber auch das wäre vorbeigegangen. Aber warum ausgerechnet die Richter?«

Sie musterte mich kurz, als würden meine Worte sie ernsthaft erschrecken, dann zuckte auch sie mit den Schultern. »Ich meine mich zu erinnern, dass sie beide wohl Familienmitglieder in Rebellenanschlägen verloren haben. In Anschlägen, bei denen du beteiligt warst, Arianna.«

»Gut möglich.« Ich wusste es wirklich nicht. Nach all den Aufständen, an denen ich teilgenommen hatte, konnte ich mich weit nicht mehr an jedes Opfer erinnern.

Wir erreichten den Aufzug und ich kniete mich kurz vor Milo hin und legte ihm die Hände auf die Schultern. »Was auch immer jetzt passiert, du weißt, dass ich das nicht *wirklich* bin. Dass ich nur schauspielern muss. Bitte. Und falls – falls mir etwas passiert, trotzdem danke. Du hast alles getan, was du konntest.«

Er nickte ernst, aber er sagte kein Wort.

»Es geht um alles«, verkündete Präsidentin Faherty, als die Schaltfläche verkündete, dass der Aufzug auf dem Weg zu uns war. »Sie glauben uns oder wir sterben.«

»Wir …?« Ich runzelte die Stirn. »Ist die Präsidentin wirklich so einfach abzuschaffen?«

»Wer weiß das schon?« Aber ihr Blick verriet mir, dass sie es ganz genau wusste.

Mit einem *Pling* gingen die Aufzugtüren auf.

»Keine Bewegung«, zischte ich sofort, die Waffe wieder auf Faherty gerichtet. Meine Panik war nicht mal mehr vorgespielt.

»Wow, wow, was ist denn hier los?« Der eine Soldat hob die Hände. »Du solltest doch längst –«

»Und das seid ihr gleich auch und eure tolle Präsidentin mit euch«, unterbrach ich ihn harsch. »Waffen runter, auf den Boden. Langsame Bewegungen.«

Der eine Soldat kniete sich sofort hin und legte sein Maschinengewehr ab – er war jung und scheinbar noch sehr unerfahren. Der andere zögerte eine Sekunde länger, riss seine Waffe hoch, feuerte einen Schuss auf mich, und war sofort tot.

»Ria«, flüsterte Milo. »Alles gut bei dir?«

»Alles gut bei mir«, wisperte ich, bevor ich überhaupt nachgedacht hatte. »Alles gut bei mir. Aber bei *dir* nicht!« Meine Waffe zeigte jetzt auf den zweiten Soldaten, der weiterhin neben seinem toten Kollegen auf dem Boden kniete.

»Steh auf!«

Er musste sich an der Wand anlehnen.

»Langsame Schritte. Ganz langsam. Aus dem Aufzug raus und ins Labor. Gib dem Jungen den Schlüssel, der steckt von innen.«

Er gehorchte zögerlich und brach auf den paar Metern zweimal fast zusammen, aber endlich erreichte er den Raum, in dem ich hätte sterben sollen.

»Gib dem Jungen den Schlüssel«, wiederholte ich kalt und der Soldat überreichte Milo den Schlüssel.

»Und du, Faherty, keine Bewegung!« Ich winkte die Präsidentin mit der Waffe zurück; sie hatte den Aufzug betreten wollen.

»Milo, sperr den Soldat ein. Und dann komm wieder zu mir.«

Milo gehorchte.

»Faherty, räum den Müll da weg.« Ich deutete vage auf den toten Soldaten, und langsam wurde meine Rolle mir zur Last. Der abfällige Ton lag mir überhaupt nicht – nur Faherty gegenüber hatte ich ihn bei unseren ersten Begegnungen noch freiwillig aufrechterhalten. Aber ich konnte jetzt nicht aufgeben, nicht, solange der Soldat noch in Hörweite war. Er würde allen die Wahrheit über seine Präsidentin erzählen, sobald man ihn befreit hatte.

Faherty hatte die Leiche in den Flur gezerrt und eine dicke Blutspur über den Boden verteilt.

»Jetzt langsam in den Aufzug. Hände über den Kopf.«

Für einen Moment trafen sich unsere Blicke und ich konnte fast etwas wie echte Angst in ihren Augen lesen. Sie spielte ihre Rolle grandios.

»Komm, Milo.« Ich winkte ihm und wir betraten ebenfalls die Kabine. Ich drückte den Knopf zum Erdgeschoss und erst als die Türen sich hinter uns schlossen, erlaubte ich mir, aufzuatmen.

»Sehr gut.« Faherty ließ die Hände sinken. »Sie haben dir geglaubt.«

»Mehr oder weniger.« Ich steckte die Waffe weg und tastete nach der Wunde, etwas oberhalb der Hüfte. Warmes Blut klebte sofort an meinen Fingern und ich stieß einen Fluch aus, schüttelte aber schnell den Kopf, als Faherty und Milo mich besorgt ansahen. »Nichts Schlimmes, keine Sorge.« *Hoffe ich.*

Ich zog meine Waffe wieder hervor und kniete mich vor Milo hin. »Bitte – Du musst diese Waffe nehmen. Wenn irgendwas passiert, musst du das hier beenden. Dein Leben retten. Du schaffst das.«

Milo nickte ernst. Oder vielleicht hatte er zu viel Angst, mir zu widersprechen.

Ich hob das Maschinengewehr des einen Soldaten auf und machte mich schnell mit der Funktionsweise vertraut. Ich war kein großer Fan davon, aber gerade war es praktischer als eine einfache Pistole.

Mein Blick wanderte kurz zu dem Sarg in der Ecke. Er war schwarz lackiert und beinahe edel. Ich hätte mich definitiv damit anfreunden können. Aber der Plan war ja jetzt ein anderer.

Der Aufzug hielt.

»Weiter geht's«, murmelte die Präsidentin.

Die Türen gingen auf.

»Raus jetzt! Und lass die Hände überm Kopf, verdammt!« Ich stieß Faherty mit dem Lauf des Maschinengewehrs an und sie machte ein paar vorsichtige Schritte nach draußen. Ihre Schauspielfähigkeiten waren tausendmal besser als meine – ohne sie wäre ich wohl längst aufgeflogen.

Wir standen jetzt in der Lobby. Menschen arbeiteten hinter Tischen und Theken und gerade starrten sie alle auf uns.

Kein Wunder – ich vermutete, dass die Präsidentin nicht gerade ein häufiger Gast hier war. Und dann noch mit einer Rebellin. Die sie gerade als Geisel nutzte. Und mit einem kleinen Jungen, der eine Pistole trug.

»Weiter! Nicht stehenbleiben!«

Es war nicht weit bis zu den Glastüren, hinter denen die Freiheit wartete – mehr oder weniger.

Irgendwo schob jemand geräuschvoll einen Stuhl nach hinten, aber ich drehte mich nicht um. Wenn diese Person gerade eine Waffe auf mich richtete, wollte ich das gar nicht erst sehen.

Dann standen wir vor dem Fingerabdruckscanner.

»Finger scannen«, befahl ich knapp.

»Bitte –« Sie zögerte. »Wann lässt du mich gehen?«

»Wenn du gehorchst, vielleicht heute noch. Wenn nicht, erschieße ich dich hier und jetzt und nutze deine kalten, toten Finger für den Weg in die Freiheit.«

»Sie werden dich finden! Du hast keine Chance!«, widersprach sie verzweifelt.

Danke fürs Erinnern.

»Du legst jetzt deinen verfickten Finger auf den Scanner!« Ich drückte den Lauf der Waffe gegen ihre Schläfe, dann warf ich einen schnellen Blick nach hinten. Milo hielt mit der Pistole die Leute auf Abstand.

Nicht Milo. Nicht er, verdammt! Ich hatte ihm zwar gesagt, er solle das tun, aber eigentlich … eigentlich hatte ich es nicht so gemeint. Er sollte *überleben*, ja, aber das hier? Das hatte ich nie gewollt. Er sollte doch von Gewalt fernbleiben, er sollte doch – er sollte alles werden, aber nicht *so wie ich*.

»Bitte –«

»Den Finger auf den Scanner!« Ich packte sie am Handgelenk. Langsam wurde ich auch außerhalb der Rolle ungeduldig. Es war nur eine Frage der Zeit, bis jemand dazukam, der eine Lösung hatte, mich aufzuhalten. Beispielsweise ein sehr präzises Scharfschützengewehr.

»Schon gut, schon gut.« Sie legte ihren Zeigefinger auf dem Glas des Scanners ab und es piepte kurz, dann gingen die Türen zur Freiheit auf.

»Auf drei rennen wir. Oder ich erschieße dich. Kapiert?«

»Verstanden.«

Ich warf einen letzten Blick nach hinten, dann zählte ich auf drei. Und wir rannten.

Ich wusste nicht mal genau, wo wir hinwollten. Die Präsidentin hatte schnell die Führung übernommen, über den Schotterweg, auf die Straßen der Stadt, und immer weiter.

Es war ein ganz normaler Tag in Forlin. Menschen gingen ihrem Alltag nach, und die Stadt war beinahe utopisch. Viel Glas und Solaranlagen, dazu Pflanzen überall – auf dem Bürgersteig, an Hausfassaden, auf Dächern, an den Ufern des Flusses, den wir gerade auf einer Brücke überquerten. Wüsste ich nicht um die Armut der Menschen, die hinter diesen schönen Fassaden lebten, hätte die Utopie perfekt sein können. Und würden nicht hinter uns längst die Sirenen aufheulen, hätte unsere Flucht nicht mehr als ein Spaziergang in der Sonne sein können.

12 – Forlin

Die Präsidentin bog scharf um eine Kurve und hielt hinter einer Mauer an.

»Was machen wir hier?«, fragte ich erschöpft. Wir hatten nicht mal allzu schnell laufen können, um Milo nicht zu verlieren, aber der Stress hatte mich ausgelaugt. »Und vor allem, wo sind wir?«

»Nicht da, wo wir sein sollten.« Sie blickte sich um. »Wir sind in der äußersten, ärmsten Vorstadt. Und wir müssen in die Suburbs. Zu Fuß eine halbe Stunde, eher mehr, in dem Chaos.« Sie wandte ihren Blick zu mir. »Ich nehme an, du weißt, wie man Autos knackt?«

»Faherty, bei allem Respekt, das hast du mich gerade nicht gefragt.«

»Soll ich meinen Butler anrufen? Hol mich bitte ab, genau, in der Nähe des Staatsgefängnisses, und noch zwei andere Leute. Aber pass auf, offiziell bin ich von eben diesen Leuten entführt worden und sie fahnden nach uns. Tolle Idee, wirklich.« Sie zuckte mit den Schultern. »Also, kannst du Autos klauen oder nicht?«

»Klar.« Ich räusperte mich. »Die Stadt ist Ihr Automobil-Fachgeschäft, *Miss President*. Welches Modell darf ich Ihnen heute anbieten?«

Ich hatte mich wie selbstverständlich hinter das Steuer des alten Fords gesetzt. Die Wahrheit war, dass ich nicht zulassen durfte, dass ich zu viel nachdachte, bevor wir in Sicherheit waren, und das Fahren würde meine Gedanken fokussiert halten.

Ich folgte den Anweisungen der Präsidentin, die mich auf einem Umweg an den Hauptstraßen vorbeiführte, und sah zu, wie die Stadt von dunkel und grün zu hell und grün wurde. Je weiter wir vordrangen, desto utopischer wurden die Gebäude, desto futuristischer wurden die Fassaden und desto reicher wurden die Menschen, die dahinter lebten.

Ich war noch nie in einer Stadt wie Forlin gewesen und kein Foto hätte mich auf diesen Anblick vorbereiten können. Im Vergleich zu dem Dorf, in dem ich aufgewachsen war, war das hier der *Himmel*. Das Dorf war vor drei Jahren in einem Sandsturm komplett zerstört worden – ich hatte nicht nur meine Familie, sondern auch Freunde und Bekannte verloren. Und ich hatte als Rebellin nicht mal auf der Beerdigung Abschied nehmen können. Wenn es überhaupt eine richtige Beerdigung gegeben hatte und nicht einfach einen einzigen großen Grabstein mit den Initialen jeder Person. Wer wusste das schon?

»Anhalten, dann scharf links zum Tor«, befahl die Präsidentin plötzlich und ich bog in eine Hofeinfahrt ab.

»Fahr so nah wie möglich an den roten Kasten dran«, fügte sie hinzu, öffnete ihr Fenster und legte ihre Hand auf das Glas. Es schien eine ähnliche Technik wie im Knast zu sein, denn das Tor öffnete sich.

»Fahr einfach weiter.«

Einfach weiter?

Vor uns lag ein riesiges Anwesen, beinahe wie ein Park, und irgendwo weit weg erkannte ich die Umrisse eines alten Herrenhauses oder sogar eines kleinen Schlosses. Ungläubig fuhr ich entlang der Kieswege, bis ich vor dem Haus in einem kleinen Hof anhielt.

Die Präsidentin lächelte. »Willkommen zuhause.«

»Was machen wir hier?«, fragte ich entsetzt. »Das ist doch dein Haus, Faherty, oder?«

»Korrekt.« Sie nickte. »Es wäre mir übrigens ganz recht, wenn du diesen abfälligen Tonfall endlich weglässt. Immerhin habe ich dir das Leben gerettet.«

Ich zuckte mit den Schultern. »Was ist Ihnen lieber, Frau Dr. Präsidentin Melena Faherty?«

»Einfach Melena.« Sie lächelte leicht. »Wo wir uns doch so ähnlich sind, sollten wir uns auch in der Anrede ebenbürtig sein.«

»Was soll der Schwachsinn?«, fuhr ich sie an. »Du rettest Milo und mich vor dem Tod, riskierst deinen Job, bringst uns zu deinem Anwesen und erzählst mir irgendwas von Gleichheit? *Was soll das?*«

»Ich verstehe, dass du skeptisch bist.« Sie zögerte. »Ich habe meine Gründe und ich will, dass du sie erfährst, wenn du dich etwas erholt hast. Lass uns doch bitte reingehen. Ich will, dass ihr beide bleibt, solange ihr wollt. Meine Tür steht euch offen und –«

»Ich kann diesem Angebot nicht vertrauen. Geschweige denn es annehmen. Ich verstehe einfach nicht, was du damit bezwecken willst. Wir sind Feinde, *Todfeinde*!«

»Und wer hat das so festgelegt, dass der Staat die Rebellen bekämpfen muss?« Sie gab sich selbst die Antwort. »Das Staatsoberhaupt. Das bin ich. Und wenn ich unsere Feindschaft ab jetzt für nichtig erkläre, was dann?«

»Dann riskierst du dein Leben für etwas, das es wahrscheinlich nicht wert ist. Du hast keine Macht mehr über das Parlament, es gibt nichts mehr, das dir das Leben retten könnte. Wenn sie nur herausfinden, dass du uns zur Freiheit verholfen hast, und wir dann auch noch hier bleiben –«

»Wenn du es so formulierst, bin ich quasi längst tot. Was ändert es?«

Ich seufzte. »Warum? Warum wir?«

»Alles zu seiner Zeit, okay? Für den Moment ist wichtig, dass ihr in Sicherheit seid. Und das seid ihr hier definitiv. Niemand würde euch hier vermuten.«

Ich holte tief Luft. »Also gut. Gut, wir bleiben hier. Aber nicht lange.«

»Und dann?« Sie legte den Kopf schief und lächelte. »Wo sonst willst du hin, Arianna Travino?«

Sie führte uns durch eine alte, massive Metalltür nach drinnen. »Meine Angestellten kommen erst in einer Stunde, also bringe ich euch jetzt zu euren Zimmern und ihr solltet einige Zeit dort bleiben, bis ich das alles geklärt habe.«

Ich hatte sofort die Orientierung verloren. Ich war einst darauf trainiert worden, mir den schnellsten Fluchtweg einzuprägen, aber die Flure in diesem Haus waren wie verflucht und dazu kam noch, dass ich nur noch schlafen wollte.

»Da wären wir.« Endlich blieb sie stehen. »Das hier sind eure Gästezimmer. Weil hier normalerweise bei Staatsbesuchen die Paare mit jüngeren Kindern untergebracht werden, gibt es eine Verbindungstür. Sucht euch einfach aus, wo ihr hinwollt. Ich hole euch um zwei fürs Mittagessen ab, okay? Bis dahin habe ich meine Angestellten eingeweiht. Keine Sorge, ich vertraue ihnen.«

Ich wusste tausend Argumente dagegen, aber ich war zu erschöpft, um zu diskutieren.

»Frische Klamotten sind in den Schränken.« Faherty grinste. »Für irgendwas muss das ganze Geld ja da sein. Und da müsste auch ein Erste-Hilfe-Set sein. Kannst ja schlecht zu einem Arzt gehen. Braucht ihr sonst noch was?«

»Medikamente.« Ich zögerte. »Schlaftabletten oder … irgendwas, das mich vom *Denken* abhält.«

»Ich schau, was ich tun kann.« Sie nickte und ich wusste, sie hatte mich verstanden.

»Bis später dann.« Ich schob die erste Tür auf. Das Zimmer sah beinahe wie ein Hotelraum aus: Es gab ein Doppelbett, einen großen Schrank, ein kleines Bad. In der Ecke stand ein großer, schwarzer Flügel. Aber ich hatte nicht mehr die Kraft, die Schönheit zu genießen. Ich riss das Erste-Hilfe-Set aus der Halterung in der Wand, streifte die Schuhe und den Mantel ab und ließ mich Gesicht voraus in die Kissen fallen. Zitternd und schwer atmend versuchte ich, die Gedanken fernzuhalten. *Nicht daran denken. Einfach nicht –*

»Ria?«

Milo. Er hatte kein Wort mehr gesprochen, seit wir den Aufzug verlassen hatten.

»Hm?« Ich hob den Kopf.

»Können wir … reden?« Er hockte sich neben mich auf die Bettkante. »Nur kurz?«

Ich seufzte und setzte mich auf. Sofort leuchteten ich weiße Sterne vor meinen Augen. »Von mir aus. Wenn du willst.« Ich meinte es nicht mal so abweisend, wie ich es gesagt hatte.

»Gut.« Er drehte die Pistole in den Händen. Warum schleppte er die immer noch mit sich herum, warum hatte er sie nicht im Auto gelassen? Wobei, so hatten wir im Notfall zumindest eine Waffe.

»Dann rede doch bitte.«

»Bist du sauer auf mich?«

»Ich bin nicht sauer. Einfach nur müde und erschöpft.«

»Nein, ich meine … weil ich es ruiniert habe – deine – *weil du sterben wolltest*. Und ich es ruiniert habe.«

Mir wurde kalt. Dass er überhaupt darüber nachdachte … »Nein, trotzdem nicht. Ich bin auch nicht traurig oder enttäuscht. Zumindest nicht ernsthaft. Ich bin halt nur auch nicht glücklich.«

»Natürlich.« Er nickte unsicher. »Natürlich. Kann ja auch nicht erwarten, dass sich das so schnell verändert, hm?«

Ich nickte nur.

»Und wie fühlst du dich dann?«

»Einfach nur müde.« *Und sehr, sehr schuldig.* »Schau mal woanders hin.«

Er gehorchte und ich zog mein Shirt hoch und begann, die Wunde zu versorgen. Nur ein Streifschuss, Gott sei Dank. Sah hässlich aus, würde aber gut verheilen. Das Desinfektionsmittel brannte wie Feuer, aber irgendwie beruhigte mich das Gefühl auch. Bewies, dass ich noch lebte und fühlte.

»Milo … es tut mir leid, dass all das passiert ist. Es tut mir leid, dass du die Ärztin – dass du dich gezwungen sahst, die Hinrichtung zu unterbrechen. Es tut mir leid, dass ich dich in all das reingezogen habe. Und es tut mir leid, dass ich mein Versprechen gebrochen habe.«

Er seufzte, den Blick weiterhin auf die Wand gerichtet. »Schätze, ich hatte mal wieder Recht.«

Autsch. Irgendwo hatte ich gehofft, dass er mir widersprechen würde.

Er verschränkte die Arme. »Kann ich mir denn überhaupt sicher sein, dass du mich nicht nur benutzt hast, um im Knast zu sterben, weil das ein ehrenvollerer Tod ist?«

»Milo!« Ich saß aufrecht im Bett. »Wieso sagst du sowas?!«

Er blickte auf die Waffe in seinen Händen. »Keine Ahnung. War nur so ein Gedanke, weißt du?«

»Schon gut. Schon gut.« Mit zitternden Fingern klebte ich ein großes Pflaster über die Wunde, das musste erstmal reichen. Es war nicht mal so schlimm, dass ich es hätte nähen müssen.

»Langsam beginne ich zu glauben, dass du wirklich keinen Nutzen daraus ziehst, dass du mich gerettet hast«, murmelte er und drehte sich wieder zu mir um, als ich die kleine Tasche mit dem Erste-Hilfe-Zeug auf den Boden fallen ließ.

»Ich bereue so viel in meinem Leben«, entgegnete ich bitter. »Aber nicht das. Nur nicht das.«

Er nickte. »Übrigens habe ich sehr wohl verstanden, dass das eben nur Schauspielerei war. Ich weiß, dass du es hasst, andere Menschen zu kommandieren. Ich habe Angst, aber nicht vor dir, Arianna.«

»Das freut mich.« Ich stand auf und ging zur Tür, unter der gerade ein Blister mit Tabletten durchgeschoben wurde. »Würdest du mich für ein, zwei Stunden alleine lassen?«

Er sah mich an. »Welche Drogen willst du überdosieren?«

»Keine.« Ich hielt seinem Blick stand, obwohl es wehtat. »Ich könnte nicht. Sie hat mir nicht mal ein Achtel der tödlichen Menge gegeben.«

Er zuckte zurück, als er erkannte, was es bedeutete, dass ich es auf einen Blick berechnet hatte.

»Keine Sorge«, fügte ich mit einem sanften Lächeln hinzu. »Alles wird gut. Gib mir nur eine Stunde oder zwei.«

13 – Delirium und Desserts

In der Vergangenheit hatten Drogen eine Menge meiner Mental Breakdowns gelöst – aber auch ein paar davon verursacht. Es war immer ein Glücksspiel und manchmal verlor man eben. Irgendwann hatte ich aufgehört, mich um das Risiko zu kümmern. Ich war bei weitem kein Junkie, aber Drogen waren zu meiner Standard-Lösung für all die Probleme geworden, die außerhalb meiner Verantwortung lagen und gegen die ich nichts tun konnte. Leider hatte unsere Welt eine ganze Menge davon. Und vielleicht war ich doch irgendwie ein Junkie.

An diesem Tag hatte ich Glück. Ich hatte zwei der Tabletten genommen, dann ein oder zwei Stunden auf dem Bett gelegen und die Decke angestarrt, ohne einen einzigen negativen Gedanken.

Ich war beinahe gestorben, na und? Milo hatte brutal eine Ärztin umgebracht, und jetzt? Die Richter hatten versucht, mich auf eben diese Art zu töten, wen juckte es? Ich hatte keinen Ort mehr, an dem ich sein konnte, und für den Moment war das einfach kein Problem.

Langsam ließ die Wirkung der Drogen nach und ich blinzelte ein paar Mal. Alles tat weh und in meinem Kopf spielte eine Melodie auf Dauerschleife. Mein erster Reflex war, zwei weitere Pillen einzuwerfen, aber dann erinnerte ich mich an Milo. Jemand – *ich* – sollte nach ihm sehen.

Ich kämpfte damit, mich auf die Bettkante zu setzen. Um mich herum drehte sich alles und mein Mund war trocken, also quälte ich mich ins Bad, um mein Gesicht zu waschen und ein paar Schlucke zu trinken.

In einem Schrank fand ich Kajal und Eyeliner in einer Kulturtasche, die entweder jemand hier vergessen hatte oder die die Präsidentin für ihre Gäste bereitgestellt hatte, und ich zog schnell mein Make-Up nach. Es war beinahe ironisch, wie wichtig mir das war – aber irgendwo brauchte ich das für mich selbst. Dieses Gefühl, nach jemandem auszusehen, den man fürchten musste.

Ich starrte in den Spiegel, und jemand starrte zurück. Eine Person, die ich lange Zeit nicht mehr gesehen hatte. Sie war gebrochen, ja, aber in ihren Augen lag etwas, das ich ewig nicht dort gesehen hatte. *Hoffnung.*

Und da war ein kleines bisschen von Milos blauen Augen in meinen eigenen. Dieses leichte, freche Funkeln.

Milo.

Ich wischte meine Hände am Handtuch ab und verließ das Badezimmer. Ich wusste, der Gedanke war von Grund auf falsch, aber die Euphorie der Drogen hatte mich irgendwie erfrischt. Es war so falsch und ich musste aus diesem Teufelskreis kommen, bevor es zu spät war.

Zögerlich griff ich nach dem Blister mit den restlichen Tabletten und klopfte an die Tür, die Milos und mein Zimmer trennte.

»Ria? Bist du das?«

»Ja.« Meine Stimme brach. »Ja, ich bin's.«

»Komm rein.«

Ich schob vorsichtig die Tür auf. Milos Zimmer sah ganz anders aus als meins. Es gab zwei Betten, zwei Schränke, zwei Schreibtische. Milo saß auf dem Bett gegenüber der Tür, ein Buch in der Hand, das er sinken ließ, als ich reinkam.

»Geht's dir besser?«

Ich nickte vorsichtig. »Etwas, ja. Und dir?«

»Mir auch.« Seine Augen wanderten unruhig hin und her. »Ich wollte schlafen, aber ich hab mich nicht getraut. Ich hab Angst vor den Albträumen. Ich will einfach wieder alles vergessen, so wie früher. Es ist so einfach, wenn man nichts weiß.«

»Nichts ist einfach«, widersprach ich und deutete fragend neben ihn; er nickte und ich nahm Platz. »Nichts ist einfach, denn es bedeutet, dass du etwas Wichtiges unterdrückst. Traumata und so. Du darfst nicht vergessen, sonst wird alles eines Tages auf dich einstürzen.«

Er zögerte. »Vielleicht. Aber bis dahin will ich es fernhalten.«

»Bitte, tu das nicht. Du darfst diesen Tag nicht vergessen. Du darfst nicht einfach vergessen, warum du hier bist – in Freiheit. Du bist –« Ich zögerte. Ich wollte die Worte nicht sagen, nicht in dieser Art, aber irgendwie war es doch die Wahrheit. »Du bist ein Held. Du hast mir das Leben gerettet. Ist das etwas, das vergessen werden sollte?«

»Vielleicht schon.«

»Nein. Milo, du hast ein ernsthaftes Trauma. Wenn es irgendwie geht, will ich dir einen Therapeuten besorgen. Du solltest das hier nicht alleine verarbeiten müssen. Und bis es soweit ist, kannst du mit mir über alles reden.«

Er blickte mich kritisch an. »*Du* willst mir was von Therapeuten erzählen?«

»Ich konnte nicht hingehen«, entgegnete ich bitter. »Es gab Therapeuten im Hauptquartier. Aber wie sollte ich einem *Rebellen* von meinem Hass auf die Rebellion erzählen?«

Milo nickte langsam. »Schon gut. Vielleicht hast du Recht. Lass uns jetzt nicht darüber reden.«

»Wie du willst.« Ich seufzte, dann reichte ich ihm die Tabletten. »Bitte pass darauf auf, für mich. Ich will das Zeug nicht in meinem Zimmer haben. Die Verlockung …«

Er nickte, als verstünde er genau, was ich meinte. Und wer weiß? Vielleicht war es so. Dieser Junge war schlauer als die meisten Erwachsenen, die ich getroffen hatte.

»Ich hab nach dir gesehen«, sagte er plötzlich. »Ob es dir gut geht.«

»Du warst in meinem Zimmer?!«

»Ist das ein Problem?« Er zögerte. »Ich dachte, du wärst wach. Du hast am Flügel gespielt und gesungen. Aber du hast mich nicht wahrgenommen. Du sahst … glücklich aus. Oder eher … friedlich.«

Das erklärte natürlich die Melodie, die mich verfolgte. Und es war typisch für mich, ja. Ich spielte im Gegensatz zu meiner Kindheit nur noch sehr selten bei Bewusstsein Musik, aber unter Drogeneinfluss umso öfter.

»Was habe ich gespielt?«

Er sah mich ein bisschen verschreckt an, als wäre er verstört darüber, dass ich mich nicht erinnern konnte. »Ich weiß nicht – irgendein ganz altes Stück. Es hat mich an etwas erinnert, aber ich weiß nicht, an was. Nichts Bestimmtes, glaube ich. Eine Erinnerung, die ich nie besessen habe, aber die schön ist.«

»Das nennt man Melancholie.« Ich musste lächeln. Auch ich konnte die Melodie gerade keinem Lied zuordnen und vom Text fiel mir nur die Hälfte ein, nichts, das Sinn ergab.

War aber auch egal.

»Du hast schön gespielt und gesungen.« Er lächelte vorsichtig. »Ich nehme an, dass es also geholfen hat?«

Ich nickte und gleichzeitig fühlte ich mich wieder schuldig. Es sollte nicht die Verantwortung eines Zehnjährigen sein, nach einem Junkie zu sehen.

»Danke«, sagte ich schließlich. »Für alles.«

»Was passiert jetzt mit uns?«, fragte Milo leise. »Ich meine – werden wir hierbleiben?«

Ich zögerte. »Ich denke, wir sind hier sicher. Aber ich glaube nicht, dass ich längere Zeit an diesem Ort bleiben will. Klar bin ich froh, dass wir hier sein können, aber ich kann auch nicht den Rest meines Lebens in diesem Haus bleiben, weil ich draußen sofort erschossen werde. Ich meine nur – die Präsidentin hat etwas angedeutet. Dass sie einen Ort kennt, der mir gefallen könnte. Und damit hat sie sicher nicht einfach ihr Haus gemeint.«

»Was für ein Ort soll das sein?«

»Ich weiß nicht. Es war im Zusammenhang mit der Hoffnungslosigkeit der Rebellion und der Regierung. Also … vielleicht etwas Ähnliches.«

Er zögerte. »Magst du sie? Die Präsidentin, meine ich?«

»Oh Gott.« Ich schüttelte den Kopf. »Ich weiß nicht, ob ich die Frage ehrlich beantworten kann. Klar sollte ich sie mögen; sie hat uns gerettet. Aber ob ich ihr voll und ganz vertraue … Der Punkt ist, ich weiß nicht mal, ob sie *mich* mag oder nur wegen dir gerettet hat. Ich hab ihr ein paar üble Sachen an den Kopf geworfen. Worte, meine ich.«

Milo starrte mich an. »Machst du Witze? *Du* warst ihr Ziel, weil sie deine Weltansicht teilt.«

»Das muss nicht heißen, dass sie mich als Person mag. Ich bin ganz ehrlich, ich weiß nicht, ob sie und ich jemals auf eine Vertrauensbasis kommen, die ohne abfällige Bemerkungen und Sticheleien von beiden Seiten auskommt. Und ich verstehe immer noch nicht, warum sie das alles für uns getan hat.«

»Hm.« Milo nickte vorsichtig. »Ich glaube, ich verstehe.« Er legte seinen Kopf gegen meine Schulter. »Ich bin froh, dass du überlebt hast, Ria.«

Ich lächelte. »Ich auch.«

Die Präsidentin holte uns ein paar Minuten später zum Mittagessen ab. Ich hatte die Waffe im Hosenbund stecken – ich konnte nicht anders. Nicht, solange ich nicht alles wusste.

»Der Grund, warum ich meinen Angestellten vertraue«, erklärte Faherty, als wir durch die Flure liefen, »ist, dass sie meine Familie sind. Nicht biologisch, aber … mein Haushälter war wie ein Großvater für mich und meine Haushälterin wie die Großtante, die auch mal unethische Lebenstipps bei einem Glas Wein verteilt. Die beiden kennen und teilen meine Haltung zu meiner Politik. Sie hassen, was ich tue. Genau wie ich.«

»Wenn du es hasst«, fragte ich vorsichtig, »warum bleibst du dann? Hast du jemals gedacht, du hättest eine Chance, etwas zu verändern?«

Da waren wieder die Sticheleien.

»Warum bist du den Rebellen beigetreten?«, gab sie zurück. »Hast du jemals gedacht, dass du eine Chance hattest, etwas zu ändern?« Sie sah mich ernst an. »Als ich gemerkt habe, dass ich nur eine Repräsentationsfigur war und ihre Politik nicht zum Besseren verändern kann, habe ich auch gemerkt, dass ich zumindest nichts verschlimmern konnte. Stell dir vor, in meiner Position wäre jemand, der die Ansichten des Parlaments teilt und sie sich vielleicht noch gegenseitig hochschaukeln! Zumindest das kann ich verhindern. Eine Präsidentin, die nichts tut, ist immer noch besser als eine, die mitmacht.«

»Hm.« Ich nickte. »Also opferst du dein Leben, was du in Frieden und Freiheit leben könntest, für den Staat?«

»Korrekt.«

Ich wusste nichts mehr zu sagen.

Wir erreichten den großen Speisesaal. An einem langen Tisch waren fünf Plätze gedeckt.

»Fünf?«, fragte Milo.

»Meine Angestellten essen immer mit mir. Ich – ich sollte sie nicht immer so nennen. Sie sind meine Familie.«

Ein Mann und eine Frau – sie etwa Mitte fünfzig, er etwas älter – betraten den Saal durch zwei unterschiedlichen Türen. Jeder Teil von mir wollte einfach nur *weg* oder wenigstens nach der Waffe greifen, aber Milo hielt meine Hand fest umklammert.

»Das sind Arianna und Milo«, stellte die Präsidentin uns vor. »Arianna, Milo, das sind Phil und Emmy.«

»Schön, Sie kennenzulernen«, murmelte Milo; ich nickte ihnen nur kurz zum Gruß zu.

»Es ist gut, dass ihr am Leben seid«, sagte der Mann. »Es ist eine Schande, was der Staat unserer Jugend zumutet.«

Ich nickte wieder.

»Setzt euch ruhig«, forderte Faherty Milo und mich auf. »Wir kümmern uns um das Essen.«

Sie verschwand mit ihrer Angestellten – oder Großtante? – durch eine Tür. Milo, der Mann und ich nahmen Platz.

»Ihr seid in guten Händen hier, Kinder«, sagte der Mann – Phil.

»Ich bin kein Kind mehr«, entgegnete ich automatisch und schärfer als beabsichtigt, aber noch im selben Moment erkannte ich, wie falsch ich lag. Ich war zweiundzwanzig, er war bald dreimal so alt. Natürlich war ich für ihn noch ein Kind, ich konnte nicht mal ansatzweise mit seiner Erfahrung mithalten. Und er hatte ein langes Leben hinter sich – etwas, an das ich nie zu glauben gewagt hatte. Ich wusste so viel und gleichzeitig *nichts* über diese Welt. Gerade genug, dass ich wusste, was ich war – ein Kind. Vielleicht ein gebrochenes, verlorenes Kind – aber doch genau das.

»Verzeihung«, schob ich schnell hinterher. »Sie haben Recht, natürlich.«

Er lächelte kurz, als wüsste er genau, worüber ich nachgedacht hatte. Dann reichte er mir quer über den Tisch seine Hand. »Phil. Gerne Du. Melenas Freunde sollen auch meine Freunde sein.«

»Arianna«, entgegnete ich knapp.

Die Präsidentin und ihre Haushälterin kamen mit großen Töpfen wieder und servierten das Mittagessen: Spaghetti mit Tomatensoße. Für sie wohl ein schlichtes, schnelles Essen, aber für Milo und mich ein Grund zum Feiern. Vage erinnerte es mich an die Ravioli in diesem alten Laden, nur tausendmal besser. Vielleicht das Beste, was ich in den letzten zweiundzwanzig Jahren gegessen hatte. Im Dorf hatten wir nie frisches Essen gehabt, außer vielleicht an Feiertagen, und selbst dann war *frisch* eine Definitionssache. Und im Hauptquartier ... war das Essen nie *gut* gewesen. Auch nicht zwingend schlecht, aber eben auch nicht besonders gut. Wir waren froh gewesen, einfach *irgendwas* zu haben.

Milo schien die Mahlzeit ebenfalls zu genießen – natürlich. Sein letztes richtiges Essen musste so viel länger her gewesen sein als meins und ich vermutete, dass das ähnlich ausgesehen hatte wie die Speisen in meiner Kindheit. Ich wusste nicht genau, wie lange Milo im Knast gewesen war, aber ich hatte meine Vermutungen – wohl zwei, drei Jahre. Zwei, drei Jahre nur Toast und Wasser.

»Wir müssen über Dinge reden«, sagte die Präsidentin nach dem Essen, als Emmy mit Milo in der Küche verschwunden war, um ihm ein Eis am Stiel zu holen. »Eins der Themen hängt mit der Vergangenheit zusammen und das andere mit der Zukunft. Mit *deiner* Zukunft.« Sie blickte mir genau in die Augen.

»Du denkst immer noch, ich hätte eine Zukunft?«, fragte ich spöttisch.

»Lass deinen Sarkasmus beiseite. Ich bin mir ziemlich sicher, dass du es ebenso verstanden hast wie ich.«

Ich zog die Augenbrauen hoch. Hatte sie wirklich diesen winzigen Schimmer von Hoffnung in meinen Augen erkannt, den ich auch im Spiegel gesehen hatte?

»Erzähl mir mehr über die Zukunft, die du für mich zu sehen glaubst.«

»Zunächst einmal: Es gibt Möglichkeiten, weiterzuleben, Arianna. Einige sogar. Du könntest in eine der isolierten Städte flüchten, nach Norderhaven oder nach –«

»Das ändert *nichts*«, schnitt ich ihr das Wort ab. »Ich werde auf keinen Fall in eine Stadt flüchten, von der niemand so genau weiß, was hinter den Stadtgrenzen passiert! Ich will ...«

»*Leben.*« Sie lächelte. »Du willst leben. In einer besseren Welt. Richtig?«

Ich zögerte. »Aber es gibt keine bessere Welt.«

»Vielleicht nicht, wenn du den gesamten Planeten betrachtest. Aber ich kenne einen Ort, der *deine ganz persönliche Welt* besser machen kann. Es gibt eine Organisation, die weder revolutionär noch pro-Regierung ist. Eine Charity-Organisation, quasi. Emmys Tochter arbeitet dort, sie begehen kleinere Verbrechen im Namen der Menschheit.«

Milo rutschte wieder mit seinem Eis auf den Stuhl neben mich und Emmy nahm uns gegenüber Platz. Sie lächelte mir zu. »Larissay und ihre Gruppe stehlen Essen, häufig die Sachen, die Supermärkte wegwerfen, obwohl sie noch gut sind. Manchmal stehlen sie auch aus den Läden oder überfallen Banken. Alles für die Leute, die sich sonst nichts leisten können. Ein Kampf, der sich direkt gegen den Massenkapitalismus richtet – für die Armen. Es schadet auch niemandem – die betreffenden Läden haben sowieso viel zu viel Geld – und deswegen macht sich auch niemand ernsthaft die Mühe, nach dieser Organisation zu fahnden. Und sie sind ein offizieller Verein, dank Melena.«

»Es könnte dir einen etwas hoffnungsvolleren Blick auf die Welt geben«, übernahm Faherty wieder. »Nicht die Hoffnungslosigkeit einer zum Scheitern verurteilten Rebellion, aber auch nicht das hilflose Leben als normaler Bürger. Es wäre eine Arbeit, die sich direkter für die Bevölkerung einsetzt, als es je eine Regierung getan hat. Und es würde nicht direkt dein Leben aufs Spiel setzen, Arianna.«

Ich nickte langsam. Faherty verstand es wirklich gut, den Finger genau in meine Wunden zu legen – aber wie sie schon mal gesagt hatte, bei mir war quasi jeder Punkt ein wunder Punkt. Und wieder konnte ich mir nicht sicher sein, ob sie mich mochte oder ob sie es genoss, mir ins Gesicht zu sehen, während sie jede meiner Schwächen angriff.

Aber ich war ja nicht besser.

»Ich werde mal darüber nachdenken«, sagte ich schließlich vage. Es klang tatsächlich nicht schlecht, aber den Sieg wollte ich Faherty nicht gönnen. »Ich werde alles tun, um Milo zu beschützen.«

»Ich will auch Leuten helfen!«, protestierte er.

Ich musste lachen. »Bevor du jemandem hilfst, wischst du dir erstmal das Eis vom Mund, hm?«

Er errötete und angelte nach einer Serviette. »Aber trotzdem! Ich wollte immer eines Tages mit meiner Schwester bei den Rebellen die Welt verändern, und jetzt – jetzt …« Er zögerte. »Jetzt eben mit dir, Ria.«

»Wo immer ich hingehe, werde ich dich mitnehmen, solange du das willst«, entgegnete ich. »Es ist meine Verantwortung, auf dich aufzupassen.«

»Was für eine *schwere* Aufgabe das ist. Was für ein großes Opfer du da bringst!«, kommentierte die Präsidentin. »Das muss dir so *unglaublich* schwerfallen!«

»Mach du nur deine Witze, Faherty«, wies ich sie ab. »Du weißt genau, dass das mehr als eine Aufopferung ist.«

»Ich weiß, ich weiß.« Sie wurde ernst und ich musste innerlich lächeln. Sie hasste es, wenn ich ihren Nachnamen so abfällig benutzte. Das war die einzige Waffe, die ich momentan gegen sie hatte. Mal von der Pistole in meinem Hosenbund abgesehen.

»Lasst uns kurz rausgehen. Ich will euch beiden einen Ort zeigen …«

»In die Stadt? Du spinnst, Faherty.«

»Nicht in die Stadt, *Travino*«, machte sie mich nach. »Nur nach draußen.« Sie schob die große Glastür zum Park auf. »Komm schon!«

14 – Marmor und weiße Rosen

»Was hat das zu bedeuten?«, fragte ich, als sie Milo und mich durch den Park führte, unter den Bäumen her. *Bäume* – auch so ein Ding, das ich selten in echt gesehen hatte. »Wo gehen wir hin?«

»Bist wohl skeptisch?« Sie drehte sich halb um und zog die Augenbrauen hoch, dann blieb sie stehen und legte mir ernst die Hände auf die Schultern. »Arianna, ich hatte gehofft, du hättest inzwischen verstanden, dass ich nur das Beste für dich will.«

»Bis vor wenigen Minuten wusste ich selbst nicht, was das Beste für mich ist. Wieso solltest ausgerechnet du es also wissen, *Präsidentin?*«

»Ich bin nicht deine Präsidentin, du siehst mich nicht als solche, also nenn mich nicht so«, entgegnete sie harsch. »Ich verstehe, dass du skeptisch bist, aber kannst du mir nicht vertrauen, nachdem ich dir und Milo das Leben gerettet habe?«

»Du meinst, nachdem du deine Leute auf mich gehetzt hast, mich in der Wüste festgenommen und mir den Tod verkündet hast, mir dann in deinem tollen Luxusschlitten verraten hast, dass du eigentlich ja gar nicht so böse bist, und dann konstant zwischen zwei Grundstimmungen hin und her gesprungen bist, von denen eine mich retten und die andere mich beschissen behandeln wollte, mich an den Haaren gezogen hat und gedroht hat, Milo umzubringen? Nachdem du dann meine Hinrichtung hingenommen hast, meine Handschellen zerschlagen hast und die Verantwortung über mein Leben in die Hände eines Jungen gelegt hast?« Ich hielt ihr meine Handgelenke entgegen, von denen noch immer die Reste der Ketten hingen.

»Ich habe doch gesagt, dass ich die Dosis –«

»Das kann jeder behaupten«, schnitt ich ihr das Wort ab. »Und dann machst du mich auch noch verantwortlich, weil ich die Dosis erhöht habe? Du machst *mich* verantwortlich dafür, dass Milo mit zehn Jahren einen Menschen töten musste?!«

»Vielleicht hast du Recht.« Ihre Stimme bebte. »Vielleicht habe nicht ich dir das Leben gerettet, vielleicht habe ich dir keinen Gefallen getan. Aber ich habe Milo das Leben gerettet. Und ich glaube, das ist dir wichtiger als alles andere.«

Ich hielt ihren Blick, aber ich wusste nicht, was ich sagen sollte. Sie hatte Recht und ich hasste es. Ich wollte nicht, dass sie sich über mich stellte – ich wollte nicht, dass sie doch irgendwie die Rolle der Präsidentin einnahm.

»Du hast Milo gerettet, aber ich weiß bis heute nicht, warum.«

»Weil mir sein – und *dein* – Leben am Herzen liegt.« Der Spott war aus ihrer Stimme verschwunden. »Arianna, bitte gib mir diese eine Chance, dir zu beweisen, dass ich euch beide beschützen will. Ja, auch dich. Ich hasse dich nicht, oder auf welche dummen Ideen du sonst so kommen willst. Ich mag die Art, wie du dich über mich lustig machst – einfach, weil ich mit sonst niemandem so diskutieren kann wie mit dir. Niemand traut sich das. Ich mag deinen Mut, auch, wenn er vielleicht von Gleichgültigkeit kommt. Arianna – *ich mag dich.* Wirklich. Und ich hoffe, du kannst eines Tages dasselbe über mich sagen.« Sie ließ die Hände sinken und drehte sich weg. »Lass uns weitergehen.«

Milo und ich folgten ihr schweigend. Milo warf mir einen fragenden Blick zu, aber ich konnte ihm keine Antwort geben. Ich wusste selbst nicht, was das alles zu bedeuten hatte.

Faherty stoppte vor einer halbhohen Steinmauer, hinter der sich Gräber um Gräber erstreckten. Ein Friedhof.

»Was wollen wir hier?«, fragte ich bitter. »Hast du mein Grab schon geschaufelt, oder was?«

»Nein.« Sie ging nicht auf meine Stichelei ein, sondern hielt mir das Tor auf. »Dein Grab ist hier schon seit drei Jahren.«

»Schon klar.«

»Ich meine es ernst. Vor drei Jahren ist deine Familie in dem Sandsturm gestorben, als ihr Haus zusammengebrochen ist. Deine Eltern und dein Bruder sind in den Trümmern ums Leben gekommen.«

Milo drückte meine Hand, als sie *Bruder* gesagt hatte. Jetzt wusste er es also – dass sich unsere Schicksale so bitter überschnitten.

»Korrekt«, sagte ich.

»Und das schien mir eine gute Gelegenheit, auch mit deinem Schicksal abzuschließen. Ich war es leid, mir Tag für Tag Sorgen um dich zu machen – nicht zu wissen, wo du warst und ob du überhaupt noch am Leben warst.«

»Warum –«

»Theoretisch ist es nicht mal ein Grab«, fuhr sie unbeirrt fort. »Eher ein Denkmal, oder? Wenn ja keine Überreste begraben sind …«

Wir standen vor einem großen schwarzen Grabstein. Einer aus hunderten, aber dieser war doch etwas größer als die umliegenden. Und mein Name war neben denen meiner Eltern und meines Bruders in den Stein geritzt.

In liebevollem Gedenken. NED und CHERYL und ARIANNA und KIAN.

Auf dem Grab blühte ein Busch aus weißen Rosen – wie ironisch. Ich hatte immer von einem Grab mit Blumen geträumt, wohl wissend, dass es im trockenen Klima des Dorfes und des Hauptquartiers unmöglich war. Und jetzt hatte ich dieses Grab mit Rosen und war noch nicht einmal tot.

»Und wieso ist jetzt mein Familiengrab auf diesem ... präsidentiellen Friedhof?«, flüsterte ich, aber sie schüttelte langsam den Kopf. »Du solltest dir eine andere Frage zuerst stellen.«

Aber das war nicht mehr nötig. Ich wusste die Antwort, bevor ich diese andere Frage überhaupt stellen konnte. Ich wusste die Antwort, weil ich sie in Milos Augen sah, den meinen so ähnlich, mit Schrecken geweitet und auf die Namen des Grabsteins gerichtet. Dorthin, wo er gerade seinen Namen neben meinem erkannt hatte.

Und an dem Punkt konnte ich die Erinnerungen nicht länger fernhalten. Diese Erinnerungen, diese dumpfe Vermutung, die ich immer weggeschoben hatte – wenn ich Hoffnung schöpfte, würde mein Herz nur wieder und wieder gebrochen werden. Und außerdem hatte ich meinen Bruder fünf Jahre lang nicht gesehen. Er war fünf gewesen, als ich weggelaufen war, und wer zum Teufel wusste schon, wie er heute aussehen würde, wenn er überlebt hätte?

Aber dann war da Milo gewesen. Eins zu eins eine ältere Version des Jungen auf dem alten Familienfoto in dem Anhänger um meinen Hals. Das wusste ich, auch, wenn ich es nie mehr angesehen hatte.

Wir hatten beide genau dasselbe getan. Wir hatten den Gedanken unterdrückt, dass unser jeweiliges Geschwisterkind doch noch am Leben sein könnte.

Und jetzt standen wir hier, völlig unvorbereitet für diese Wahrheit.

»Milo heißt nicht wirklich Milo«, bestätigte Faherty. »Milo ist Kian. Dein Bruder, Arianna.«

»Das erklärt trotzdem nicht – erklärt nicht – nicht –« Ich begann zu schluchzen und sank neben Milo auf die Knie, um ihn in meine Arme zu schließen. Milo, der eigentlich Kian war, mein toter Bruder.

Sie hatten ihn benutzt, um *mich* zu fangen, und sie waren gescheitert. Die Nachricht über seine Gefangenschaft hatte es nie bis zu mir geschafft, aus

welchem Grund auch immer, dafür die scheinbar falsche Nachricht von seinem Tod.

Ich war diejenige gewesen, auf deren Kommen er in diesen drei Jahren gehofft hatte, und ich war dann ja auch gekommen. Zu spät und nichtsahnend.

»Milo – Kian«, flüsterte ich. »Das alles – das tut mir so leid. Ich habe nie – ich habe es nicht gewusst, wirklich!«

»Mir tut es auch leid«, murmelte er gegen meine Schulter. »Ich hätte – ich hätte mich erinnern müssen … Ich hab dich so vermisst!«

Das war er – der endgültige Grund, irgendwie weiterzuleben, irgendwie weiterzukämpfen. Ich hatte ihn einmal zurückgelassen, das würde mir kein zweites Mal passieren. Wir würden – wie ich es ihm vor Jahren versprochen hatte – Seite an Seite kämpfen und die Welt verändern. Wenn es auch nur im Kleinen war, bei dieser Organisation von Emmys Tochter.

Faherty räusperte sich. »Da wäre noch etwas. Eure Mutter –«

Ich starrte zu ihr hoch. »Du bist aber jetzt nicht irgendwie unsere biologische Mutter oder so, oder?« Wobei mich an dieser Stelle nichts mehr wundern würde.

Sie lachte kurz und es war das erste Mal, dass ich sie ehrlich lachen hörte. Es war ein vertrautes Lachen.

»Nicht ganz«, gab sie zu. »Ich bin nicht eure Mutter. Aber eure Mutter – die zu einhundert Prozent auch eure biologische Mutter ist – war eine geborene Faherty. Ich bin eure Tante.«

Oh Gott.

Ich hatte also die ganze Zeit nicht einfach mit *irgendjemandem* gestritten, sondern mit *meiner Tante.* Mit einer Frau, die die Schwester meiner Mutter war. Die mich nicht aus tausend Rebellen zur Begnadigung auserkoren hatte, sondern der ich tatsächlich wohl mein ganzes Leben lang etwas bedeutet hatte.

Ich fühlte mich noch nicht mal schuldig, eher unsicher. Sie hatte es die ganze Zeit gewusst – was hatte sie über mich gedacht? War sie der Meinung, meine Mutter hätte bei meiner Erziehung versagt? Was *zur Hölle dachte sie über mich?*

Und vor allem – war das der einzige Grund, warum sie uns gerettet hatte? Hätte sie uns ansonsten sterben lassen oder hätte sie auch jeden anderen gerettet, der ihre Ansichten auf diese Art teilte?

»Stell keine Fragen, zu denen du die Antworten nicht hören willst«, sagte sie leise, bevor ich den Mund aufmachen konnte. »Und dann muss ich keine Antworten geben, die mich zum Lügen zwingen.«

»Ich –«

»Ich *weiß es nicht*«, unterbrach sie mich harsch. »Ich weiß es wirklich nicht. Ich hätte vielleicht weniger riskiert. Aber ich will nicht mal darüber nachdenken.«

Ich nickte langsam.

Sie sah mich an, lange, sehr lange, und ich brauchte etwas, um zu verstehen, dass sie wohl auf irgendeine Reaktion meinerseits wartete. Irgendeinen Kommentar zu dieser neuen Familiensituation.

»Tut mir leid«, rang ich mir ab. »Ich muss mich erst noch an den Gedanken gewöhnen, dass die Frau, die mich tot sehen wollte, meine Tante ist.«

»Ich wollte dich nie –«

»Schon gut, ich weiß, aber du hast mir *den Tod angedroht* und für mich hat das dasselbe bedeutet.« Ich holte tief Luft. »Tut mir leid, wirklich. Ich – ich find es nur so krass, dass ich auf einmal doch Leute habe, für die es sich zu leben lohnt. Zwei Leute aus meiner *Familie*!«

»Freut mich, wirklich.« Sie lächelte ernst und traurig. »Aber das wird wohl nicht mehr lange so sein. Ich weiß, dass sie es wissen – das Parlament, die Richter, alle. Bestimmt haben wir irgendwo Überwachungskameras übersehen. Im Aufzug oder wo auch immer. Und sie werden kommen, mich holen, in Ketten legen und abführen. Einmal quer durch die Stadt. Ihr beide müsst bis dahin längst weg sein, und nehmt Emmy und Phil mit. Dieses Anwesen ist nicht mehr sicher. Sie brauchen nur die Papiere und dann stehen sie hier.«

»Und du?«, fragte Milo leise. Er hatte die ganze Zeit schweigend zugehört, aber natürlich jedes Wort gehört und für sich verarbeitet.

»Ich werde irgendwo da draußen sein und die Gesellschaft aufrütteln, posthum. Glaubt ihr, die Leute da draußen werden einfach ihr Leben weiterleben,

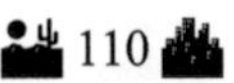

während das Parlament die Präsidentin hinrichten lässt – dafür, dass sie insgeheim immer auf der Seite des Volks war und Schlimmeres verhindern wollte?«

»Vielleicht nicht.« Ich konnte meine Wut auf ihre Worte kaum zügeln. »Aber du wirst einen Scheißdreck tun und hierbleiben. Wenn ich dich höchstpersönlich hier wegtragen muss, dann soll es so sein, aber du lässt dich nicht einfach so schnappen. Nicht nach allem, was du getan hast.«

»*Gerade* nach allem, was ich getan habe.«

»Nachdem du zwei Leben gerettet hast, willst du ein anderes hingeben? Und wofür? Für eine vage Idee, eine vergebliche Hoffnung, dass sich dadurch etwas ändert? Dann wird dein Tod genauso sinnlos gewesen sein wie mein Leben. Wir beide waren uns doch einig, dass wir nicht imstande sind, diese Welt zu einem besseren Ort zu machen. Dann lass uns doch dabeibleiben, zu verhindern, dass sie zu einem schlechteren wird.«

Sie sah mich schweigend an.

»Spiel nicht die Heldin für den Staat«, wiederholte ich nachdrücklich. »Sei die Heldin für die Familie.«

Melena Faherty – *meine Tante Melena Fahery* – blickte mich ernst an, dann nickte sie. »Ich hätte nie gedacht, dass ich das mal sagen würde, aber vielleicht hast du Recht, Arianna Travino. Vielleicht hast du Recht.«

Sie trat einen Schritt näher und zog erst Milo, dann mich in ihre Arme. Und so standen wir da, an unserem Familiengrab, in einer engen Umarmung.

Es war so klischeehaft. Und zugleich überhaupt nicht. Es war selten geworden, dass man einen verloren geglaubten Teil seiner Familie wiederfand – *so* selten, dass ich zu träumen glaubte.

Aber dann trat Melena einen Schritt zurück und lächelte. »Es ist Zeit, abzuhauen, findet ihr nicht?«

Vielleicht war es doch kein Traum.

F O R L I N online N E W S

Todesurteil gegen Präsidentin Faherty!

Forlin. In der Staatshauptstadt hat das Höchste Gericht einen Haftbefehl mit Todesstrafe gegen die ihres Amtes enthobene Präsidentin Melena Faherty ausgesprochen. Faherty war am Morgen des Vortags bereits bei der Gerichtsverhandlung gegen die Rebellin Arianna Travino negativ aufgefallen, da sie sich auffällig für das Schicksal der zum Tode Verurteilten eingesetzt hatte; heute bei der Vollstreckung des Urteils stellte sie sich dann endgültig gegen den Staat, indem sie Travino und einem unbekannten Jungen zur Flucht verhalf. Für einige Zeit muss sie die beiden wohl auf ihrem Anwesen versteckt gehalten haben, aber beim Eintreffen der Armee vor wenigen Stunden am späten Nachmittag war das Anwesen bereits menschenleer.

Gefunden wurde ein offener Brief, in dem Faherty sich gegen den Staat und die Regierung aussprach, der sie vier Jahre lang vorgesessen hatte. Zudem stellt sie Travino und den Jungen als die Kinder ihrer verstorbenen Schwester dar, was darauf hindeutet, dass sie auch hinsichtlich ihrer Herkunft bei ihrem Amtsantritt die Unwahrheit vor Gericht gesprochen hat.

Faherty, ihre beiden Angestellten und die beiden Travino-Kinder gelten als hochgefährlich für die Demokratie und sind in den letzten Stunden ganz an die Spitze der meistgesuchten Kriminellen des Staats aufgestiegen.

Über die Entwicklungen hinsichtlich der Ex-Präsidentin und einem möglichen Nachfolger halten wir Sie selbstverständlich hier online auf dem Laufenden.

Wie sicher ist das Gefängnis wirklich?
-> S. 7

Rebellen – die Gefahr in unserer Mitte
-> S. 9-10

Melena Fahertys politisches Leben
-> S. 17

Arianna Travino

Wer ist die Unruhe-Stifterin? A. Travino – 22 Jahre alt und schon ein hohes Tier bei den sogenannten Rebellen. Kaum etwas ist über sie bekannt – nun wurde sie nach einem Überfall auf ein Gefängnis mit einem Jungen in der Wüste aufgegriffen.

Deserted

Playlist

Wonderful Life - Hurts

everything i wanted - Billie Eilish

Team - Lorde

Falling In Love (Will Kill You) - Wrongchilde, Gerard Way

Used To Be Young - Miley Cyrus

High Hopes - Pink Floyd

Paradise (What About Us?) - Within Temptation, Tarja

True Colours - Cindy Lauper

Christmas Saves The Year - Twenty One Pilots

In The End - Snow Patrol

Deserted: Alles danach

01 – Der Einbruch

»**W**o ist dein Bruder?«

Ich liebte Larissay für diese Frage. Überhaupt liebte ich die gesamte *Tender Freedom*-Organisation für ihren Umgang mit Milo. Sie hatten ihn, einen zehnjährigen Jungen, von Anfang an als ein vollwertiges Mitglied angesehen, nicht als ein Anhängsel. Vielleicht war das für sie normal, aber gerade aus der Rebellion war ich weit anderes gewöhnt und wollte jedes Mal wieder vor Freude heulen, wenn jemand Milo als mehr als ein Anhängsel betrachtete.

Milo Travino, zehn Jahre alt, gesuchter Krimineller und vollwertiges Mitglied der *Tender Freedom Charity Organisation*. Oder auch: Milo, mein Bruder. Den Namen *Kian* hatte er nie mehr in Betracht gezogen: Der Junge mit diesem Namen war ein Fremder, auch, wenn seine Erinnerungen Stück für Stück zurückkamen.

»Kommt gleich, denke ich«, antwortete ich Larissay. Die Wahrheit war: Ich wusste es nicht. Vermutlich war ihm mal wieder beim Abendessen die Soße aufs Shirt gespritzt. Aber ich machte mir keine Sorgen um ihn – er war noch immer pünktlich gekommen, um bloß keinen der Streifzüge an meiner Seite zu verpassen.

In den vergangenen zwei Monaten hatte ich mich halbwegs an den Gedanken gewöhnt, dass er in mir ein Vorbild sah, auch wenn ich weiterhin nicht wusste, wieso. Aber er war glücklich hier, er war glücklich bei den knapp fünfzig Leuten der *Tender Freedom Charity Organisation*, und er war glücklich an meiner Seite. Was wollte man mehr für seine Familie?

Auch Melena hatte sich gut eingefunden, jetzt unter dem Nachnamen Travino. Sie war zuerst sehr zurückhaltend gewesen, weil die anderen Mitglieder der *Tender Freedom* sie etwas anders behandelt hatten, etwas respektvoller, etwas vorsichtiger, aber sie hatte ihnen wieder und wieder klargemacht, dass sie keine Respektsperson mehr sein wollte.

Auch ich fühlte mich wohl. Ich hätte noch vor zwei Monaten nicht geahnt, dass mir das Leben wieder Spaß machen konnte – klar, *gut* war es noch lange nicht und würde es vielleicht auch nie sein, aber es war *besser*.

Von manchen Leuten hatte ich zunächst Ablehnung erfahren. Die *Tender Freedom* war eine grundlegend friedliche Organisation und ich als ehemalige Rebellin, als Kriminelle und Mörderin, hatte zunächst für Aufruhr gesorgt. Bis heute gab es den einen oder anderen, der mich am liebsten niemals aufgenommen hätte, aber insbesondere durch Larissays Auftreten war ich weitestgehend akzeptiert.

Larissay Cardinale war Emmys Tochter, eine junge Frau Mitte zwanzig, die Gründerin und Anführerin der Organisation. Offiziell gab es ein ganzes Vorsitzkomitee, aber Larissay war ein absolutes Organisationstalent und ohne sie wäre die *Tender Freedom* wohl schon vor Jahren zusammengebrochen. Und sie hatte mich von Tag eins an ins Herz geschlossen.

Insgeheim vermutete ich, dass auch sie eine ähnlich düstere Gedankenwelt wie ich hatte. Sie war der Sonnenschein der Gruppe, die Frühaufsteherin, die morgens um den Block joggte, aber ich wusste, dass oft die fröhlichsten Menschen die dunkelsten Gedanken hatten. Nur, dass sie die richtige Wahl getroffen hatte – das Leben. Und zwar nicht das Leben für den Staat, sondern das Leben für die Menschen ganz persönlich.

»'Tschuldigung.« Milo tappte durch den Flur ins Foyer. In seinen blonden Haaren klebte Tomatensoße.

»Keine Fragen, *tomato boy*.« Ich grinste und zog die schwarze Beanie über, unter der ich bei Ausflügen meine blauen Haare versteckte.

»Sind wir dann komplett?« Larissay zählte kurz durch. »Zwei, vier, fünf. Mit mir sechs. Alle da.«

Außer ihr, mir und Milo war noch ein Paar namens Kalley und Julix dabei und Seline, die jüngere Schwester von Julix. Es hatte etwas gedauert, aber inzwischen kannte ich die meisten Menschen hier. Samt Pronomen. Noch so eine Sache, die es bei den Rebellen kaum gegeben hatte – Vielfalt.

Klar hatte es queere Leute dort gegeben – ich selbst war einst in einer Beziehung mit einer Rebell*in* gewesen –, aber die wenigsten hatten großartig über ihre Identität gesprochen. Nicht nur ihre *queere* Identität – dadurch, dass man uns ja irgendwie doch nur als Kanonenfutter gesehen hatte, waren engere persönliche Kontakte, die über berufliche und belanglose Gespräche hinausgingen, ungern gesehen gewesen.

Bei der *Tender Freedom* wiederum sprachen wir offen über alles. *Einschließlich* eben auch Queerness, Labels, Identitätskrisen und allem, was dazugehörte. Larissay als Leiterin der Organisation war selbst lesbisch, Julix war nichtbinär und Kalley war asexuell – gemeinsam hatten sie sogar einen queeren Treff einmal im Monat eröffnet. Nirgendwo sonst hätte ich Milo aufwachsen sehen wollten als hier, wo offene, ehrliche Gespräche als wichtigstes Gebot galten.

»Die Gruppe um Xenia ist im Nordhang-Viertel im Simple-Mart«, verkündete Larissay wie üblich die Einteilungen. »Tony und Stella sind mit ihrer Truppe in der Stadtmitte in einem Klamottenladen. Ein paar Einzelpersonen oder Kleingruppen sind in ganz Forlin unterwegs, um politische Slogans zu sprayen, gerade jetzt vor den Neuwahlen sollten wir das wieder öfter machen. Und unser heutiges Ziel ist der Simple-Mart im Southern Rectangle. Aufteilung: Drei und drei. Arianna, Milo und ich gehen rein; Kalley, Julix und Seline nehmen die großen Taschen. Treffpunkt ist um Mitternacht am Street Square, von da verteilen wir die Sachen weiter.«

Wir nickten. Ich hatte mich schnell an ihre Anweisungen gewöhnt, und auch daran, dass man mich direkt als Einbrecherin abgestempelt hatte – nicht zuletzt geschuldet der Beschreibung von Melena, wie ich unseren Fluchtwagen geknackt hatte. Den besaßen wir immer noch, inzwischen neu lackiert in der Tiefgarage des *TF*-Headquarters.

Und ja, vielleicht war es so. Vielleicht war ich einfach kriminell, vielleicht hatte ich einfach Ahnung von Dingen, die die meisten hier eher mieden. Einen Nachteil hatte ich dadurch aber definitiv nicht.

»Wir fahren zusammen in der S-Bahn rüber«, erklärte Larissay weiter, als wir bereits durch die nächtlichen Straßen liefen. »Und dann teilen wir uns auf. Noch Fragen?«

Allgemeines Kopfschütteln. Wir erreichten die nächste Haltestelle der S-Bahn – kaum zu glauben, aber wir hatten Tickets. Natürlich nicht ganz legal. Julix war das Technik-Genie der Organisation, dey hatte eine ganz persönliche Fälschung des Jahrestickets für jeden von uns angefertigt.

Die nächste Straßenbahn hielt an. Totaler Schrott, wie immer. Wo die Steuern hinflossen, wusste hier keiner so genau, deshalb zahlten wir keine mehr.

Kalley und Julix quetschten sich zusammen auf einen Sitz, Seline daneben. Ich zog Milo auf meinen Schoß auf dem Sitz ihnen gegenüber und Larissay nahm neben mir Platz. Eine inzwischen fast schon vertraute Kombination.

Larissay wusste ganz genau, wie sie die unterschiedlichen Talente der gut fünfzig Mitglieder einsetzen konnte, und ich fühlte mich geehrt, dass sie Milo und mich doch recht schnell in eine etwas elitärere Gruppe eingeteilt hatte. Oder vielleicht hatte sie es auch nur getan, um mir das Gefühl zu geben, dass ich etwas wert war – wer wusste das schon? Fakt war, dass ich mich hier wohlfühlte. Außer Larissay, die etwas älter war, und Milo waren alle etwa in meinem Alter, Seline etwas jünger. Und obwohl ich in der Rebellion ebenfalls Gleichaltrige um mich gehabt hatte, waren mir diese hier tausendmal lieber. Sie waren so etwas wie meine Freundesgruppe geworden.

Insbesondere Kalley und Julix – mit niemandem sonst konnte man so gut auf dem Dach des HQ sitzen, Sternschnuppen zählen und Wein trinken. Seline wiederum hatte immer irgendeinen Witz auf den Lippen und egal, wie schlecht er war, sie konnte ihn lustig rüberbringen. Und Larissay – sie war einfach eine Nummer für sich. Ein bisschen von allem.

»Wir müssen raus«, rief sie plötzlich und sprang hastig auf.

Und chaotisch waren sie auch noch, alle miteinander. Ich musste lächeln.

»Fast wären wir bis wer-weiß-wohin gefahren.« Julix grinste und legte einen Arm um Kalley.

»Mit dir würde ich überall hinfahren«, gab Kalley zurück und die beiden warfen sich übertriebene Luftküsse zu.

»Ihr seid so kitschig«, beschwerte sich Seline, aber auch sie grinste.

»Zusammenreißen jetzt«, befahl Larissay sanft. »Wir sind da.«

Vor uns lag der Simple-Mart, nur durch schwache Neonaushänge beleuchtet. Ein bisschen erinnerte mich dieses Viertel an meinen Geburtsort – verlottert, verlassen, einsam. Und trotzdem noch reicher als mein Heimatdorf, denn das hatte *vor* den Mauern der Stadt gelegen.

»Viel Glück«, wünschte Larissay und wir teilten uns auf. Kalley, Julix und Seline verschwanden hinter dem Gebäude, wo die Abfallcontainer standen. *Abfall*container. Dinge, die noch lange gut waren, aber deren Haltbarkeitsdatum abgelaufen war. So ein Schwachsinn. Aber so waren eben die Gesetze und so waren sie schon lange gewesen, noch vor den Kriegen und vor den Sandstürmen.

Milo griff nach meiner Hand, als Larissay uns zum Haupteingang führte. Ich zückte mein Taschenmesser – eins der wenigen Dinge, für die ich der Rebellion dankbar war. Sie hatten es mir zur Beförderung geschenkt und es war mir lange nützlich gewesen. Nicht nur die Klingen, sondern auch all die anderen kleiner Werkzeuge daran.

Ich brauchte keine zwei Minuten für das Schloss des Simple-Marts. Wie der Name schon sagte, konnte man sowieso nicht viel holen, also warum hätten sie sich auch um ein teures Schloss bemühen sollen?

»Lasst uns gehen.« Larissay stieß die Türen auf.

Sofort schlug mir der holzige Geruch von Nadelwald entgegen. Ein Geruch, den ich ewig nicht wahrgenommen hatte, und sofort fühlte ich mich um fünfzehn Jahre zurückversetzt. Erinnerungen, die ich hatte verdrängen wollen.

Ich wollte auch gar nicht so genau darüber nachdenken, warum es hier so roch. Aber mit jedem Schritt ins Dunkel des Markts wurde die Gewissheit stärker: Es war Winter.

Und mit dem Winter kam ganz unvermeidlich Weihnachten.

Und damit auch die stets schlimmste Zeit des Jahres. Die Zeit, in der man täglich daran erinnert wurde, wie beschissen es war, älter zu werden. Wir hatten nicht viel gehabt in meiner Kindheit, aber für einen Plastikbaum mit künstlichem Waldaroma und kleine Geschenke hatte es noch jedes Jahr gereicht. Bis es irgendwann nicht mehr gereicht hatte. Mit Milos Geburt war alles anders geworden – oder vielleicht war es Zufall. Ich schob es gerne auf den Zufall, weil er keine Schuld tragen sollte. Die Weihnachtsstimmung war von einem aufs andere Jahr komplett verschwunden, den Baum hatten wir verkauft, es gab keine Geschenke mehr. Nichts. Nur ein zwölfjähriges Mädchen, das die Welt nicht mehr verstand.

Meine Welt hatte nie einen besonderen Zauber gehabt, nie diese gewissen Sternchen in der Luft – außer in der Vorweihnachtszeit. Bis zu meinem zwölften Weihnachtsfest. Und ab dem Punkt hatte ich alle Erinnerungen so weit weggeschoben wie möglich.

Und jetzt stand ich hier, in diesem scheiß Simple-Mart, und heulte fast wegen ein paar Plastikbäumen.

»Warum verkaufen sie hier Bäume?« Milo hatte den Lichtschalter gefunden und grelle Neonröhren flackerten auf.

Larissay warf mir einen überraschten Blick zu, aber ich schüttelte hastig den Kopf. Nicht hier, nicht jetzt.

»Lange Geschichte«, antwortete Larissay schnell. »Das erzählen wir dir, wenn wir wieder zuhause sind.«

Ich nickte ihr dankbar zu, dann schob ich mich hastig an den Tannen vorbei und ab in die Essensabteilung. Auch hier – alles weihnachtlich. Ich ließ eine Packung Lebkuchen in meine Tasche gleiten, dann die Sachen, für die wir hier waren. Frische Lebensmittel für diejenigen, die zu arm waren, sich eine tägliche Mahlzeit zu leisten. Meistens Obst und Brot, einfache Beläge und ab und zu Joghurt. Die Leute, die zu uns kamen, aßen die Sachen meist direkt vor Ort.

Zimt, Lebkuchengewürze, Marzipan. Die Gerüche verfolgten mich überall und ich wollte einfach nur fertig werden. Larissay warf mir zwischendurch wieder einen fragenden Blick zu, aber ich senkte hastig den Kopf.

Wir verließen den Simple-Mart nach einer gefühlten Ewigkeit – die anderen drei waren längst verschwunden und warteten wohl am Treffpunkt am Street Square, einem weiten Platz im Zentrum mehrerer Straßenkreuzungen. Es war nur wenige Ecken von hier entfernt und dort würden wahrscheinlich auch schon die ersten Leute warten und auf die großen blauen Beutel blicken, auf die in Weiß der Name der Organisation gestickt war.

Und wirklich warteten Kalley, Julix und Seline schon am Street Square, ihre Taschen bereits halb leer. Das Aufteilen der Nahrungsmittel zog wie im Fiebertraum an mir vorbei, weil ich nur daran denken konnte, dass ich Milo das Prinzip von Weihnachten erklären musste. Und dabei hatte ich es selbst nie ganz verstanden. Die Ursprünge waren lange verloren, was geblieben war, war der Baum und die Geschenke. Zusammenhanglos, irgendwie.

Und trotzdem kamen die Menschen in eine spezielle, andere Stimmung. Als Kind hatte ich sie friedlich wahrgenommen, inzwischen wusste ich, dass sie genauso hektisch war wie der Rest des Lebens. Genauso sinnlos, vielleicht. Und darauf folgte das Ende eines Jahres und der Beginn eines neuen. Ein ewiger Kreislauf, der dazu führte, dass ich um diese bestimmte Zeit des Jahres prinzipiell besonders depressiv wurde.

Ich hatte die vage Vermutung, die *Tender Freedom* würde eine Art Weihnachtsfest feiern. Die Rebellion hatte es verboten, weil die Regierung es erlaubte – und solche konservativen Ansichten brauchte ja kein Mensch. Es war nie schlimm für mich gewesen, depressiv war ich trotzdem geworden.

Aber jetzt, als ich zum ersten Mal wieder die Chance auf ein friedliches Fest im Kreis von Familie – zumindest Milo und Melena – und Freunden hatte, war ich nicht sicher, ob ich das wirklich wollte. Der Zauber, den das Fest früher gehabt hatte, war längst verflogen und dahinter nichts als Heuchlerei enttarnt worden.

»Arianna, alles gut bei dir?« Larissay legte mir die Hand auf die Schulter. »Möchtest du reden?«

»Schon gut, schon gut.« Ich zwang mich zu einem Lächeln. »Später gerne. Wenn du möchtest.«

Sie nickte, dann sah sie in die Runde. Die Leute hatten sich zurückgezogen, unsere Taschen waren leer. Bis auf die Packung mit den Lebkuchenherzen in meiner Tasche.

Ich sagte auf der gesamten Rückfahrt kein Wort.

Julix erzählte irgendwelche Witze, wie Kalley in den Müllcontainer gefallen war, in dem *wirklich* Müll gewesen war – das erklärte den leicht fauligen Gestank, der von ihren Haaren ausging.

Seline erklärte, dass sie später auch die richtigen Container gefunden hatten, Kalley sich aber fast nicht getraut hätte, nachzusehen.

Ich rang mir ein Lachen ab, aber ich wusste, dass das nicht nötig war. Jeder hier wusste, dass es okay war, seinen Gedanken nachzuhängen und sich aus Gesprächen auszuklinken. Jeder wusste, dass sich niemand zum Lachen gezwungen sehen sollte oder gute Laune vorspielen musste. Dafür liebte ich die *Tender Freedom*.

»In zwanzig Minuten Spieleabend bei Julix?«, schlug Larissay vor, als wir in die Lobby zurückkehrten. Die anderen nickten und schwatzten, und ich nickte ebenfalls vage, obwohl ich mir relativ sicher war, dass ich nicht kommen würde. Ich hatte Besseres zu tun – oder vielleicht Schlimmeres.

»Ria?«

»Geh schon mal vor«, vertröstete ich Milo. »Ich komme nach – irgendwann.« *Irgendwann.* Wenn die Gedanken nachgelassen hatten. Ich stolperte durch die Flure, in den Aufzug und in mein Zimmer, dann fiel ich aufs Bett. Riss die Packung mit den Lebkuchen auf, starrte sie ewig lange an und warf dann stattdessen zwei Tabletten ein.

Die Erinnerungen an Weihnachten mit einer intakten Familie mussten irgendwie weichen.

02 – Schokolade und Wein

Als ich wieder zu mir kam, lag ich immer noch auf dem Bett und Milo lag in meinen Armen, den Mund mit Schokolade beschmiert. »Nicht schlecht, was du da geklaut hast«, murmelte er, als er merkte, dass ich wach war.

Ich antwortete nicht. Ich wusste, irgendwas war schiefgelaufen. Mal wieder. Und langsam merkte ich, dass es mir immer noch beschissen ging. Na toll. Zwei Tabletten für nichts verschwendet, und ich wusste noch nicht, wie ich an neue kommen sollte.

»Alles gut?« Milo sah mich besorgt an und ich nickte vage. »Soweit, ja.«

»Warum … Was ist passiert?« Er machte eine Geste zu dem in den letzten Wochen wesentlich kleiner gewordenen Blister mit den Tabletten.

Ich holte tief Luft. »Nur … Erinnerungen.«

»An was?«

»Solltest du nicht gut genug wissen, dass manche Erinnerungen versteckt bleiben sollten?« Ich strich ihm sanft über die Haare.

»Ist es eine Erinnerung mit mir?«, fragte er weiter. Natürlich wollte er das wissen.

»Nein.« Ich zögerte. »Es war vor deiner Geburt.«

»Hat es was mit diesen komischen Bäumen zu tun?«

Ich nickte langsam und setzte mich auf, den Rücken gegen die Kissenwand gelehnt. »Das Ganze nennt sich *Weihnachten*. Woher das Fest kommt, weiß heute keiner mehr so genau, aber es wird schon seit Jahrhunderten, vielleicht sogar Jahrtausenden gefeiert. Und die Traditionen, die bis heute davon geblieben sind, sind die, dass man einen Baum aufstellt – eine Plastiktanne, früher sogar eine echte – und sie festlich schmückt, und am 24. Dezember legt man Geschenke für seine Freunde und Verwandten darunter. Alle beschenken sich gegenseitig.«

»Das klingt schön.« Milo zögerte. »Oder?«

Ich war mir nicht sicher. In meiner Erinnerung war es immer einfach ein Hin-und-her-schieben von Geld gewesen. Ich hatte immer Probleme gehabt, ein passendes Geschenk für meine Eltern zu finden, und hatte mich dann immer gezwungen gesehen, irgendwas zu kaufen, damit ich nicht ganz armselig dastand. Und dann hatte jeder so getan, als würde er sich freuen, und damit war das Fest auch schon wieder vorbei.

»Ansichtssache«, murmelte ich nur.

»Wieso? Stell dir vor, jeder bekommt Geschenke und tut einem anderen auch einen Gefallen …«

»In der Theorie klingt es nicht schlecht«, gab ich zu, »aber in unserer Welt ist es einfach sinnlos. Die Menschen würden ihr Geld eher zum Überleben ausgeben als für unnötigen Kleinkram.«

»Aber ist das nicht der Sinn von Geschenken – dass sie etwas Besonderes sind?«

»Aber wenn du kein Geld dafür *hast* und dich von der Gesellschaft dazu gezwungen siehst, deine letzten Ersparnisse für andere Leute auszugeben?«

Milo sah mich lange an, dann nickte er. »Vielleicht hast du Recht. Aber jetzt – hier – sind wir doch nicht mehr so arm, oder?«

In seinen großen, blauen Augen stand nur ein Wunsch. *Können wir Weihnachten feiern?*

Ich seufzte. »Das letzte Fest haben wir im Jahr vor deiner Geburt gefeiert. Und selbst damals war schon der Weihnachtszauber irgendwie weniger geworden. Und danach haben unsere Eltern es einfach komplett abgeschafft. Und viele andere im Dorf mit ihnen.«

»Dann habe ich die Erinnerungen daran gar nicht unterdrückt.« Er klang enttäuscht. »Ich habe *wirklich* keine?«

»Korrekt.« Ich hasste es, ihn so traurig zu sehen, aber ich hasste es auch, alte Wunden jetzt wieder aufzureißen. Vielleicht würde Larissay ja eine kleine Sache auf die Beine stellen können, ohne dass ich dabei war.

»Ich schau mal, was sich machen lässt«, sagte ich vage.

Milo nickte und nahm sich noch ein Lebkuchenherz. »Nur, wenn es für dich okay ist.«

Das war es überhaupt nicht. Aber was tat man nicht alles für seinen kleinen Bruder?

Larissay war sofort Feuer und Flamme, als ich ihr später am Abend von Milos Wunsch erzählte.

Milo hatte sich vor zwanzig Minuten ins Bett verzogen und ich hatte mich zu Larissay, Kalley, Julix und Seline aufs Dach gesetzt. Sie hatten mir wie selbstverständlich ein Glas Wein eingeschenkt und keine Fragen gestellt. Nicht, wo ich gewesen war, nicht, wie es mir ging. Perfekt.

Dann hatte ich von Milos Wunsch nach einer Weihnachtsfeier angefangen und scheinbar auch in den anderen irgendwas ausgelöst. Erinnerungen wie die, die ich zu unterdrücken versuchte.

»Ich erinnere mich auch noch an die Feste meiner Kindheit«, schwärmte Larissay jetzt. »Mom hat immer ein riesiges Festessen gekocht und wir hatten einen Wettbewerb, wer den schönsten Baum im Dorf hatte.« Sie zögerte. »Und dann kam irgendwann Mellie dazu.« Sie meinte Melena. »Sie ist von daheim weggelaufen – unfreiwillig. Sie sah sich gezwungen, eine neue Herkunft zu erfinden, damit man ihr den Ruf als langjährige Parteiunterstützerin abkauft und sie das Parlament verändern kann. Und mit ihrem Kommen hat sich alles verändert.« Sie seufzte tief. Wir schwiegen, bis sie bereit war, weiterzusprechen.

»Es hat sich alles verändert. Schleichend, meine ich. Die ersten Jahre waren toll, sie war wie eine ältere Schwester, aber je stärker ihr politisches Engagement war, desto düsterer wurde die Stimmung. Wir alle hassten, was sie tat. Am meisten wohl sie selbst. Und mit ihrer Wahl ins Parlament sind Mom und mein Onkel dann mit ihr auf dieses beschissene Anwesen umgezogen. Zu der Zeit habe ich die *Tender Freedom* gegründet – damals hat Mellie sich noch für uns eingesetzt, den ein oder anderen Paragraph unter den Tisch fallen lassen und unsere Existenz legitimiert. Aber als sie dann Präsidentin geworden ist … Irgendwann habe ich ernsthaft geglaubt, dass sie diese Meinung vertrat, die sie dem Parlament zeigte. Es war einfach alles … scheiße. Und Weihnachten habe ich ewig nicht gefeiert.«

»Bei uns ähnlich.« Julix zuckte mit den Schultern. »Ein Jahr hat uns ein Sandsturm das Fest versaut und danach waren wir alle so traumatisiert, dass wir keine Tanne mehr angeschaut haben.«

»Bei uns war das ganz anders.« Kalley zögerte. »Noch bis zum letzten Jahr vor dem Tod meiner Familie haben wir Weihnachten gefeiert. Jedes Jahr. Und es war die schönste Zeit des Jahres. Wir – wir haben sogar eine Krippe gehabt.« Ihre Stimme war mit den letzten Wörtern leiser geworden. »Wir waren christlich.«

»Christlich?« Larissay sah fast beeindruckt aus; nur Julix legte schützend einen Arm um deren Freundin.

»Keine Sorge«, fügte Larissay in deren Richtung an. »Wir akzeptieren jeden hier, das wisst ihr doch. Ich bin nur überrascht. Ist ja quasi so, wie einen Vertreter der alten Kulturen zu treffen.«

Religion war einer der vielen Gründe für die Serie an Kriegen gewesen, die vor den Sandstürmen unser Land verwüstet hatten, weshalb sich schon vor und während der Apokalypse die meisten Menschen von ihrem Glauben abgewandt hatten. Aber natürlich waren ein paar Familien insgeheim dabeigeblieben. Unser Staat war wohl einst sehr christlich geprägt gewesen, hatte man gesagt.

»Also hat Weihnachten seine Wurzeln im Christentum?« Seline sah Kalley erstaunt an. »Willst du das damit sagen?«

Kalley nickte leicht. »Wenn wir dieses Jahr Weihnachten feiern wollen, kann ich euch die Geschichte ja erzählen.«

Ich musste plötzlich wieder an diese alte Kirche denken, in der Milo und ich auf unserer Flucht fast gefangen worden wären. Ich hatte die bunten Bilder an den Wänden gesehen, die längst verblassten Farben und die bunten Glasscheiben, alle zerbrochen. Aber kein einziges Mal hatte ich mich mit den Geschichten dahinter befasst. Wieso auch? Wir waren auf der Flucht gewesen und Religion war quasi ein Tabuthema, sowohl im Staat als auch bei den Rebellen.

»Hattet ihr noch mehr Feste?«, fragte ich vorsichtig.

»Christliche?« Kalley lächelte leicht. »In der Theorie ganz viele. Praktisch lässt sich nicht viel realisieren, in einer Welt wie unserer. Wer hat schon Geld für massenweise Geschenke?«

Etwas Ähnliches hatte ich mir gedacht. Ich blieb vorerst bei der Meinung, Geschenke aufzuzwingen wäre sinnlos, aber trotzdem war es beeindruckend, wie Kalleys Familie durch die Jahre, durch Krieg und Katastrophen, ihren Glauben bewahrt hatte.

»Sollen wir dann die Organisation übernehmen?«, fragte Larissay. »Also – wir fünf?«

»Lieber nicht, macht ihr das allein«, protestierte ich schnell, und als ich ihre fragenden Blicke sah – immerhin war der Vorschlag von mir gekommen – schob ich noch hinterher: »Milo würde schnell skeptisch werden, wenn ich zu oft fehle und ihm keinen guten Grund nennen kann. Und es soll ja eine Über-raschung werden, oder?«

Das schien für sie einleuchtend.

»Na dann.« Ich leerte mein Weinglas und streckte mich auf dem Schiefer-dach aus. »Toll, dass ihr das für ihn macht.«

Larissay warf mir nur einen langen Blick zu.

03 – Auf der Suche

Melena war am nächsten Tag verschwunden.

Milo hatte mich geweckt und gefragt, ob ich etwas über ihren Verbleib wüsste, aber ich hatte zugeben müssen, dass auch ich sie lange nicht gesehen hatte. Zuletzt am Vortag beim Mittagessen.

»Hast du schon in der Bibliothek nachgesehen?«, fragte ich müde.

»Überall.« Milo hockte sich auf die Bettkante. »Ich wollte sie doch nur fragen, ob sie etwas …« Er zögerte. »Egal. Schon gut.«

Ich runzelte die Stirn, aber ich traute mich nicht, nachzufragen. Wir hatten einen Deal geschlossen, keine persönlichen Nachfragen zu stellen.

»Wo soll sie denn groß sein?«, entgegnete ich und zog die Decke enger. Für unsere Verhältnisse war es echt kalt geworden.

»Entführt.« Milo klang bitter. »Es ist doch an der Zeit, dass sich mal je-mand an uns rächt.«

Auch ich hatte den Gedanken schon gehabt. Zwei Monate lang hatten wir nichts vom Staat gehört – kurz nach unserem Beitritt bei *Tender Freedom* hatten sie das Hauptquartier gestürmt, aber Larissay hatte uns rechtzeitig gewarnt und so waren wir verschont geblieben. Julix hatte Melena, Milo und mir auch gefälschte Ausweise erstellt, aber der Staat hätte uns natürlich trotzdem erkannt, deshalb hatten wir uns für ein paar Tage in einem Gebäude etwas weiter vom Hauptquartier entfernt versteckt und als sie abgezogen waren, waren wir ins HQ zurückgekehrt.

»Dann hätten sie sich längst gemeldet«, gab ich zurück, aber es war mehr der klägliche Versuch, mich selbst zu beruhigen. Sie hatten Melena nicht, so ein Unsinn.

»Es ist noch früh. Vielleicht haben sie sie gerade erst erwischt?«

»Sag doch sowas nicht!« Ich seufzte. »Gib mir zwei Minuten. Ich zieh mich an und helfe dir suchen.«

Melena war verschwunden. Das war die ernüchternde Feststellung, nachdem wir eine halbe Stunde lang alle Räume des HQ durchsucht hatten. Melena Travino war verschwunden, vom Erdboden verschluckt. Auch von den anderen hatte sie niemand gesehen.

»Sie war heute Morgen noch bei mir«, erklärte Larissay, als wir zuletzt in ihrem Büro standen. »Hat gefragt, wann ich laufen gehe und ob sie mitkommen kann, aber da war ich längst schon zum Joggen gewesen. Sie stand um *sieben* hier! Hätte mal zwei Stunden früher klopfen sollen, die Gute. Wieso fragt ihr?«

»Milo sucht sie«, sagte ich vage. *Sie ist weg* war etwas, das ich mir noch nicht eingestehen konnte – es würde eine logische Erklärung geben. Es musste einfach eine logische Erklärung geben.

Wieder versuchte ich, sie auf dem Handy zu erreichen. Wir hatten alle neue Nummern, die auf Larissays Namen liefen, aber Larissay hatte trotzdem noch unglaubliche Angst, dass wir entdeckt würden.

›Der angerufene Teilnehmer ist zur Zeit nicht erreichbar‹, verkündete die Computerstimme in meinem Handy.

Verdammt, Melena!

Ich hatte nicht mal mehr einen sarkastischen Spruch für sie übrig. Wenn sie wirklich einfach joggen gegangen war, ohne sich irgendwo abzumelden …

Andererseits hoffte ich natürlich darauf. Besser sowas als ein Überfall des Staats. Wobei sie sie natürlich auch beim Joggen geschnappt haben könnten. Klar trugen wir Mützen, weite Klamotten und viel Make-Up, wenn wir tagsüber unterwegs waren, aber es war trotzdem einfach, sie zu erkennen, wenn man es darauf anlegte.

Und es gab genug Leute, die es darauf anlegten. Allen voran die Richter, die mich – und später ja auch Melena – zum Tode verurteilt hatten. Das Urteil gegen Melena hatte für Aufruhr gesorgt, aber nicht für die Aufstände, auf die sie gesetzt hatte. Natürlich hatte sie dafür einen ironischen Spruch von mir kassiert, etwas wie »Wenigstens konnte ich dich noch vom Selbstopfern abhalten«, aber wir waren beide enttäuscht gewesen. Wenn nicht mal das Todesurteil gegen eine Präsidentin die Menschen zum Umdenken bewegte, war die Welt vielleicht doch verloren.

Nein, rief ich mir ins Gedächtnis. Nicht, solange es Leute wie die Tender Freedom gab.

»Ria …« Milo griff nach meiner Hand. »Du solltest es ihr sagen.«

»Gute Idee.« Larissay stützte die Unterarme auf den Schreibtisch und lehnte sich zu mir. »Was ist mit Melena?«

»Wir finden sie nirgendswo«, gestand ich. »Und sie geht nicht ans Telefon.«

»Verdammt.« Sie wirkte sofort ernster. »Das ist eine seriöse Sache, gerade mit ihrem Hintergrund. Wart ihr schon bei Mom und Onkel Phil?«

»Gerade sie wollten wir nicht beunruhigen.«

»Wenn etwas passiert ist, müssen sie es erfahren«, widersprach Larissay sofort. *Natürlich.* »Ich sag ihnen Bescheid und du nimmst Julix und Kalley mit und durchsuchst die Straßen. Aber seid bloß vorsichtig! Wenn da draußen eine Patrouille ist –«

»Schon gut. Ich weiß, wie man mit Soldaten umgeht«, unterbrach ich und im selben Moment wurde mir schlecht. Ich wusste leider etwas zu gut, wie man zumindest nach Ansicht der Rebellion mit Soldaten umging.

Larissay sah mich lange an, dann nickte sie. »Du weißt am besten, was angebracht ist.«

Nachdem sich Milo mit einigem Protest von mir getrennt und Larissay angeschlossen hatte, holte ich Julix und Kalley in ihrem Zimmer ab. Sie waren noch im Bett, kein Wunder nach der vergangenen Nacht, aber sie waren sofort bereit, mit mir durch die umliegenden Straßen zu laufen.

Ich wartete draußen, während die beiden sich anzogen, und hockte mich im Flur auf den Boden, das Gesicht in den Händen vergraben. Wie wahrscheinlich war es, dass Melena etwas zugestoßen war? Vielleicht war sie wirklich nur joggen gegangen, ihr Handyakku war leer und sie hatte es noch nicht gemerkt. Oder sie war einkaufen. *Unsinn.* Eine gesuchte Kriminelle ihres Kalibers ging nicht einfach am helllichten Tag einkaufen.

Eine Gruppe junger Erwachsener lief an mir vorbei, zwei oder drei warfen mir skeptische Blicke zu, aber keiner stellte Fragen. Diese Leute gehörten eindeutig zu denen, die so wenig Zeit wie möglich in meiner Gegenwart verbringen wollten.

Die Zimmertür ging auf, Julix und Kalley kamen zu mir und Kalley streckte mir die Hände entgegen. »Kopf hoch, Arianna.«

»Kopf hoch?« Ich ergriff ihre Hände und ließ mich hochziehen. »Wenn meine Tante in Gefahr ist?«

»Dann kannst du uns vertrauen, dass wir alles tun werden, um sie zu retten.« Julix fuhr sich durch die pinken Haare. »Scheiß auf friedliche Prinzipien.«

»Nein.« Ich zögerte. »Wir scheißen nicht auf friedliche Prinzipien. Ich habe diesen Wandel bei einer Organisation erlebt und das mache ich kein zweites Mal mit. Wir fangen keinen Krieg mit dem Staat an.«

»Der Krieg mit dem Staat ist längst in Gange«, widersprach Julix leise. »Dadurch, dass ihr zu uns geflohen seid – ihr, die nicht einfach irgendwer seid, sondern *Todfeinde* des Staats – sind wir längst im Kampf mit ihnen. Und wir können nur hoffen, dass es so gewaltfrei bleibt, wie es aktuell ist. Sonst stehen wir bald im Konflikt mit den Rebellen *und* dem Staat.«

Natürlich – die Rebellen. Selbstverständlich hatten die meinen emotionalen Ausstieg nicht besonders toll gefunden. Die ersten paar Tage, nachdem der Staat tatsächlich meinen Abschiedsbrief Wort für Wort veröffentlicht hatte, hatten mich am laufenden Band offene Hassbriefe übers Internet, über soziale Medien und Massenmedien erreicht.

Ich hatte meine Accounts danach gelöscht – ich brauchte sie sowieso nicht. Im sogenannten ›sozialen‹ Netzwerk der Rebellen war ich nur gezwungenermaßen ein Teil gewesen und sämtliche anderen – so spionagesicher sie angeblich waren – waren mir inzwischen zu gefährlich geworden. Jetzt, wo ich wieder Interesse am Leben hatte und daran, dass mein Tod nicht auch eine gesamte Organisation ins Verderben stürzen würde.

Ich hatte es mir damals hin und wieder gewünscht – dass irgendetwas oder irgendjemand den Staat auf die Spuren der Rebellen führen würde, sie das Hauptquartier stürmen und uns alle töten würden. Die Rebellen waren eine so unsinnige, hassgeprägte Organisation geworden …

Aber jetzt, hier? Niemals. Ich hatte die Leute der *Tender Freedom* so liebgewonnen, dass ich mir nicht vorstellen konnte, jemals einen von ihnen zu verlieren.

»Was hast du jetzt vor, Ria?«, fragte Kalley. »Willst du einfach durch die Straßen rennen und ihren Namen schreien?«

»Haben wir eine andere Möglichkeit?«, entgegnete ich, aber ich wusste, wie schwachsinnig das war. Im schlimmsten Fall würden wir den Staat dadurch auf den Plan rufen.

»Können wir sie orten?«, fragte Julix.

»Ihr Handy ist aus.«

»Scheiße.«

»Also doch durch die Straßen rennen?« Kalley seufzte tief.

Julix und ich tauschten einen Blick und zuckten die Schultern.

Der Aufzug brachte uns vom obersten Stock ins Erdgeschoss des HQ. Ich trat in die Lobby und blickte durch die Glasfassade am Eingang. Was war dieser Schatten gewesen?

»Alles gut?« Julix hatte mich zucken gesehen.

»Ich – ich glaube, da draußen ist jemand.« Ich deutete vage durch die Tür auf die Ruinen auf der anderen Straßenseite. »Da drinnen war gerade ein Schatten. Hätte schwören können, dass er blau getragen hat.«

»Ein Obdachloser?«, vermutete Kalley, aber wir wussten alle, dass angesichts der aktuellen Lage auch ein Soldat des Staats nicht ganz unrealistisch war. Insbesondere, wenn er eine blaue Uniform trug.

»Wollen wir durch die Tiefgarage rausgehen?«, fragte Kalley unsicher.

»Sie werden auch da lauern.« Ich zögerte. »Wenn sie es wirklich sind.« Aber mir war klar, dass die Hoffnung wohl vergebens war.

Die Faktenlage war zugegeben nicht besonders klar, aber doch deutete vieles darauf hin, dass Melena entführt worden war, vielleicht beim Joggen. Vielleicht hatte man sie gezwungen, ihren und meinen Aufenthaltsort preiszugeben, und dann hatte man sich um das Gebäude herum postiert. Kurz überlegte ich, wer von uns wohl weiter oben auf der Liste der Staatsfeinde stand – ich als ehemalige Rebellin, Mörderin und was-sonst-noch-alles, oder Melena als ehemalige Präsidentin, die während ihrer Amtszeit die ganze Welt belogen hatte.

»Ich geh da jetzt raus«, murmelte ich – mehr als verzweifelten Scherz gemeint, aber Julix und Kalley packten mich sofort an den Oberarmen. Larissay musste ihnen Hinweise über meinen mentalen Zustand gegeben haben.

»Du gehst nirgendwo hin«, widersprach Kalley. »Wir rufen Larissay an und fragen sie, was jetzt passiert.«

»Wir haben nicht mal Beweise«, entgegnete Julix. »Wir können uns auch täuschen. Es kann eine ganz harmlose Erklärung geben. Vielleicht sollte wirklich jemand von uns da rausgehen. Nicht du, Arianna«, fügte dey sofort hinzu. »Eher ich. Ich tu so, als würde ich in dieses Gebäude wollen, um da irgendwas zu verstecken. Meine Notration Kekse, die ihr nicht haben sollt.«

Wie konnte dey immer noch mit Humor arbeiten?!

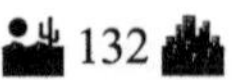

»Und dann sehe ich mich ganz unauffällig ein bisschen da drüben um«, fuhr dey fort. »Wir bleiben über Morsecode in Kontakt.«

»Morsecode?« Kalley lachte auf. »Wie stellst du dir das denn vor?«

»Wir telefonieren und ich tippe auf der Keksdose herum, als wäre ich unschlüssig. Zwischendurch pfeife ich vielleicht noch was. Wir können nur nicht das offizielle Morsealphabet nehmen, das würde zu lange dauern und wäre zu auffällig, sondern wir müssen schnell ein paar kürzere Zeichenfolgen absprechen.«

Es war eine irrsinnige Idee. So irrsinnig, dass sie klappen konnte.

»Ich hole die Kekse«, entschied Julix, als weder Kalley noch ich widersprachen. »Von mir wollen sie ja nichts. Mir können sie nichts beweisen. Wir sind ein eingetragener Verein!«

Ich wusste bis heute nicht genau, wie Larissay und Melena es geschafft hatten, eine tendenziell kleinkriminelle Charityorganisation zu einem offiziellen Verein zu machen, aber unsere Verbrechen waren wohl so klein, dass sie niemanden interessierten. Und offiziell wurden wir wohl über Spenden finanziert. Ja, der Staat selbst spendete alle paar Monate ein paar Tausender, wohl um ein offizielles Statement zu setzen, dass man sich ja doch um die Armen kümmerte.

Julix verschwand und Kalley und ich blieben da, wo wir waren – hinter der hohen Theke in der Lobby.

»Dey ist verrückt«, murmelte ich.

»Wir sind hier alle ein bisschen verrückt.« Kalley lächelte.

»Machst du dir denn gar keine Sorgen?«

»Wieso? Dey hat Recht, sie können demm nichts vorwerfen. Sie können nicht beweisen, dass wir euch versteckt halten.«

»Wieso sollten sie sich so genau an Gesetze halten?«

»Weil sie den Bürgern gefallen wollen. Gegen die Gesetze, so scheiße sie auch sein mögen, können wir Bürger nichts sagen. Aber gegen eine Regierung, die sich nicht an ihre eigenen Regeln hält, haben wir ein Recht, zu demonstrieren. Und sie wollen es sich vielleicht nicht eingestehen, aber sie haben Angst vor uns. Angst vor einem Umbruch.«

»Was darauf hindeutet, dass sie nicht so stabil sind, wie sie scheinen«, führte ich nachdenklich weiter.

»Natürlich nicht. Jede Gruppe hat ihre Schwächen, auch eine Regierung.« Kalley zögerte. »Auch wir, natürlich. Vielleicht ist unser Friede eine Schwäche – ganz sicher sogar. Angenommen, da draußen lauern wirklich Soldaten auf uns, was sollen wir tun? Wir können entweder unseren Grundsätzen treu bleiben, dann dürfen wir nicht kämpfen, oder wir brechen unser Mantra und wehren uns, bleiben aber vielleicht eher am Leben.«

Ich seufzte. »Ich habe keinen Schwur geleistet, der mich an Frieden bindet. Der Staat hat mir und meiner Familie zu viel angetan, als dass ich mich ein zweites Mal einfach in ihre Hände ergeben würde. Ich werde kämpfen, um euch zu beschützen, egal, was ihr tut. Ich werde nicht nochmal bei meinem Untergang zusehen.«

»Nochmal …?« Kalley sah mich neugierig an. »Hast du dich damals nicht gewehrt?«

»Lange Geschichte.« Ich schauderte. »Hat Larissay euch nichts erzählt?«

»Larissay ist vertrauenswürdig. Was du ihr im Geheimen anvertraust, bleibt auch im Geheimen. Ich weiß nur, dass du –« Sie zögerte. »Mental nicht gerade stabil bist und wir deswegen ein Auge auf dich haben sollen.«

»Sanft ausgedrückt, ja.« Ich grinste bitter. »Vielleicht erzähl ich es dir irgendwann. Wenn du es wirklich hören willst. Es ist keine schöne Geschichte.«

»Auch die müssen erzählt werden.« Kalley zuckte die Schultern und band ihre hellbraunen Haare im Pferdeschwanz hoch. »Wo bleibt Julix?«

Prompt tauchte dey hinter uns auf. »Wisst ihr eigentlich, wie schwer es ist, in diesem Haus eine Dose zu organisieren? Emmy und Phil haben mit Milo die Küche belagert, um Plätzchen zu backen!«

Mir wurde schwarz vor Augen.

Im nächsten Moment saß ich auf dem Boden, den Rücken an die Theke gelehnt, und Kalley und Julix hockten vor mir.

»Alles gut?« Julix legte mir die Hand auf die Stirn.

Ich bewegte vorsichtig meine Finger. »Alles gut. Nur – nur ein Schwächeanfall. Ist alles bisschen viel gerade.« Ich rang mir ein Grinsen ab. Wenn

Larissay meine Vergangenheit für sich behalten hatte, musste ich den beiden ja auch nicht gleich sagen, dass mein Unterbewusstsein alle Erinnerungen an Weihnachten als Bedrohung empfand. Bis zu dem Punkt, an dem ich scheinbar ohnmächtig wurde, wenn ich nur daran *dachte*. Aber Julix' Worte hatten eine weitere Erinnerung freigeschaltet – eine von mir und meinen Eltern beim Plätzchenbacken, mit den wenigen Zutaten, die ich am Vortag aus dem Dorfladen geklaut hatte.

Auch das: eine schrecklich-schöne Erinnerung. Und die Gesichter meiner Eltern so deutlich.

Ich hatte das Foto noch immer nicht aus dem Anhänger meiner Kette befreit. Weiterhin reichte das Wissen, dass es da war und ich theoretisch jederzeit die Chance hatte, darauf zu schauen. Und meinen Bruder hatte ich ja wieder an meiner Seite.

»Bist du dann bereit?«, fragte ich Julix und deutete auf die Dose in deren Hand.

Julix nickte. »Wenn es dir wieder besser geht …?«

Ich nickte ebenfalls und kramte mein Handy aus der Tasche. Kurz versuchte ich erneut, Melena zu erreichen – natürlich wieder vergebens. Dann wählte ich Julix' Nummer aus und deren Handy klingelte schrill.

Dey nahm den Anruf an und schob uns dann einen hastig gekritzelten Notizzettel zu. »Hier sind die Codes, die ich mir grade ausgedacht habe. Ich geh dann jetzt rüber, okay? Und euch stelle ich stumm, damit ihr mich nicht versehentlich verratet. Ihr hört also den Morsecode und alles, was drüben gesagt werden könnte, aber ich höre euch nicht. Kapiert?«

»Kapiert.« Kalley nickte.

04 – Der Anruf

Wir beobachteten, wie Julix selbstsicher die Lobby durch die Glastür verließ. Ich konnte kaum hinsehen, vor meinem inneren Auge tauchten schon die Gewehrläufe aus den Ruinen auf. Aber

Kalley hatte Recht, der Staat hatte keinen Grund, Julix anzugreifen. Ein Mord an einer Zivilperson würde ihnen nur Schwierigkeiten bringen.

Ich hielt Kalleys Hand fest umklammert, als Julix in das alte Gebäude ging. Übers Telefon hörte ich demm pfeifen. Wie konnte dey so gelassen bleiben, in einer solchen Situation?

Früher war ich mal genauso gewesen. Zumindest hatte das jeder gedacht, und ich hatte mir den Ruf als kaltblütige Sergeant erarbeitet. Was keiner gewusst hatte, war, dass mir mein Leben einfach egal gewesen war. Ich hoffte inständig, dass Julix nicht in derselben Situation war. Das hatte dey nicht verdient. Das hatte *niemand* verdient.

Kalley stieß mich an. »Das war ein *S*. *S* steht für *sicher*.«

Natürlich. Ich verdrehte die Augen an mein inneres Ich gerichtet. Julix war nicht *gelassen*, Julix *kommunizierte* mit uns.

Sowohl Kalley als auch Julix schienen das Morsealphabet ohne Probleme verwenden zu können – zum Glück. Ich selbst war immer gerade so durch die Prüfungen gekommen, wenn wir bei den Rebellen Morsecode durchgenommen hatten, und ich konnte auch jetzt nur Bruchstücke abfangen. Ich hatte die Angewohnheit, mich so sehr auf die Zeichenfolgen zu konzentrieren, dass ich die Hälfte schon wieder vergessen hatte, bevor der Buchstabe überhaupt vollendet war.

Stille. Ein dumpfes Klopfen.

»*B-D*«, verkündete Kalley und jetzt meinte ich, Nervosität in ihrer Stimme zu hören. »Das heißt *bin drinnen*.«

Erneutes Klopfen. Dieses Mal länger. Ganze Worte? Das war auffällig.

»*Uniform*«, transkribierte Kalley. »*Beige*. Es sind auf jeden Fall Leute da drin. Julix stellt die Dose jetzt ab und kommt zurück.«

Ich atmete auf, dann erstarrte ich. »Sagtest du *beige*?«

Kalley verzog das Gesicht und nickte. »Sagte ich. Heißt das … Rebellen?!«

Fuck. Ich schüttelte den Kopf. Das konnte nicht sein. *Fuck, fuck, fuck.*

Julix wiederholte den Bericht nochmal ausführlich, als dey kurz darauf wieder neben uns stand – glücklicherweise unversehrt. »Jemand ist um eine Ecke gehuscht, ich habe die Schritte gehört, aber ich war zu langsam. Habe nur noch diesen beigen Schatten gesehen. Eins zu eins die Rebellenuniform.«

»Ich weiß nicht, was schlimmer ist«, gestand ich. »Die oder der Staat.«

»Wie meinst du –« Kalley zögerte. »Die wollen dich auch *tot* sehen? Die hassen dich nicht einfach nur?«

»In dieser Welt will mich quasi *jeder* tot sehen«, murmelte ich. »Und inzwischen kann ich nicht mal mehr sagen, wer es schmerzhafter machen würde. Ich habe *doppelten* Hochverrat begangen. Einmal vor dem Staat und einmal vor der Rebelleneinheit. Ich hätte Melena töten können, ich hatte so viele Chancen, und stattdessen bin ich mit ihr zusammen abgehauen. Ich habe mich ihren Befehlen widersetzt, als ich Milo gerettet habe. Und dann haben diese verfluchten Richter ja auch –« Ich brach ab, dann holte ich tief Luft. »Meinen Abschiedsbrief veröffentlicht.«

»Sekunde mal.« Julix zog die Augenbrauen hoch. »Der war echt? Wir waren uns hier alle einig, dass der gefälscht worden war, um die Rebellen ebenso gegen dich zu stellen wie den Staat!«

»Nein.« Meine Stimme klang kratzig. »Der war echt. Ich hab jedes Wort so gemeint. Und vieles davon meine ich bis heute so. Nur habe ich inzwischen meinen Platz im Leben gefunden. Bei euch.«

Julix schloss mich sofort in die Arme, kaum dass ich ausgesprochen hatte.

»Das meintest du also mit deinem Untergang«, murmelte Kalley. »Du hast sie einfach machen lassen.«

»Milo hat mich gerettet. Er hat der Ärztin die Todesspritze aus der Hand gerissen und sie damit … tja. Getötet.« Es klang noch immer so falsch. Mein kleiner Bruder, ein Mörder. »Und dann hat Melena uns rausgebracht, mehr oder weniger sicher. Der Rest ist Geschichte, glaube ich.«

Die beiden tauschten einen Blick, den ich nicht genau deuten konnte – und das wollte ich auch nicht. Kein Mitleid.

»Zurück zum Thema«, warf ich in die Runde. »Wenn das wirklich Rebellen sind – meint ihr, sie haben Melena?«

»Was würden sie mit ihr wollen?« Kalley zuckte die Schultern. »Sie steht doch quasi auf ihrer Seite.«

»Falsch.« Julix zögerte. »Sie steht auf Ariannas Seite. Und damit meilenweit von der Seite der Rebellen entfernt. Wir haben keine zwei Parteien, kein Gut und Böse oder Richtig und Falsch mehr. Wir haben drei Interessengruppen – die Rebellen, den Staat, und alle um Arianna. Arianna ist nicht *irgendjemand*, sondern sie ist zur Gallionsfigur geworden, zu jemandem, den beide Parteien aus *Prinzip* aus der Welt schaffen wollen. Und wenn wir absolutes Pech haben, kommen die Rebellen und der Staat irgendwie über den Hass auf uns ins Gespräch und von da auf einen Nenner. Und *dann* sind wir richtig am Arsch.«

»Als wären wir das nicht auch jetzt schon.« Ich holte tief Luft. »Wir müssen gerade ganz stark davon ausgehen, dass die Rebellen Melena haben. Und dass sie mich wollen.«

»Was, wenn nicht?«, murmelte Julix. »Was, wenn es eine ganz einfache Lösung gibt und die Rebellen aus einem anderen Grund hier sind?«

»Welcher Grund sollte das sein?« Ich lachte bitter. »Mal im Ernst – welche Möglichkeiten bleiben uns jetzt? Entweder ich gehe jetzt da raus, konfrontiere sie und versuche dabei, mich irgendwie aus der Sache rauszureden, oder –«

Das *oder* nahmen die Rebellen mir ab. Denn in diesem Moment klingelte mein Handy. Melenas Nummer.

Ich nahm den Anruf an. »Melena?«, fragte ich vorsichtig.

»Travino.« Die Stimme am anderen Ende der Leitung klang bitter. Es war nicht Melena, natürlich. Sondern Destiny Miller. Destiny Miller war lange Zeit meine Vorgesetzte gewesen, eine der radikalsten Menschen der Einheit, und zuletzt wohl die Person, die ich am meisten gehasst hatte. Und natürlich hatte ich das in meinem Brief geschrieben.

»Merkst du was?«, fragte sie.

»Was soll ich groß merken?«, gab ich zurück. »Dass ihr uns belagert? Dass ihr meine Tante entführt habt?«

»Dass wir dir deinen Rang entzogen haben, Travino.«

»Das juckt mich einen Scheißdreck«, entgegnete ich. »Ich habe ihn seit zwei Monaten nicht mehr im Namen geführt.« Dachten sie wirklich, damit könnten sie mich verletzen? Da musste mehr dahinterstecken.

»Damit ist dir auch die Militärimmunität entzogen worden. Du bist jetzt vor den Gesetzen der Rebellen einfach nur ein Mensch wie jeder andere. Und du weißt, was das heißt.«

»Dass ihr mich für Hochverrat hinrichten lassen könnt«, gab ich gelangweilt zurück. »Und das wahrscheinlich auch wollt. Hör mal, Destiny, ob du es glaubst oder nicht, das wollten andere auch schon. Ich hatte erwartet, dass ihr kreativer wärt als der Staat.«

»Vergleich uns nicht mit dem Staat«, fauchte Destiny. »Weißt du überhaupt, was dein verfickter Scheißbrief hier ausgelöst hat? Wir haben jetzt parteiartige Gruppierungen! Liberale und Konservative! Und Abtrünnige! Meine eigenen Schwestern wollten zu euch überlaufen!«

»Und du hast sie gerade noch abhalten können, lass mich raten.«

»Nicht ganz.« Destinys Stimme klang scharf. »Callie steht jetzt voll hinter mir. Aber für Virtue kam jeder Bekehrungsversuch zu spät.«

Jetzt wurde mir tatsächlich mulmig. Destiny hatte also ihre eigene Schwester hinrichten lassen. Vielleicht selbst hingerichtet. Sie war schon immer etwas gestört gewesen und dieser Aufruhr in ihren Reihen musste sie komplett aus dem Konzept gebracht haben. Aber konnte es sein …? War Destiny vielleicht die mysteriöse *Anführerin* der Einheit? War sie etwa diejenige, die hinter allem stand? Vorstellen konnte ich es mir.

»Für dich im Übrigen auch«, fuhr Destiny fort. »Aber trotzdem will ich nichts unversucht lassen, nur drei Worte der Bekehrung von dir zu hören. *Ich bereue es.* Ich werde alles tun, um diese Worte von dir zu hören.«

Was das hieß, war klar.

»Niemals.«

»Wie du gemerkt hast, haben wir deine Tante.«

»Ein Wunder, dass sie noch lebt – in euren Händen.«

»Sehe ich genauso. Aber wenn du nicht tust, was wir sagen, wird sich das recht schnell ändern.«

»Was wollt ihr dann?«

»Dich.«

»Was für eine Überraschung.«

»Du sollst leiden, Arianna. Und wir sind nicht die einzigen, die so denken. Vielleicht erinnerst du dich an die Richter, die dich verurteilt haben?«

Fuck. Ich blickte kurz zu Julix und Kalley.

»Das tue ich.«

»Sie haben versprochen, uns in Frieden zu lassen, wenn wir dich ausliefern.«

»Wieso sollten sie sich darauf einlassen?«, hakte ich nach. »Rachegedanken hin oder her – sie hassen mich, weil ich in eurem Namen ihre Familien getötet habe. Und wenn sie euch treffen, um mit euch einen Handel einzugehen, hätten sie doch zeitgleich die Chance, viel mehr Rache zu nehmen als nur an mir.«

»Du selbst bist unwichtig, Arianna. Aber das, was du repräsentierst, bedeutet so viel mehr. Du bist eine Symbolfigur in diesem Kampf geworden. Eine Symbolfigur, die sich gegen alles stellt, was irgendwie Stabilität symbolisiert. Ordnung. System. Du bist die Anarchie, gegen die sowohl der Staat als auch wir vorgehen. Die Anarchie, die sowohl die Regierung als auch uns bedroht. Du bist ein schlechtes Vorbild für zu viele Leute auf beiden Seiten, und deswegen müssen wir uns zusammentun und gegen dich stellen.«

Julix schnaubte. »Ich hätte mal besser eben den Mund gehalten.«

»Also gut.« Ich atmete tief durch. Unglaublich, wie weit es gekommen war. Aber jetzt ging es nicht mehr um mich, die Rebellen oder den Staat, sondern um Melena. Um meine Familie. »Wo soll ich hinkommen?«

»Gegenüber. Wo du eben schon deine Leute hingeschickt hast, um uns auszuspionieren. Hast wohl Angst vor uns, hm?«

»Die habe ich.« Ich zögerte. »Aber das ist nicht der Grund, warum ich Julix geschickt habe. Angst wäre es gewesen, wenn ihr mich nicht hättet töten wollen, sondern nur mit mir reden. Aber wäre ich gegangen mit dem Bewusstsein, ihr würdet mich töten, dann wäre das nicht Mut gewesen, sondern Dummheit.«

»Du bist nicht dumm.« Destiny lachte. »*Das* ist dein Problem, glaube ich. Du denkst zu viel über Dinge nach, die dich nichts angehen. *Das ist dein Problem*, Travino. Wenn du nichts hinterfragen würdest, wäre das alles nicht passiert.«

»Ich bin froh, dass alles so passiert ist, wie es passiert ist. Ich bin froh, dass ich meine Familie und meinen Platz gefunden habe. Und wenn es nur für zwei Monate war, weil ihr mich jetzt tötet, dann waren diese zwei Monate doch schöner als die Jahre, die ich bei euch verbracht habe.«

»Es reicht«, schnitt Destiny mir scharf das Wort ab. »Rüberkommen. Jetzt.«

Sie hatte aufgelegt.

Ich sah betroffen in die Runde. Julix und Kalley hatten jedes Wort mitgehört, ich erkannte es in ihren Gesichtern.

»Wir müssen Larissay informieren«, sagte Kalley schließlich. »Sie muss mitentscheiden, was wir tun.«

»Was wir tun?« Ich schauderte. »Melena retten. Ich geh rüber und lenk sie ab, und während sie mit mir beschäftigt sind, rettet ihr Melena. Der Rest ist egal.«

»Der Rest ist nicht egal!« Julix schüttelte den Kopf. »Arianna, der Rest ist dein Tod, und der ist nicht egal!«

»Melena – Melena hofft auf uns.«

»Sie hofft darauf, dass du dich nicht für sie opferst«, widersprach Kalley und ich zuckte mit den Schultern. »Das ist sehr wahrscheinlich richtig, aber ich werde nicht auf sie hören. Ich will nicht, dass sie stirbt. Ich werde nicht leben, während sie stirbt.«

»Wir finden eine Lösung, bei der niemand stirbt«, murmelte Julix und steckte deren Handy ein. »Larissay ist gleich hier.«

Ich verfluchte demm innerlich. Ich wollte nicht, dass Larissay dazukam – ohne dass ich genauer sagen konnte, woran das lag. Vielleicht an ihrer rationalen Art, die mir in einem solchen Moment einfach im Weg stand. Vielleicht wollte ich ihr auch einfach nicht ins Gesicht sagen, dass ich jetzt endlich doch sterben würde.

Wir schwiegen, dann hörte ich hastige Schritte auf dem Boden. Zwei unterschiedliche Schrittlängen, mindestens. Und bei meinem Pech – natürlich. Larissay hatte Milo mitgebracht, der mir sofort in die Arme sprang. »Die Rebellen haben Melena?«

Ich nickte bitter.

»Wir müssen unsere besten Leute mobilmachen«, murmelte Larissay sofort. Pause. »Aber niemand von uns ist zum Kämpfen ausgebildet!«

»Nur ich.« Ich räusperte mich. »Ich weiß nicht, wie viele von ihnen da sind. Ich weiß auch ehrlich gesagt nicht, ob Melena noch lebt.« *Oder ob sie sie vor meinen Augen töten werden.*

Mein Handy klingelte, eine SMS von Melenas Nummer.

WEIL DU SO LANGE BRAUCHST, FORDERN WIR EIN WEITERES OPFER. DEINEN BRUDER. UND MIT JEDER VERSTREICHENDEN MINUTE EINEN WEITEREN DEINER ARMSELIGEN FREUNDE.

»Wer ist das?«, fragte Kalley.

»Niemand.« Ich steckte das Handy hastig wieder ein, dann drückte ich Milo ganz fest an mich. »Niemand wird dir etwas antun, okay?«

»Mir? Wieso?« Er blickte mich aus seinen großen blauen Augen an. »Ich dachte, das wären die Rebellen?«

»Im Allgemeinen nur. Du bist hier sicher.«

»Ich weiß.« Er lächelte leicht, aber besorgt, und ich wusste, was er dachte. *Wenn wir hier so sicher sind, warum haben sie dann Melena erwischt?*

»Ich gehe jetzt. Und wenn es sein muss, kommt ihr einfach irgendwie hinterher, durch die Fenster, übers Dach, was auch immer.« Ich sah in die Runde. »Und wenn ihr drinnen seid – schießt. Einfach irgendwie, irgendwohin. Tragt auf jeden Fall Schutzklamotten. Was auch immer.« Ich redete einfach drauflos, ohne einen Plan zu haben. »Und dann – dann schaffen wir das irgendwie.«

Larissay legte mir besorgt die Hand auf die Stirn. »Arianna, bei allem Respekt, du redest Unsinn.«

»Ich weiß.« Ich schob das Kinn vor und wir starrten uns ein paar Sekunden einfach an. »Und ich will nicht, dass ihr zu Waffen greifen müsst. Auf gar keinen Fall. Aber ich weiß, dass ihr mir nachlaufen werdet, egal, was ich sage. Und wenn ihr das tut, dürft ihr nicht unbewaffnet sein.«

Larissay schwieg.

»Ich gehe jetzt«, sagte ich. »Wir müssen schnell handeln.«

»Warum?«

»Sie werden ungeduldig. Im schlimmsten Fall überfallen sie uns doch. Es gibt bestimmt einen Grund, wie sie das rechtfertigen können. Gerade sie – gerade die Rebellen. Hochverrat rechtfertigt vieles.«

»Aber du kannst doch nicht einfach in dein Verderben rennen!«

»Besser meins als eures«, murmelte ich. »Ich habe euch bis jetzt nur Unglück gebracht. Ihr hattet ein gutes Leben, bevor ich hergekommen bin.«

»Aber –«

»Es ist ein Fakt. Ihr wärt ohne mich nicht in dieser Situation.«

»Aber wir halten trotzdem zusammen«, entgegnete Larissay entschlossen. »Dann gehen wir zusammen in unser Verderben. Ich gehe mit dir und wenn sie dich töten wollen, müssen sie erst an mir vorbei.«

»Dito.« Julix hob die Hand wie zum Schwur und Kalley tat es demm gleich. Auch Milo hob die Hand, aber ich war nicht sicher, ob er verstand, was das bedeutete. Und auf keinen Fall würde er mitgehen.

»Aber wenn wir alle gehen, dann ist die *TF* verloren!«, protestierte ich.

»Es gibt noch über vierzig weitere Mitglieder. Wir setzen ein Statement.«

»Statements sind Schwachsinn«, heulte ich auf. »Warum muss ich das jedem erklären? Ihr solltet eher froh sein, zu leben, statt euch für ein schwachsinniges, vergebliches Ziel zu opfern!«

Larissay schwieg betroffen.

»Eure Leben sind verdammt wertvoll«, schob ich hinterher. »Und ihr leistet der Gesellschaft einen großen Dienst! Und ihr habt *euch untereinander*. Wollt ihr das einfach so aufgeben?«

»Willst du das?«, fragte Larissay leise. »Wenn du gehst, dann tust du genau das, wovon du uns abhalten willst.«

»Sie wollen nur mich«, entgegnete ich. »Und dafür lassen sie Melena vielleicht gehen. Aber die Meinung der Rebellen wird sich nicht ändern, egal, ob ich alleine oder mit euch allen komme. Es wird sie nicht beeindrucken. Es wird kein Statement geben, sondern ein stilles Blutbad. Das wollt ihr nicht.« Ich holte tief Luft. »Tut irgendwas, das euch nicht in Gefahr bringt. Ich gehe jetzt.«

Sie wollen nur mich. Meine eigenen Worte hallten in meinen Ohren nach, als ich in Richtung der Glastüren schritt. Ich wollte das hier nicht, aber ich hatte keine Wahl. Sie hatten Melena und sie wollten Milo, und würde ich nicht bald gehen, würden sie dort keinen Halt mehr machen. Und das Mindeste, was ich jetzt tun konnte, war die *Tender Freedom* zu beschützen. Nachdem sie mich für zwei Monate beschützt hatten. Und ich würde verhandeln müssen, handeln um Milos Leben. Sollten sie mich haben, okay, nicht geil, aber besser als ihn.

Ich wartete nur darauf, dass mich jemand an der Schulter packte und zurückzog, aber nichts geschah. Gut so. Jedes Wort würde den Abschied nur schwerer machen.

»Ria?«, wisperte Milo schließlich. »Tu's nicht!«

»Mach dir keine Sorgen«, gab ich zurück, ohne mich umzudrehen. Ich stand jetzt direkt vor der Glastür. »Wir sehen uns wieder. Eines Tages, irgendwie.«

Es war nicht fair ihm gegenüber, das wusste ich. Ich war zu seiner Hauptbezugsperson geworden und es war nicht fair, ihm diese Person zu nehmen. Aber es war auch nicht fair, sein Leben zu nehmen. Und die erstere Variante war die harmlosere.

»Ria!«

Ich öffnete die Tür.

»Riaaaa!« Sein langgezogener Schrei hallte durch die Lobby, bis die Tür hinter mir ins Schloss fiel.

05 – Destiny

Ich atmete tief durch. Hätte ich doch die Tabletten dabei, dann würden die nächsten Stunden erträglicher – *wesentlich* erträglicher werden. Aber gut. Scheinbar hasste mein Schicksal mich, und damit musste ich leben. Oder eher *sterben*.

Ich trat in die Ruinen. Sofort waren sie da, überall, von allen Seiten. Beige Camouflageklamotten, schwarze Maschinengewehre.

»Hi«, sagte ich.

Keiner antwortete. Irgendwer packte mich unsanft an den Armen und zerrte mich weiter in das verfallene Gebäude. Ich hatte keine Angst mehr, überhaupt keine Gefühle. Es war alles zu schnell gegangen, als dass ich irgendwas hätte verarbeiten können.

Da war Destiny, wie immer bis an die Zähne bewaffnet mit Messern und Schusswaffen. Bitter, so bitter, was sie und ich einst gewesen waren.

»Da stehst du jetzt also.« Destiny lächelte. »Auf verlorenem Posten.«

»Und du ebenso«, gab ich zurück. »Jeder weiß jetzt, dass die Rebellion nur ein Haufen nationalistischer Arschlöcher ist, die nicht besser als die Regierung sind. Ich weiß nicht, warum ich so lange gebraucht habe, das zu verstehen.«

»*Das Abenteuer hat dich geblendet*«, deklarierte Destiny hässlich lachend. »So war es doch, oder?«

»Und wenn es so war, was dann?«

»Dann bist du ganz schön armselig und hast nie verstanden, was für uns auf dem Spiel steht.«

»Das habe ich leider doch recht früh schon kapiert. Meine Pläne standen schon ein gutes Jahr. Ich habe nur auf den Zeitpunkt gewartet.«

»Ein gutes Jahr?« Destinys Augen weiteten sich. »Also kurz nachdem –?«

»Korrekt. Du trägst eine Mitschuld an meinem Zustand. Was aber wohl egal ist, wenn du dich als meine Richterin einsetzt.«

»Unsere *Trennung* war für dich ein Grund, dich umzubringen?« Destiny lachte ungläubig.

»Nicht ganz.« Ich räusperte mich. »Es war vielmehr die Erkenntnis darüber, wer du wirklich bist. Die Erkenntnis, dass ich ganz alleine war und niemand meine Meinung geteilt hat. Und dass ich keinen Ausweg sah. Keine Alternative zum Leben bei euch außer dieser einen.«

»Armselig.«

»Besser armselig und depressiv als dumm und asozial wie ihr.«

»Arianna –« Destiny riss ihr Maschinengewehr hoch.

Ich lächelte nur. »Du hast dich kaum verändert.«

Sie funkelte mich wütend an. »Du dich schon, aber nicht zum Guten!«

»In deinen Augen ganz sicher nicht zum Guten.« Ich räusperte mich erneut. »Also – ich bin hier. Wo ist Melena?«

Destiny machte eine Geste mit ihrer Waffe. »Bringt sie her.«

Zwei Rebellensoldaten lösten sich aus der Gruppe, die sich um uns gebildet hatte, und kamen kurz darauf wieder, Melena zwischen ihnen. Sofort schossen mir Tränen in die Augen. Sie mussten ihr Dinge angetan haben – Dinge, über die ich nicht mal nachzudenken wagte. Sie konnte sich kaum auf den Beinen halten, zitterte am ganzen Körper und ihr Blick war glasig.

»Melena«, wisperte ich, aber sie regte sich nicht.

»Freust du dich nicht, sie wiederzusehen?« Destiny lachte gehässig, dann wurde sie ernst. »Ich konnte es gar nicht glauben. Als ich es in den Nachrichten gehört habe – du und die Präsidentin. Dass sie euch gerettet hat. Dass ihr verwandt seid. Kranke Sache, echt. Als ich gemerkt habe, dass du nicht von der Mission zurückgekommen warst, habe ich sofort an Fahnenflucht gedacht. Du warst mir zuletzt öfter negativ aufgefallen. Aber dass es *so* krass ist – dass du dich einfach gefangen nehmen lässt, ein *Junge* dich retten muss und du dann mit deiner Erzfeindin durchbrennst?! Bei dir ist doch irgendeine Sicherung durchgebrannt.«

»Eher ausgetauscht worden.« Meine Stimme klang kratzig. »Ich habe nämlich jetzt verstanden, was wirklich zählt. Und dass Melena nicht meine Erzfeindin ist.«

»Wie auch immer.« Destiny gestikulierte erneut mit der Waffe. »Wo ist der Junge?«

»Was meinst du?«

»Du weißt genau, was ich meine.«

»Nein …?« Ich musste so tun, als hätte ich ihre Nachricht nie bekommen. Sie *musste* mir glauben.

»Du hast meine Nachricht gelesen.«

»Nachricht?«

»Tu nicht so dämlich!« Der Schuss ging knapp an mir vorbei und ich zuckte unwillkürlich zurück. »Du weißt genau, was ich von dir will!«

»Hör zu.« Ich räusperte mich. »Ich weiß schon, in welcher Position ich hier bin. Aber – seid ihr wirklich so unmenschlich, dass ihr Unschuldige da mitreinzieht? *Kinder*?«

»Es geht nicht um ihn. Er ist mir egal.« Destiny lächelte leicht. »Es geht um dich. Du sollst leiden. Und du hast doch recht offensichtlich klargestellt, dass der Junge deine oberste Priorität ist.«

»Okay. Okay, dann – dann anders.« Ich holte tief Luft und zog die Waffe aus meinem Hosenbund. »Entweder ihr verschont Milo … oder ich nehme euch den Spaß.«

Das Gefühl des Laufs der eigenen Waffe an meiner Schläfe war so vertraut geworden im letzten Jahr, und doch so fremd, nach den vergangenen Monaten.

»Das wirst du nicht tun.« Destiny lächelte weiter. »Du hast zu viel Angst.«

»Falsch. Ich kenne keine Angst mehr. Nicht, wenn es um mein eigenes Leben geht. Deswegen würde ich es sofort für Milos geben.« Mit zitternden Fingern löste ich die Sicherung der Waffe. Hoffentlich war niemand von meinen Leuten in der Nähe, sie sollten das hier nicht sehen.

Melena.

Ich warf einen schnellen Blick nach links. Melena starrte weiterhin ins Leere, aber ich befürchtete, dass sie innerlich wach war und alles mitbekam. *Fuck.*

Destiny lächelte weiter. Sie wusste genau, was ich dachte. Nach all den Monaten kannte sie mich immer noch so gut – und doch irgendwie gar nicht.

»Ich mache dir einen neuen Vorschlag.« Sie lächelte immer noch. »Ich verschone einen von beiden. Diese armselige Marionette da, oder den Jungen.«

»Nein.« Ich biss die Zähne zusammen. »Mach's gut, Destiny.« Ich legte den Zeigefinger um den Abzug der Waffe. *Fuck, nein. Melena.* Und der Tod. Würde es wehtun? Sicher. Aber Schmerz war temporär. Der Tod war ewig. Ich musste es tun.

»Feigling«, rief Destiny. »Feigling, dass du die Entscheidung so abgibst! Du bist ein Feigling, Arianna!« Dann sagte sie ganz plötzlich nichts mehr.

Verdammt, ich hatte es wieder getan.

Keine Ahnung, wie ich nicht längst tot war – ich hatte gerade Destiny Miller erschossen. Und ihre Kollegen standen nur da und starrten mich an.

Ich verstand erst spät, warum sie nicht reagierten.

Es lag an der Gruppe Menschen, die gerade die Ruinen betreten hatten – und leider waren auch diese mir nicht friedlich gesinnt. Es waren Soldaten des Staats.

Und natürlich waren die Rebellen unentschlossen. Der Pakt, den sie gemacht hatten, basierte wohl kaum auf Vertrauen, sondern eher auf vereintem Hass.

»Wo ist Destiny Miller?«, fragte schließlich die erste Soldatin. Sie standen so am Eingang der Halle, dass die Gruppe Rebellen Destinys Leiche verdecken musste.

Nein, halt. Das war keine Soldatin – das war die Richterin. Alice Lessing! Meine Aktion musste den ganzen Staat durcheinandergebracht haben. Dass es so weit kam, dass Lessing für den Kampf gegen mich sogar in die Uniform stieg.

Okay, fest stand also – wenn jetzt kein Wunder geschehen würde, war ich tot. Definitiv. Und wie dieses Wunder aussehen sollte, wusste ich auch nicht genau. Meine Leute sollten hier wegbleiben; sie würden es nicht schaffen, all diese Feinde zu besiegen. Und sie sollten mich nicht tot sehen. Es würde kein schöner Anblick sein, das wusste ich.

»Miller«, wiederholte Lessing. »Wo ist sie?«

Einer der Rebellen deutete mit dem Kopf auf mich. »Fragen Sie Travino.«

Lessing zog die Augenbrauen hoch, trat einen Schritt vor und folgte meinen Blick entlang der Reihen von Rebellen bis zu Destinys Leiche, dann schüttelte sie den Kopf. »Ich glaub es nicht. Arianna Travino hat Destiny Miller getötet. Hat mir Arbeit abgenommen, hm?«

»Sie wollten Destiny auch töten?«, fragte der junge Rebell nach.

»Ich will euch alle töten.« Lessing lächelte. »Ich brauche euch nicht mehr. Ich habe jetzt, was ich will.«

»Und unser Deal …?«

Lessing hob die Waffe. »Welcher Deal?«

Für einen winzigen Moment dachte ich darüber nach, einzugreifen. Würde ich Lessing töten, würden mich die Rebellen dann verschonen – jetzt, wo Destiny als treibende Kraft tot war? Aber da waren sicher Dutzende, die ihre Ansicht teilten.

Also tat ich nichts, sondern sah zu, wie Alice Lessing den jungen Rebellen erschoss.

Ich war teilnahmslos geworden in den letzten Jahren. Musste man wohl, wenn man in einer Dystopie lebte. Und trotzdem erschrak ich vor diesen beiden kalten Fronten, die aufeinandertrafen. Mit dem Mord an dem Rebellen hatte Lessing einen Schalter umgelegt.

Sie alle schossen gleichzeitig. Rebellen, Soldaten, und ich.

Alle paar Sekunden fiel jemand zu Boden. Es war ein Trauerspiel und mir war egal, wer gewinnen würde. Solange ich nicht verlieren würde – oder Melena.

Sie alle wollten Melena, das war klar. Melena und mich. Und jetzt gerade war der beste Moment, um abzuhauen.

Ich hastete zu Melena – die beiden Wachen neben ihr lagen längst am Boden, nur sie stand noch da mit ihrem so leeren Blick. Gut, beide Parteien wollten sie also bevorzugt lebend.

Ich packte sie am Arm. »Melena!«, brüllte ich ihr ins Ohr. »Kannst du mich hören?«

»Arianna …« Ihre Stimme brach. »Du musst weg von hier.«

»Du auch, verdammt!« Wie konnte ich sie aus ihrer Trance befreien? »Renn, bitte!«

»Ich kann nicht.« Sie lächelte schwach. »Sie haben mir zu viel angetan. Ich kann nicht rennen.«

Ich wollte es gar nicht hören. Wollte gar nicht wissen, welche kranke Scheiße man meiner Tante angetan hatte. Kurz entschlossen packte ich sie am Arm und zerrte sie weg, dann knickten mir die Beine ein. Ich war getroffen worden, irgendwo – wo, spürte ich nicht mal mehr. Dann brach auch Melena zusammen. Verdammt, verdammt – das war das Ende. Ich kauerte mich über sie. Blut, Blut überall. Keine Ahnung, von wem.

Und dann Dunkelheit.

06 – Nachbeben

Als ich wieder zu mir kam, lag ich in meinem Bett.

Gott sei Dank – es war ein Albtraum gewesen. Die Rebellen waren nie hier gewesen. Melena lebte. Destiny lebte. Alle lebten.

Aber dass es kein Traum gewesen war, wurde mir spätestens dann klar, als ich in die besorgten Gesichter um mich herum blickte.

Milo, Larissay, Julix, Kalley, Seline.

»Was … was ist los?« Ich brachte ein schwaches Lächeln zustande. »Ihr seht mich ja an, als wäre ich gerade von den Toten auferstanden!«

Larissay räusperte sich. »So ähnlich, ja.«

»Bitte?«

»Es ist ein Wunder, dass du überlebt hast, bei deinem Blutverlust. Wir haben dich im Krankenzimmer versorgt und dann hierhergebracht. Seline hat mehrere vertiefende Sanitäterkurse gemacht, sie meinte, du musst jetzt ganz viel trinken, damit –«

»Was ist mit Melena?«, unterbrach ich sie.

Larissay blickte mich betroffen an. »Ganz ähnlich.«

»*Aber*?« Ich hörte das Wort in ihrer Tonlage.

»Sie ist noch nicht so stabil wie du. Sie ist im Krankenhaus, auf der Intensivstation. Wir – wir haben keine andere Möglichkeit gesehen.«

»Keine andere Möglichkeit, als sie dem Feind direkt in die Hände zu legen?!«

»Kein Stress!«, befahl Seline sofort. »Hoher Blutdruck ist nicht gesund für dich.«

»Keine Sorge«, fügte Larissay hinzu. »Wir haben unsere Leute überall. Sie ist dort nicht als Melena Faherty oder Travino eingewiesen, sondern als eine Frau, die unschuldig in ein Rebellenattentat geraten ist. Aber weil man sie natürlich erkennen würde, habe ich veranlasst, dass der Oberarzt auch nur unsere Leute in ihren Raum lässt.«

»In erster Linie muss sie überleben«, warf Julix ein. »Aus den Fängen der Feinde befreien können wir sie auch später noch.«

»Damit die ihr noch mehr Leid antun?« Ich konnte nur halbherzig protestieren. Wenn Larissay die Entscheidung getroffen hatte, Melena in die Staatsklinik einzuliefern, dann vertraute ich ihrer Entscheidung. Und ihren Leuten.

»Wissen Emmy und Phil es schon?«, fragte ich vorsichtig.

»Die sind gerade bei ihr.« Larissay lächelte schwach. »Sie hätten mich fast umgebracht. Mom war fuchsteufelswild.«

»Aber du konntest doch nichts dafür?«

»Ich hätte mitgehen sollen. Wir hatten eine Regel, dass keiner von euch allein rausgeht. Weder du, noch Milo, noch sie. Aber heute Morgen war ich im Büro beschäftigt, mit verwaltungstechnischen Dingen, und es waren wirklich dringende Dinge. Der Staat hat gedroht, uns die Vereinsimmunität zu entziehen und ich habe mich mit einem Anwalt im Videochat zusammengeschaltet. Deswegen bin ich nicht mit ihr gegangen.«

Wenn diese Regel echt war, dann hatte ich sie schon tausendmal gebrochen, nachts, heimlich, unbeabsichtigt. Und trotzdem – je länger ich darüber nachdachte: Ich war noch nie im Bewusstsein der anderen alleine in der Stadt gewesen. Was im Dunkel der Nacht passierte, war eine Sache zwischen mir und der Straße.

»Es konnte ja keiner ahnen, was passieren würde!«, versuchte ich, Larissay zu verteidigen.

»Lass gut sein, Arianna.« Larissay winkte müde ab und lächelte. »Man kann es nicht ändern. Wir können nur noch hoffen, dass Melena es schafft.«

»Was …« Ich brach ab. Ich sollte keine Fragen stellen, deren Antworten nicht für Milos junge Ohren bestimmt waren.

Larissay nickte, als wüsste sie genau, was ich dachte. »Ich schau später nochmal rein, aber jetzt lassen wir dich erstmal in Ruhe, ja?«

Nein. Eigentlich wollte ich nicht in Ruhe gelassen werden. Eigentlich wollte ich nicht alleine sein. Nicht alleine mit den Gedanken. Im Laufe eines Vormittags war meine Welt mehr als einmal zusammengebrochen und ich tat am besten daran, wenn ich einfach nicht nachdenken würde.

Larissay lächelte erneut und stieß Milo an. »Bleib du erstmal bei ihr.«

Nicht die beste Alternative. Ich wollte ihn nicht belasten, er sollte nicht erfahren, was passieren würde. Moment – was *war* eigentlich passiert?

Die Tür fiel ins Schloss und Milo hockte sich neben mir aufs Bett. »Frag bitte nicht, okay?«

»Was …?«

»Was passiert ist. Das willst du gar nicht wissen.«

Oh Gott, das konnte nichts Gutes verheißen. »Sag es mir.«

»Du …« Er zögerte. »Wir haben Lachgas versprüht. Um die alle zu betäuben. Und dann haben wir Melena und dich gerettet.«

»Aber?« Auch bei ihm hörte ich klar, dass er etwas wegließ.

»Aber es hat ewig gedauert, bis Julix und Kalley das Lachgas besorgt hatten.«

»Also?«

»Also ist Larissay rübergeschlichen. Mit der Maschinenpistole von Melena.«

»Larissay hat Leute erschossen?!« *Fuck.*

»Nein.« Er zögerte. »Sie konnte nicht. Sie war nie auf dieselbe Art mit dem Tod verbunden wie wir.«

»*Wir?*« Nein. Nein, einfach nein.

»Ich hab dir mal wieder das Leben gerettet.« Milo lächelte schief. »Das ist alles, was du wissen musst, okay?«

 152

»Milo –« Ich riss ihn in meine Arme. »Geht es dir gut?!«

»Erstaunlicherweise ja. Ist schon okay so.« Er legte seinen Kopf gegen meine Schulter. »Ria … Ich weiß, dass du auch Leute erschossen hast, heute. Aber du bist kein schlechter Mensch, ja?«

Ich schluchzte auf. Wie hatte es so weit kommen können? Dass er schon wieder jemanden ermordet hatte, um mir das Leben zu retten – und mich dann zu trösten? Das durfte nicht sein! Dieser zehnjährige Junge war mental stabiler als ich, nein, schlimmer, *erwachsener* als ich. Und das sollte er einfach nicht sein. Er sollte ein *Kind* sein.

»Und ich hab dir was besorgt.« Er lächelte wieder und drückte mir etwas in die Hand. An den scharfen Kanten erkannte ich sofort, was es war. Ein volles Blister Tabletten.

»Danke«, murmelte ich, aber inzwischen war ich mir nicht mehr sicher, ob das wirklich das richtige Wort war. Hier lief so vieles falsch. Es war meine Schuld, dass Milo Menschen getötet hatte, und es war meine Schuld, dass er sich um mich kümmern musste. Dass ein zehnjähriger Junge mich mit Drogen versorgen musste. Mir war klar, dass sich irgendwas ändern musste, aber ich wusste nicht, wie. Ich konnte nicht ohne die Drogen, die mir die Albträume nahmen, und ich konnte nicht einfach meine Vergangenheit hinter mir lassen, so gern ich das auch wollte. Man ließ mich nicht.

Und plötzlich war da das Bewusstsein, das ich so lange zu verdrängen versucht hatte. Die Rebellen hatten mich gefunden, hatten es darauf angelegt, mich um jeden Preis zu bekommen. Sie hatten sich mit dem Staat mehr oder weniger verbündet und sich offen gegen einen staatlich eingetragenen Verein gestellt. Destiny Miller hatte mich gehasst, so sehr gehasst dafür, dass ich ihre Werte nicht mehr vertrat. Meine Ex hatte mich foltern wollen. Und ich hatte sie getötet. Hatte wieder geschossen, ohne nachzudenken. Ich war eine Gefahr für andere, wenn ich mich nicht mal mehr beherrschen konnte – sie hatte mich ja nur provoziert, nicht mal angegriffen. *Noch* nicht. Dass es dazu früher oder später gekommen wäre, wusste ich auch. Und trotzdem war es keine Selbstverteidigung gewesen.

»Ria?«

»Alles ist gut, ich brauche bloß eine Minute.« Ich lächelte Milo abwesend zu.

Weiter. Ich musste mich den Tatsachen stellen. *Was ist dann passiert?* Der Staat war aufgetaucht, in der Form von Soldaten und der Richterin Alice Lessing. Auch sie wollte mich tot sehen – weil ich meinem Urteil entflohen war? Weil ich an einer Sache ihre Familie betreffend beteiligt gewesen war? Ich wusste es nicht genau.

Und irgendwie war ich jetzt wieder dort, wo ich ganz am Anfang gewesen war.

Die Rebellen waren kein Zufluchtsort, der Staat noch weniger. Beide wollten mich töten. Und ich hatte keinen Ort, an dem ich sicher war.

Würde ich hierbleiben, bedeutete das eine Gefährdung der *Tender Freedom*, und das konnte ich nicht riskieren. Nicht Larissay, nicht Julix, Kalley, Seline und all die anderen. Und vor allem nicht Milo und Melena. Dieses Mal war Melena hoffentlich knapp mit dem Leben davongekommen, aber was, wenn es ein nächstes Mal geben würde?

Destiny war tot, aber die Wahrscheinlichkeit war groß, dass außer ihr noch mehr extreme Rebellen existierten. Sie hatte von einer ihrer Schwestern gesprochen: Callie – Calico. Mir ihr hatte ich mich eigentlich immer verhältnismäßig gut verstanden, selbst nach der Trennung von Destiny. Schade, dass sie nun doch auf ihrer Seite war. Würde sie die Führung übernehmen? Oder eine mir unbekannte Person, ohne den persönlichen Aspekt dieses Mal? Vielleicht würde man es schneller und schmerzloser machen.

Vielleicht sollte *ich* – nein. Wenn die *TF* meinen Selbstmord verkünden würde, wer würde es glauben? Und wer würde vermuten, dass es ein armseliger Versuch war, mich zu verstecken? Ich hatte keine Wahl, wenn ich nicht das Leben der *TF*-Mitglieder riskieren wollte. Ich würde mich stellen müssen, einer der beiden Gruppierungen. Die Methoden des Staats kannte ich ja inzwischen; die Richterin Lessing würde wieder am Morphium rumpfuschen. Was die Rebellen tun würden, konnte ich nicht genau einschätzen.

Vielleicht würden sie sich auch um mich streiten. Wer durfte es tun, den Schuss oder die Spritze? Wem würde die große Ehre zuteilwerden? Vielleicht würden sie über meine Leiche einen Krieg anfangen, bei dem sich beide Organisationen im übertragenen Sinne selbst zerschießen würden, oder meinetwegen auch im wörtlichen Sinne. Wäre dem Land wenigstens etwas Gutes getan. Obwohl – es gab ja keine Möglichkeit, diesen Staat sinnvoll zu regieren. Das hatten Melena und ich ja schnell festgestellt.

Es war alles sinnlos, vergebens.

Ich seufzte.

»Ria?« Milo legte seine Arme um mich. »Ich will gar nicht wissen, worüber du nachdenkst. Aber … lass dir Zeit. Vertrau nicht auf deine erstbeste Reaktion oder Entscheidung. Du stehst unter Schock und musst erstmal ein paar Tage abwarten, bis du die ganze Sache neutral betrachten kannst, ja?«

Ich lächelte bitter. »Wer hat dir die Worte eingetrichtert?«

Er zögerte beschämt. »Larissay. Sie meinte, auf mich würdest du eher hören.«

Dessen war ich mir nicht ganz sicher. Klar, er war mein Bruder, aber Larissay war eine erwachsene Frau.

Ich zuckte mit den Schultern. »Schon gut. Ich will einfach nur noch schlafen, okay?«

Milo nickte ernst. »Egal, was du tust, ich bleibe bei dir.«

Ich war gleichzeitig dankbar und entsetzt. Warum zur Hölle sah er sich in der Verantwortung für mich? Warum konnte er nicht einfach sein Leben leben, wie jeder normale Zehnjährige? Warum konnte er nicht in seinem Zimmer am Handy spielen oder was auch immer?

Ich drückte die letzten beiden Tabletten aus dem alten Blister.

»Ich bin bei dir.« Milo lächelte sanft und ließ sich neben mir in die Kissen sinken, während ich die Tabletten einwarf.

»Danke«, brachte ich noch hervor, dann setzte die Wirkung ein.

Ich hatte von der Szene in der Wüste geträumt, erinnerte ich mich vage. Von der Nacht, als wir zwischen den Regalen des Ladens geschlafen hatten und morgens in einer Umarmung aufgewacht waren. Fast, als hätten wir uns unterbewusst erinnert, dass wir vor Jahren immer so eingeschlafen waren.

Bis heute hatten wir nicht darüber gesprochen; bis heute war ich mir unsicher, ob Milo sich überhaupt erinnerte. Er erinnerte sich auch an so wenig aus unserer gemeinsamen Vergangenheit und ich hasste es, darüber zu sprechen. Ab und zu kamen Schnipsel seiner Erinnerungen zurück und er stand mitten in der Nacht an meinem Bett und fragte nach diesem und jenem, was mich ebenfalls in eine Spirale des Nachdenkens brachte, und so zogen wir uns gegenseitig runter.

Eine tolle Geschwisterbeziehung.

»Ria? Wie geht's dir?«, fragte Milo, als er merkte, dass ich wach war.

»Besser.« Es war nicht einmal gelogen. Ich wünschte mir nur manchmal, ich hätte ein Klavier in meinem Zimmer.

»Gut zu wissen.« Er lächelte vorsichtig. »Riechst du das?«

Ich schnupperte. *Zimt.* Sofort wurde mir schlecht.

»Ich glaube, sie backen Kekse. *Weihnachts*kekse!« Er strahlte und ich schluckte hastig die Übelkeit runter. Er freute sich und ich musste mich mit ihm freuen, basta! Ich hatte Weihnachten einst geliebt, also musste ich zumindest versuchen, es auszuhalten. Allein Milo zuliebe.

Es würde nicht wie früher sein, das war klar. Kein Fest wie mit meinen Eltern. Aber dafür eins mit meiner neuen Familie.

Wenn Melena überleben würde.

»Ich muss mit Melena sprechen«, murmelte ich.

»Larissay wird dich nicht gehen lassen.« Milo sah zu mir auf. »Weder dich noch mich. Sie sagt, die Rebellen und der Staat sind unberechenbar. Die, die überlebt haben, werden dich wahrscheinlich weiter jagen.«

»Hat … hat Lessing überlebt?« Ich zögerte. Milo kannte sie ja gar nicht. »Eine große, braunhaarige Frau? Große getönte Brille?«

Er legte den Kopf schief. »Ich glaube ja. Sie – sie kam auf mich zu. Ich hab geschossen. Aber sie ist einfach weitergelaufen, an mir vorbei. Denke, sie lebt. Wieso?«

Ich schauderte. »Sie ist eine der Schlimmsten.«

»Hätte ich sie töten sollen?«

»Nein – *nein*!« Ich zog ihn sofort wieder in meine Arme. »Du sollst dich nicht verpflichtet fühlen, irgendwen zu töten, okay?! Du *musst* das nicht tun!«

»Ich tue, was ich kann, weil du dasselbe für mich tun würdest.«

Ich holte tief Luft. »Darüber reden wir später nochmal. Erstmal Bestandsaufnahme: Lessing hat überlebt. Destiny ist tot. Ihre Einheit ist unberechenbar. Also – zwar nur noch eine Erzfeindin übrig, aber die Situation ist keinen Deut einfacher.«

»Destiny?« Milo legte den Kopf schief. »Du hattest eine Erzfeindin bei den Rebellen?«

Ich lächelte bitter. »So ungefähr. Meine – meine Exfreundin. Und wir haben beide die Trennung nicht so gut verkraftet. Aus unterschiedlichen Gründen.«

»Warum habt ihr –?« Er zögerte.

»Uns getrennt?« Ich zögerte. »Weil mir klar geworden ist, dass sie nicht besser ist als der Rest der Einheit. Weil sie mich nie wirklich dafür geliebt hat, *wer* ich war, sondern *was* ich war. Ich war talentiert und hatte meinen Ruf, ich war zuverlässig und vertrauenswürdig. Sie hat die Person geliebt, die ich dargestellt habe. Aber sie hat nicht ein einziges Mal versucht, hinter die Fassade zu blicken. Sie hat nie verstanden, dass ich mehr war als eine Rebellin. Dass ich eine Persönlichkeit habe, die über das Morden hinausgeht. Und dass ich ihre Aktionen nie gutgeheißen habe. Und als ich kapiert habe, dass sie mich nur benutzt hat, um ihr Ego zu pushen, habe ich Schluss gemacht. Sie hat mich für die Trennung gehasst und ich habe mich dafür gehasst, mich jemals mit ihr eingelassen zu haben. Jetzt stand ich umso mehr alleine da, umso mehr ohne irgendeine Vertrauensperson. Und das … das war einer der Gründe, warum ich …« Ich schüttelte den Kopf. »Schon gut.«

»Nicht gut.« Milo sah mich besorgt an. »Aber jetzt hast du Leute, denen du vertrauen kannst. Alles wird gut. Ich weiß, es wird schwierig, aber ich glaube daran, dass alles irgendwie gut wird.«

»Dann glaubt das wenigstens einer von uns.«

»Glaubst du nicht, das Schicksal hat uns zusammengeführt? Glaubst du nicht, dass das ein Zeichen ist?«

»Ein Zeichen?«

»Dass das Universum unsere Geschichte zum Guten wenden will.«

»Ich glaube nicht –«

»Du *weißt* doch gar nichts!«, unterbrach er mich. »Du kannst nicht beweisen, ob es Schicksal gibt, oder einen Gott, oder –«

Ich runzelte die Stirn. »Einen Gott? Hast du mit Kalley gesprochen?«

Er nickte ertappt. »Wir haben über ihren Glauben gesprochen. Schon vor einiger Zeit. Ich durfte es nur niemandem sagen. Aber sie meinte, es gibt ihr Halt, und vielleicht würde es auch mir Halt geben. Und ehrlich gesagt … ehrlich gesagt tut es das auch. Ich finde es beruhigend, daran zu glauben, dass es jemanden geben könnte, der über uns alle wacht.«

Dieser Jemand hätte mal eingreifen sollen, als ich zum Tode verurteilt war. Oder als ich mich selbst zum Tode verurteilt habe. Wo war da meine himmlische Unterstützung? Es fiel mir schwer, meine Zweifel für mich zu behalten, aber ich wollte ihm den Glauben nicht nehmen.

Milo sah mich lange an. »Du glaubst nicht daran, oder?«

»Tue ich nicht, nein. Aber du darfst gerne –«

»Wann war deine Situation am schlimmsten?«, unterbrach er mich.

»An dem Tag, als wir das Gefängnis gestürmt haben, wollte ich mich nach der Aktion …« Ich zögerte.

»Und mit dem Staat?«

»Als die Ärztin die Spritze schon in der Hand hatte«, entgegnete ich bitter. »Beide Male war ich quasi kurz vorm Tod. Und …?« *Oh Gott.* Ich schluckte hart. »Du willst mir doch nicht sagen –«

»Vielleicht hat Gott uns zusammengeführt, damit ich dir Hoffnung gebe.«

»Das war Zufall«, winkte ich schwach ab. »Oder?«

»Was, wenn nicht?« Milo lächelte leicht. »Vielleicht kann Gott selbst nicht die Gefühle und Aktionen von Menschen beeinflussen, aber ihre Schicksale. Vielleicht konnte er nicht verhindern, dass die Richterin das Gift vertauscht, aber er konnte mich an deine Seite bringen, damit ich dich rette.«

»Das sind mir ein paar zu viele *Vielleichts*.«

»Deswegen heißt es *Glaube* und nicht *Wissen*. Weil du daran glaubst, dass hinter den *Vielleichts* ein *ganz sicher* steht.«

»Also … also willst du damit sagen, dass du der Schutzengel bist, den Gott mir an die Seite gestellt hat?« Es sollte bitter klingen, aber meine Stimme zitterte zu sehr. Milo hatte mich von einer existenziellen Krise in eine Glaubenskrise gebracht. Toller Schutzengel. Ich grinste unsicher. »Ich bin mir da nicht so sicher, aber ich lass es mir mal durch den Kopf gehen, okay? Und du, du hältst bitte daran fest, was du glaubst.«

Er lächelte wieder und nickte. »Und wenn es dich nicht überzeugt, ist es auch nicht schlimm, meinte Kalley. Man darf niemanden zu seinem Glauben zwingen.«

Wir schwiegen für einen Moment.

Schließlich kletterte er aus dem Bett. »Ich sag Larissay Bescheid, dass es dir besser geht. Sie wollte ja noch mit dir alleine reden.«

Ich nickte, wobei sich das Gesprächsthema von Larissay und mir bald erledigt haben würde. Sobald Milo weg war, würde ich abhauen – ich musste mit Melena sprechen. Und ihr Handy lag wohl immer noch in der Tasche von Destinys Leiche.

Destiny, verdammt. Ich hatte selten jemanden so sehr gehasst.

Milo tappte zur Tür, dann drehte er sich nochmal um. »Keine Scheiße machen, ja?«

Ich sank zurück in die Kissen. Er sollte sowas nicht sagen. Er sollte nicht für mich verantwortlich sein.

Die Tür fiel ins Schloss.

Ich rappelte mich wieder auf. Scheinbar trug ich noch dieselben Klamotten wie heute Morgen – wo war ich überhaupt verletzt? Ich spürte nichts. Aber da war doch ein Schuss gewesen – sie hatten von Blutverlust gesprochen?! Wahrscheinlich hatten sie mir wer-weiß-was gespritzt. Egal, das war ein Problem für später.

Ich schob meine Beine über die Bettkante – aha, ich trug eine Jogginghose. Vorsichtig tastete ich meine Beine ab – okay, ein Verband um den rechten Oberschenkel. Wahrscheinlich wieder nur ein Streifschuss – der Staat hatte mich sicher nur ausbremsen wollen, eine Hinrichtung ohne lange Monologe war ganz und gar nicht ihr Stil.

Vorsichtig stand ich auf. Ich brauchte nur Schuhe und eine Waffe – perfekt, die lag auf meinem Schreibtisch. Ein Schritt, ein weiterer – *fuck!* In der nächsten Sekunde fand ich mich auf dem Boden wieder. Mein rechtes Bein hatte einfach nachgegeben unter der Belastung. Obwohl ich weiterhin keine Schmerzen spürte.

Fuck.

Ich zog mich am Schreibtisch hoch und schob die Waffe in den Hosenbund. *Schuhe.* Nahe der Tür brach ich wieder zusammen. Dieses Mal kam ich nicht wieder hoch, zumindest nicht rechtzeitig. Denn als ich aufblickte, stand Larissay vor mir.

»Wo wollen wir denn hin?«, fragte sie spitz, aber besorgt. »Geh zurück ins Bett, Arianna. Du bist nicht sicher da draußen. Nicht in diesem Zustand.«

»Ich muss zu Melena«, flüsterte ich.

»Später, okay?« Sie bot mir ihren Arm an. »Bitte, Arianna – ich mache mir Sorgen um dich. Hier bist du sicher, aber nicht da draußen. Bitte bleib und vor allem, bitte geh nicht alleine irgendwo hin. Und wenn du reden willst, sag Bescheid.«

»Ich kann das nicht versprechen«, gab ich ehrlich zurück, als ich wieder auf der Bettkante saß. »Ich bin nicht der Typ Mensch, der andere Leute einfach vollquatscht. Manchmal brauche ich Ruhe, für meine eigenen Pläne und Gedanken. Manchmal muss ich einfach hier raus, um unter freiem Himmel zu atmen. Und dann kann ich keinen gebrauchen, der hinter mir steht und mich von allem abhält, weil es zu gefährlich sein könnte.«

»Die größte Gefahr für dein Leben bist du selbst.« Larissay lächelte herausfordernd.

Ich hielt ihrem Blick stand, aber ich wusste, dass sie Recht hatte.

»Ich bin aber auch die größte Gefahr für *euch*«, entgegnete ich langsam. »Deshalb – ist es nicht am besten, wenn ich euch nicht mit da reinziehe?«

Larissay legte mir die Hände auf die Schultern. »Arianna, wir sind ein Team. Keiner von uns lässt sich einfach so umbringen. Wir halten zusammen. Koste es, was es wolle.«

»Wir können nichts erreichen, wenn wir tot sind! Du hast den Verein, du hast deine Verantwortung!«

»Verantwortung für jedes Mitglied.«

»Verantwortung für die Leute da draußen, die auf deine Essensspenden angewiesen sind!«

»Das Ziel des Vereins ist es, Veränderung im Kleinen zu schaffen. Direkt bei den Menschen. Und was bist du? Ein Mensch. Jemand, der Schutz besonders nötig hat.«

Ich seufzte tief. »Und …?«

»Du gehst nicht alleine raus. Nicht, bis sich das alles hier beruhigt hat und wir wissen, wo wir stehen. Von mir aus können wir heute Abend zu Melena, dann ist im Krankenhaus auch nicht mehr so viel los.«

»Okay«, sagte ich vage.

»Du musst mir versprechen, dass ich dir vertrauen kann.«

»Okay.«

»Im Ernst. Wir müssen einander vertrauen können, Arianna. Ich will dich nicht eines Tages in den Nachrichten sehen als die größte Staatsfeindin, die man jemals gefangengenommen und hingerichtet hat. Bitte – ich will dein Bestes.«

Das hatte Melena damals auch gesagt. Und wie hatte die Sache geendet? Nun … tatsächlich gut, im Entferntesten. Bis heute. Wieder ein Mensch, der durch mich in Lebensgefahr geraten war. Ohne mich wäre sie vielleicht nie weggelaufen, würde weiterhin als Präsidentin für einen Staat leben, dessen Regierung sie verachtete – und sie wäre sicherer als jetzt gerade.

»Von mir aus.«

»Versprich es.«

Ich seufzte tief. »Ich verspreche, dass ich im Sinne der Gemeinschaft handeln werde.«

»Arianna …« Larissay holte tief Luft. »Du bist einfach unverbesserlich.«

»Ich will nur nichts versprechen, das ich vielleicht nicht halten kann.«

»Dann kann ich dir nicht mehr vertrauen.« Larissay schüttelte bitter den Kopf, stand auf und ging zur Tür, wo sie noch einmal stehen blieb. »Eigentlich müsste ich dich einschließen, damit du keine Scheiße machst.«

Und die Tür fiel ins Schloss.

Fuck. Wieso taten ihre Worte so weh? Sie *sollte* mir nicht vertrauen, sie machte alles richtig. Ich konnte für die Sicherheit von niemandem hier garantieren, also warum sollte ich irgendwen – außer Milo und Melena, die sowieso verloren waren – an mich heranlassen? Aber gleichzeitig wusste ich, dass es für solche Gedanken längst zu spät war. Ich war längst ein Teil des Vereins, ein Teil einer *Freundesgruppe.* Etwas, das ich noch nie wirklich gewesen war.

Kurz dachte ich an Melena und meinen geplanten Besuch.

Dann griff ich nach dem neuen Blister Tabletten und ließ mich zurück in die Kissen sinken.

Mein Handy klingelte. In letzter Sekunde hatte ich die Tabletten wieder weggelegt und stattdessen Larissay angerufen, aber sie war nicht rangegangen und scheinbar rief sie jetzt zurück. Ich hatte gar nicht mehr mit ihrem Anruf gerechnet; hatte erwartet, dass sie mir eine Lektion erteilen und mich ignorieren würde.

»Was willst du?«, fragte sie so neutral, als wäre nichts gewesen. Aber ich wusste, dass meine Worte ihr Sorgen bereiteten oder sie sogar verletzt hatten. Leider war es mir aber ebenso gegangen. *Dann kann ich dir nicht mehr vertrauen. Okay, schön, von mir aus,* hatte ich ihr an den Kopf werfen wollen.

Dann hass mich doch, so, wie es jeder irgendwann getan hat, der mir vorge-spielt hat, mich zu mögen.

Aber bei niemandem war es mir so wenig egal gewesen wie bei Larissay.

Larissay sollte mich nicht hassen. Sie sollte mir vertrauen. Und klar hing das von mir ab. Aber ich hatte nur die Wahrheit gesagt – sie wäre wesentlich erschütterter gewesen, hätte ich mein Versprechen gebrochen. Und dass das früher oder später passieren würde, lag quasi auf der Hand. Ich konnte nicht jedes Mal auf einen von ihnen warten, nur, um vor die Tür zu gehen. Ich konnte nicht einen von ihnen auf meine nächtlichen Kopf-frei-kriegen-Spaziergänge mitnehmen, wo der Sinn der Sache war, alleine zu sein.

»Du müsstest kurz vorbeikommen. Hier stimmt was nicht«, sagte ich nur.

Sie hatte aufgelegt.

Und stand eine halbe Minute später in meinem Zimmer. »Wo ist das Problem?«

»Sitzt vor dir.« Ich holte tief Luft. »Und würde gerne mit dir reden.«

»Dafür hast du mich aus dem Büro geholt?«

»Dann geh halt wieder.« Ich zuckte mit den Schultern.

»Nein, nein, schon gut. Ich dachte nur, es sei … etwas lebensbedrohlicher.«

»Ich dachte, es wäre lebensbedrohlich, wenn ich alleine nach draußen gehe.« Okay, fuck, das hier lief schon wieder völlig aus dem Ruder.

»Das ist es auch.« Larissay blieb vor mir stehen, wohl unschlüssig, ob sie auf meine Provokation eingehen sollte.

»Eben. Darum geht es.« Jetzt müsste ich mich wohl entschuldigen. Aber wofür? Ich hatte nichts falsch gemacht.

»Willst du gehen?«, fragte sie bitter. »Ich werde dich aufhalten. Nur, dass du Bescheid weißt. Ich werde alles tun, dass du nicht nach draußen kommst.«

»Du hältst mich gefangen.«

»Zu deiner eigenen Sicherheit.«

»Klingt wie der Slogan einer mentalen Einrichtung des zwanzigsten Jahrhunderts. Wir halten unsere Patienten gefangen, zu ihrer eigenen Sicherheit. Sie sind sich selbst die größte Gefahr.«

Larissay zuckte zusammen. »Arianna –«

»Das hast du gesagt. Und du hast jetzt zwei Möglichkeiten. Du bleibst bei deinem Standpunkt und stehst dazu, dass du mich einsperrst, oder du änderst deine Meinung und gibst mir die Möglichkeit, diesen Ort zu verlassen, wann und wie ich es will.« Es ging schon lange nicht mehr darum, dass ich zu Melena wollte. Ich konnte es akzeptieren, heute Abend mit irgendjemandem zur Klinik zu fahren. Es ging vielmehr darum, dass Larissay mich bevormundete – noch mehr als Melena damals. Und das war so ziemlich die Sache, die ich am meisten hasste: Wenn mir jemand meine Freiheit nahm.

»Dann sperre ich dich ein.« Larissay verschränkte die Arme. »Von mir aus. Ist besser, als dir dabei zuzusehen, wie du dich selbst zerstörst.«

»Stattdessen zerstörst du mich.«

Sie sah mich erschüttert an. »So siehst du mich also? Das ist der Dank dafür, dass wir dich aufgenommen haben?«

»Ohne euch wäre ich wohl längst tot und es wäre auch kein Problem dabei!«

»Arianna …« Larissay schüttelte den Kopf. »Denk an Melena. Stell dir vor, sie würde dich hören.«

»Sie weiß, wie ich denke. Und im Gegensatz zu dir versteht sie mich auch.« Die Worte taten weh. Bis jetzt hatte ich gedacht, auch in Larissay eine Vertrauensperson zu haben, aber jetzt wurde wohl doch klar, wie unterschiedlich wir waren. Sie hatte nie für jemanden gearbeitet, den sie verachtete, und sie hatte nie Hoffnungslosigkeit gekannt in der Art, wie Melena und ich sie verspürt hatten.

»Lass mich gehen, wenn ich es will. Du tust mir keinen Gefallen«, fügte ich an. »Wenn du mich einsperrst, bist du nicht besser als die Rebelleneinheit. Und du weißt, wie es geendet hat, als die mir meine Freiheiten genommen haben.«

Larissay nahm mir wortlos die Waffe ab, die noch auf dem Nachttisch lag.

»Das wird nichts bringen«, kommentierte ich bitter. »Ich war die beste Soldatin der Rebellen. Ich kenne Arten des Sterbens, die du dir nicht mal vorstellen kannst. Oder willst.«

»Jetzt mal ohne Scheiß, Arianna!« Larissay hatte unbewusst die Waffe auf mich gerichtet. »Du musst doch einsehen, dass es unglaublich gefährlich für dich ist, wenn du jetzt nach draußen gehst!«

»Ich weiß.« Meine Stimme zitterte. »Aber im Gegensatz zu dir habe ich einen grundlegenden Freiheitsdrang, der nur stärker wird, wenn du meine Freiheit einschränkst. Und ich will diese Freiheit *zumindest in der Theorie* in erreichbarer Nähe wissen, egal, ob ich sie dann wirklich aufsuche oder nicht. Also gib mir die Waffe. Und lass vor allem den Zimmerschlüssel hier.«

Larissay starrte mich noch ein, zwei Sekunden wortlos an, dann schmiss sie die Pistole aufs Bett und marschierte zur Tür. »Denk drüber nach, was du gerade gesagt hast. Das war nicht okay, egal, ob du depressiv bist oder nicht. Und um halb sieben fahren wir zu Melena«, sagte sie leise, dann fiel die Tür zu.

Fuck.

Das war ja mal ultimativ schiefgelaufen.

Ich hätte sie nicht anrufen sollen. Ich hätte mich einfach bis heute Abend um halb sieben mit Tabletten zudröhnen sollen und dann wäre das alles nie passiert. Ich hätte das alles nicht sagen dürfen. Ich hätte nicht diese Drohungen aussprechen dürfen, an die ich nicht mal mehr denken wollte. War ich nicht so froh gewesen, hier zu sein – und am Leben zu sein? Und sie da mit reinzuziehen, puh.

Irgendwie sehnte ich mich in die Wüste zurück, in die Zeit, als ich noch nicht wusste, was mit mir passieren würde – aber wo ich noch einen Drang zum Überleben hatte. Für den Jungen, der damals noch ein Fremder gewesen war. Der keine Ahnung gehabt hatte, dass wir ein Schicksal teilten.

Dann die Situation mit Melena. Rückblickend so absurd. Wie ich meine Waffe auf sie gerichtet hatte und wie sie so kaltblütig gesprochen hatte – wie sie mich auf einen Blick richtig eingeschätzt hatte.

Ich hatte sie nie wirklich gehasst, das hatte ich im Nachhinein verstanden. Dadurch, dass sie trotz meines Todesurteils Verständnis für meine Position gezeigt hatte, war sie quasi die erste Erwachsene gewesen, in deren Hände ich mein Leben vertrauensvoll gelegt hatte. Auch, wenn es verloren gewesen war.

Melena war der erste Mensch gewesen, in dessen Gegenwart ich wirklich *ich selbst* hatte sein können – ich hatte zuerst den Gedanken gehabt, dass sie meinen Abschiedsbrief gelesen hatte, aber später war mir klargeworden, dass gerade das die Offenheit zwischen uns ermöglichte. Keine beschönigten Erzählungen, sondern die harsche Wahrheit.

Und wegen mir lag Melena jetzt auf der Intensivstation.

Ich wählte Julix' Nummer. »Hast du Milo gesehen?«

»Milo backt mit meiner Schwester Plätzchen in der Küche. Eine riesige Sauerei, kann ich dir sagen. Wieso? Alles gut?«

»Alles gut«, sagte ich vage. »Wollte nur wissen, wo er ist.«

»Hey, Arianna … Du klingst nicht gut. Sollen Kalley und ich kurz vorbeikommen?«

Ich zögerte, dann gab ich nach. »Das wäre total lieb.«

»Okay. Zwei Minuten, ja?« Julix hatte aufgelegt.

Ich wusste, ich würde aufpassen müssen, was ich sagte. Ich konnte es mir nicht leisten, schlecht über Larissay zu reden. Ich *wollte* nicht schlecht über sie reden, das hatte sie nicht verdient. Aber ich wusste auch, dass ich mich selbst oft nicht einschätzen konnte und mir mal ein Wort zu viel rausrutschte.

Julix und Kalley betraten kurz darauf mein Zimmer.

Ich deutete zu den zwei Schreibtischstühlen. »Setzt euch ruhig.«

Julix zog die Stühle heran, während Kalley mich kritisch ansah. »Wie fühlst du dich?«

»Beschissen.« Ich grinste schief. »Aber ich spüre nicht mal die Wunde. Meine Probleme sind … anderer Art, wenn ihr versteht.«

»Nicht wirklich.« Kalley zog die Augenbrauen hoch. »Hängt es mit der Pistole auf deinem Schoß zusammen?«

»Im Entferntesten, ja.« Ich zögerte. »Ich habe mich mit Larissay gestritten und ich weiß nicht, ob wir das jemals wieder geregelt kriegen.«

»Mit *Larissay* gestritten?« Julix sah beinahe beeindruckt aus. »Das muss man auch erstmal schaffen.«

»Sie hat mir gute Vorlagen gegeben«, entgegnete ich bitter. »Nein, im Ernst – das Problem war, dass ich ihr eine Frage zu ehrlich beantwortet habe.«

»*Zu* ehrlich für Larissay, das geht?«

»Ich sollte versprechen, dass sie mir vertrauen kann, dass ich nicht alleine das Haus verlasse. Und da ich nicht weiß, ob ich das Versprechen halten kann, habe ich das so gesagt. War auch nicht richtig. Sie meinte, sie könne mir jetzt nicht mehr vertrauen, und ist gegangen. Ich wollte die Diskussion auflösen und habe sie gebeten, nochmal zurückzukommen, und von da an ging dann alles bergab. Sie ist bereit, mich quasi hier einzusperren für meine eigene Sicherheit, aber ich sehe nicht ein, meine Freiheit auch nur theoretisch in ihre Hände abzutreten – mal ganz unabhängig davon, ob ich tatsächlich alleine raus will oder nicht. Möglicherweise habe ich dann noch ein paar dumme Sachen gesagt …«

Stille. Julix und Kalley tauschten einen Blick, dann räusperte Julix sich. »Was hast du zu ihr gesagt?«

»Dass sie mit den Prinzipien eines Irrenhauses der Neunzehnhunderter arbeitet, indem sie die Patienten zu ihrer eigenen Sicherheit einsperrt. Und dass sie nicht besser ist als die Rebellen, die mir meine Meinungsfreiheit genommen haben. Und dass sie daran denken soll, was passiert ist, als ich bei den Rebellen war.«

»Du hast gesagt, du würdest dich umbringen, wenn du nicht alleine nach draußen darfst?« Kalley starrte mich verständnislos an.

»*Das* habe ich nicht gesagt. Zumindest nicht wörtlich. Ich habe nur gesagt, dass ich mir gerne alle Wege in die Freiheit freihalte. Und dann ist sie gegangen.«

»Arianna …« Kalley schüttelte den Kopf. »Da bist du in eine Sache reingeraten, wo du nicht mehr so leicht rauskommst.«

»Das ist mir durchaus klar.«

»Und trotzdem sehe ich eure beiden Standpunkte«, fügte Julix an. »Ich würde dich ungern tot sehen. Aber ich würde dich auch nicht einsperren wollen.«

»Bedeutet es ihr gar nichts, was ich denke und will?«, fragte ich leise. »Wenn selbst ihr versteht, was ich will?«

»Es bedeutet ihr eher *zu viel*.« Kalley zögerte. »Sie will dich um keinen Preis verlieren.«

»Aber –«

»Aber sie merkt nicht, dass sie dich eben auf einer menschlichen Ebene verliert, wenn sie dir deine Freiheit nimmt.« Kalley nickte. »Larissay ist ein sehr praktisch veranlagter Mensch. Sie versteht zwar Emotionen, aber sie ist eher auf der rationalen Seite, was Entscheidungen angeht.«

»Ich weiß. Und das bedeutet jetzt was genau?«

»Dass ihr aneinander vorbeiredet, ohne dass einer was dafür kann.«

»Cool.« Ich sank in die Kissen. »Und diese Person fährt heute Abend mit mir zu Melena. Das wird eine tolle Autofahrt.«

»Einer von uns kann gerne mitkommen«, bot Kalley an. »Ich denke, Emmy oder Phil werden auch dabei sein. Und Milo, wenn er will.«

Ich zögerte. » Ich halte es für kontraproduktiv mit seinem Trauma, wenn er Melena in einem schlechten Zustand sieht. Könnt ihr mir vielleicht erstmal sagen, was diese Arschlöcher ihr angetan haben?«

Kalley und Julix tauschten einen Blick.

»Nein«, sagte Kalley schließlich. »Wir wissen selbst nichts Genaues. Larissay weiß mehr, denke ich, weil sie ja mit den Ärzten in Kontakt steht. Aber, sagen wir es so – sie waren ziemlich rücksichtslos. Haben wohl nicht erwartet, dass Melena den heutigen Tag überlebt, so oder so.«

Ich wusste nicht, was ich sagen sollte. Ich sollte wohl schockiert sein oder erschrocken, aber irgendwie war ich einfach taub.

Wir schwiegen für einen Moment.

»Arianna, hör zu.« Kalley stütze die Arme auf die Knie und lehnte sich zu mir. »Larissay darf dich nicht einsperren, auf keinen Fall. Damit hast du völlig Recht. Aber du darfst solche Drohungen nie, *niemals* aussprechen, verstehst du? Du bist traumatisiert und depressiv, deswegen hast du sehr extreme Emotionen. Aber das entschuldigt keine Manipulation dieser Art. *Wenn du dies und jenes tust, bringe ich mich um.* Sowas ist unfair für alle Beteiligten.«

Scheiße, ja, aber –

»Wenn du nachher mit ihr ins Krankenhaus fährst, solltet ihr euch nochmal in Ruhe aussprechen«, fügte Julix an. »Denk dran: Du bist in einer psychischen Ausnahmesituation und das kann dir keiner vorwerfen, aber es ist auch keine

Entschuldigung für manipulatives Verhalten dieser Art. Ihr habt beide überreagiert.«

Ich wollte so sehr, dass dey Recht hatte, aber ich schaffte es nicht, mich in eine andere Position zu versetzen als meine.

»Danke euch«, sagte ich schließlich.

Und dann kam endlich der Schock.

Melena war auf der Intensivstation. Sie war eine gebrochene Frau, die ums Leben kämpfen musste. Und ich musste sie sehen.

Wie im Zeitraffer nahm ich wahr, dass ich zu weinen begann, Kalley mich sanft anstieß und ich in die Kissen sank. Jemand deckte mich zu und dann war ich eingeschlafen.

08 - Zum Krankenhaus

Wie hatte ich einfach einschlafen können?

Erschöpfung, diagnostizierte ich schnell, weil ich mir nichts anderes eingestehen konnte oder wollte. Keine Realitätsflucht, ganz sicher nicht. Ich blinzelte. Ich war allein. Und zum ersten Mal seit Wochen fühlte ich mich auch wieder so.

Dann klopfte jemand.

»Herein«, murmelte ich, meine Stimme brüchiger als geplant.

Larissay.

»Bist du bereit? Wir fahren gleich.«

Wie konnte sie so gleichgültig sein, als wäre nichts passiert? Ich war mir nicht sicher, ob das ein Talent war oder etwas, das mir Angst machen sollte.

»Zwei Minuten«, gab ich zurück, nicht halb so gleichgültig wie sie. Ich konnte ihr nicht mal mehr in die Augen sehen – zum Glück wandte sie sich wortlos ab, als ich mir eine weite Jeans aus dem Schrank holte und sie gegen die Jogginghose tauschte. Wirklich stehen konnte ich immer noch nicht. Schließlich hatte ich mich auch in meine Stiefel gezwängt. »Fertig.«

Larissay deutete wortlos auf die Waffe, die ich auf dem Bett liegen gelassen hatte, und ich steckte sie ein. Ich war mir nicht sicher, was ihre Intention war – ernsthafte Sorge oder Ironie?

»Komm.« Sie streckte den Arm aus.

Ich starrte sie an. *Du erwartest doch nicht ernsthaft, dass ich mir von dir helfen lasse, nach allem –?*

Doch, scheinbar tat sie genau das. Und zwar ziemlich ungeduldig. Wenn ich Melena sehen wollte, hatte ich keine andere Wahl.

Ich hakte mich bei Larissay unter und wir machten uns auf zum Aufzug.

Das hätte ich auch alleine geschafft, versuchte ich mir einzureden – was natürlich Unsinn war. Würde ich mein Bein auch nur eine Millisekunde länger belasten, würde ich zusammenbrechen. Denn langsam kamen auch die Schmerzen dazu. *Fuck.*

In der Tiefgarage verließen wir den Aufzug.

Niemand war zu sehen, und mich beschlich ein ungutes Gefühl. »Wo sind die anderen?«

»Es gibt keine anderen.«

»Wie? Was ist mit deiner Mutter?«

»Melena Travino wünscht aktuell nur dich zu sprechen.« Zum ersten Mal zeigte Larissay eine Emotion – Bitterkeit. War sie neidisch? Oder war sie eher frustriert, dass ihr Leben durch mich so umständlich geworden war? Selbst schuld.

Sie brachte mich zur Beifahrertür eines mir sehr vertrauten Autos.

»Jetzt ist aber mal gut«, protestierte ich. »Das ist *mein* Fluchtwagen, und den fahre ich gefälligst selbst!«

»Das glaube ich nicht.« Larissay ging in aller Seelenruhe um den Wagen herum und öffnete die Fahrertür. »Mit deinem Bein kannst du ja nicht mal ein Pedal bedienen!«

Wir hätten jedes andere Auto nehmen können – hier standen dutzende. Dass Larissay jetzt ausgerechnet dieses ausgewählt hatte, zeigte mir, dass sie keinen Deut besser war als ich. Dieselben Machtspielchen. Es war ähnlich wie damals mit Melena – aber Melena und ich hatten fair um Überlegenheit

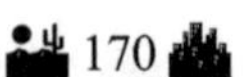

gekämpft. Keiner hatte sich Schwächen der jeweils anderen zunutze gemacht. Larissay nutzte aber ganz klar meine Verletzung aus, um mich zu bevormunden. Es fiel mir schwer, aber langsam begann ich, sie zu verachten. Sie wusste genau, an welchen Stellen es am meisten wehtat.

»Jetzt setz dich endlich, sonst kommen wir zu spät! Die haben nur bis halb acht Besuchszeiten!«, drängte sie und ich ließ mich seufzend auf den Beifahrersitz fallen.

Larissay steuerte das Auto aus der Tiefgarage und ich blickte demonstrativ aus dem Fenster rechts von mir. Vorbei an den inzwischen so vertrauten Häusern, völlig frei von möglichen Feinden.

Nein, das war Unsinn. Natürlich waren die Sorgen der anderen berechtigt. Aber hatte ich wirklich überreagiert? Ich war mir nicht sicher.

Ich wandte den Kopf. »Wohin fahren wir?«

»Ins Krankenhaus natürlich.«

»Das ist der falsche Weg.« Meine Stimme zitterte unwillkürlich. Larissay *wusste*, dass das hier nicht der Weg war, den man gewöhnlich nahm, wenn man zum Krankenhaus wollte. Und sie war nicht der Typ für sinnlose Umwege, um Verfolger abzuschütteln.

»Ich weiß.« Sie klang gleichgültig.

»Also?«

»Ich weiß«, wiederholte sie nur und blickte stur nach vorne.

»Larissay«, kreischte ich beinahe hysterisch und krallte die Finger ins Polster des Sitzes. *»Wohin bringst du mich?«*

Sie riss mit quietschenden Reifen das Lenkrad herum und steuerte das Auto mitten auf einen öffentlichen Parkplatz, dann packte sie mich am Handgelenk. »Dorthin, wo wir ungestört reden können. Ohne, dass du abhauen kannst.«

Klick. Die Zentralverriegelung war aktiviert.

Und ich würde in maximal fünf Minuten eine Panikattacke bekommen.

»Was willst du von mir?«, flüsterte ich.

»Antworten.«

»Ich habe dir nichts als die Wahrheit gesagt«, protestierte ich verzweifelt. »Du hast alle Antworten, die du willst!«

»Sei ehrlich«, entgegnete sie, ohne auf meinen Protest einzugehen. »Wie weit würdest du gehen, um das Leben einer anderen Person zu schützen?«

»Das weißt du ganz genau.« Ich wollte ihre Hand abschütteln, aber sie ließ es nicht zu. Die Wände des Autos rückten einen Zentimeter auf mich zu. »Bis ins Grab.«

»Wieso zur Hölle zwingst du uns dann, dasselbe für dich zu tun?!«

»Das habe ich doch nie –«

»Du willst dich in Gefahr begeben und wir sind diejenigen, die dich dann retten müssen. Und dabei unser Leben riskieren.«

»Ich habe euch nie gezwungen, mich zu retten! Ich wollte Melena retten und Milo beschützen, und hätte für die beiden mein Leben gegeben! Niemand hat je gesagt, dass ihr euch einmischen sollt!«

»Wir sind uns ähnlich, Arianna«, begann Larissay, aber ich schnitt ihr das Wort ab. »Kein bisschen sind wir uns ähnlich! Ich kenne die Wahrheit! Du hast nicht mal den Mut gehabt, zu schießen! Wie willst du dein Leben für jemanden geben, wenn du nicht mal ein Leben nehmen kannst? *Milo* hat schneller gehandelt als du!«

»Und das findest du gut?«, fragte Larissay leise. »Dass dein zehnjähriger Bruder Menschen getötet hat, um dich zu retten?«

»Es ist besser, als wenn er sich geopfert hätte, oder? Und wenn du sagst, du würdest dich für mich in Gefahr begeben, was meinst du dann, wenn du nicht mal schießen kannst?«

Larissay blickte mich ernst an. »Das steht nicht zur Debatte –«

»Natürlich steht das zur Debatte, genau darum geht es doch!« Zum ersten Mal hatte ich wieder das Gefühl, die Oberhand zu gewinnen. Ob das gut war, war eine andere Frage, aber es gab kein Zurück. »Larissay, wenn du sagst, dass ich dein Leben riskiere – riskierst du es nicht selbst, wenn du einzugreifen versuchst? Ich zwinge dich nicht zum Eingreifen. Ich bin selbst schuld, also könntest du deine Finger bei dir behalten. Und trotzdem willst du in einer zukünftigen Problemsituation mein Leben retten?«

»Muss ich dir beweisen, dass ich eine Waffe bedienen kann?«, fauchte Larissay und riss mir meine Pistole aus der Hand, um sie auf mich zu richten.

Für den Bruchteil einer Sekunde hatte ich das Gefühl, ich säße einem zweiten Ich gegenüber. Ich hatte nicht mal Angst. Nur Verständnis. Leider nur Verständnis.

Ich wusste, ich müsste sie hassen. Es war toxisch, vielleicht psychopathisch, in einer verzweifelten Situation zur Waffe zu greifen. Aber ich war ja kein bisschen besser. Ich war genauso. *Wir sind uns ähnlich.*

Nur war ich ein, zwei Mal einen Schritt weiter gegangen. Denn es blieb dabei – Larissay hatte Angst vor dem Töten. Und irgendwie respektierte ich sie dafür.

Für ein paar Sekunden saßen wir schweigend in diesem alten Fluchtwagen und ich blickte in den Lauf der Waffe, wartete ab, ob nicht doch noch irgendein Gefühl, wenigstens ein Nervenkitzel auftreten würde. Worauf Larissay wartete, wusste ich nicht so genau.

Dann tastete ihre freie Hand nach meiner und unwillkürlich schloss ich meine Finger um ihre. Larissay brach unter der Berührung zusammen, warf mir die Waffe in den Schoß und begann zu weinen.

Wow – waren diese random Breakdowns nicht eigentlich mein Job?

Ich hatte noch nie jemanden getröstet, der nicht der Altersgruppe »kleiner Bruder« entsprach (und selbst bei Milo war meist das Gegenteil der Fall gewesen), deswegen blieb ich einfach still sitzen und hielt ihre Hand.

Ich hasste die Berührung. Ich hasste die Tatsache, dass ich immer noch in diesem scheiß Auto eingesperrt war. Dass ich nicht längst bei Melena war. Und dass Larissay so war, wie sie eben gerade war. Oder vielleicht eher die Tatsache, dass ich nicht mit der Situation umgehen konnte. *Dass ich so war, wie ich war.* Ich wusste, dass es rational falsch war, was ich gesagt hatte, aber die Gefühle waren da und ich schaffte es nicht, sie für mich zu behalten.

Nach einigen Minuten zog sie ihre Hand zurück, wischte sich übers Gesicht und startete den Motor des Autos. Ohne ein weiteres Wort fuhr sie zurück auf die Hauptstraße und irgendwie auf den vertrauten Weg Richtung Krankenhaus.

»Parkplatz«, sagte ich schließlich und deutete auf eine freie Lücke vor dem Krankenhaus. »Und sitzen bleiben.«

Dieses Mal war ich diejenige mit der Waffe, aber es war mehr eine Sache des Prinzips. Wobei dieses Prinzip an sich schon erschreckend genug war.

»Was willst du?«, fragte sie leise. »Reicht es dir nicht, dass du mich weinen gesehen hast?«

»Reichen?«, fragte ich langsam. »Ich will dich nicht demütigen, Larissay. Ich will nur nicht, dass du *mich* demütigst. Und das tust du, indem du mir meine Freiheit nimmst.«

»Zu deiner eigenen Sicherheit.«

»Scheiß auf die Sicherheit. Im Ernst – findest du das *gut*?«

»Gut oder nicht, jedenfalls notwendig.«

»Ich bin zweiundzwanzig Jahre alt, Larissay. Wenn ich sterbe, ist das ganz allein mein Problem. Meinst du nicht, ich sei inzwischen alt genug, um festzustellen, ob es sicher oder unsicher ist, alleine vor die Tür zu gehen? Du hast keine Ahnung, welche Situationen ich bei den Rebellen schon erlebt habe, dagegen ist selbst eine Überraschungsattacke harmlos!«

»Verstehst du nicht?«, fragte Larissay leise. »Es ist nicht dein Problem. In allererster Linie ist es *nicht* dein Problem, weil du dann nämlich *tot* bist und dich nicht mehr mit den Folgen auseinandersetzen musst! Du musst nicht um jemanden trauern, den du geliebt hast! Du musst nicht alle trösten, die dich vermissen! Du musst dich nicht mit dem Staat rumschlagen, weil du bewiesenermaßen eine Staatsfeindin beherbergt hast! Du ziehst ganz einfach den Kopf aus der Schlinge an Problemen, die dann auf die Leute zukommt, denen du wirklich etwas bedeutest! Ich will dich nicht einsperren, Arianna, ich will nur, dass du nicht ganz so gleichgültig mit deinem Leben umgehst. Ich weiß, dass du verstanden hast, dass es nicht so sinnlos ist wie damals bei den Rebellen. Also zeig das doch auch bitte!«

Ich seufzte tief. Mir war klar, dass sie Recht hatte, aber zwischen uns war zu viel passiert, als dass ich das jetzt einfach so eingestehen konnte. Und sie hatte immer noch kein Recht dazu, mich einzusperren.

»Wenn du mich doch so gut kennst«, gab ich langsam zurück. »Dann müsstest du doch auch verstehen, dass ich nicht leichtsinnig bin. Dass fünfundneunzig Prozent aller Witze, die ich übers Sterben mache, eben das sind: Witze, dumme Sprüche, sonst nichts. Und dass ich nicht blindlings auf die Straße rennen werde. Ich hatte gedacht, du würdest verstehen, dass ich mich nur mit einem guten Grund in riskante Situationen begebe. Und ja, vielleicht ist ein guter Grund für mich nicht gerade ein guter Grund für dich. Vielleicht hast du es nicht nötig, ab und zu einfach nachts ziellos durch die Straßen zu rennen, um deinen Gedanken zu entfliehen. Ich weiß nicht, was du in deinem Leben so durchgemacht hast, aber ich persönlich brauche meine Freiheit, sonst werde ich verrückt. Deswegen ist das ein guter Grund. Aber nur, weil es ein guter Grund ist, bin ich doch trotzdem nicht unvorsichtig! Ich bin jahrelang fürs Überleben trainiert worden. Ich weiß tausendmal besser als du, wie man auf diesen dreckigen Straßen da draußen überlebt.« Mein Mund war ganz trocken vom vielen Reden. »Und wenn du mir nicht versprichst, mich niemals einzusperren, dann werde ich nicht wieder mit dir zurückkommen. Ist vielleicht das Beste für uns beide. Vergiss mich, dann brauchst du dir keine Sorgen um mich zu machen. Ich komme klar.«

»Du kannst nicht mal alleine laufen«, entgegnete Larissay trocken.

»Dann brauchst du dir ja auch keine Sorgen zu machen, dass ich mich in Gefahr bringe.«

Für ein paar Sekunden starrten wir uns an, dann brachen wir in Lachen aus. Einerseits hasste ich es, wirklich. Ihr Lachen war so ansteckend. Ich wollte das nicht. Nicht in dieser Situation. Nicht, wo ich sie doch eigentlich hassen müsste. Aber andererseits – vielleicht hatte sie jetzt verstanden. Vielleicht hatten wir beide die Ernsthaftigkeit abgelegt, weil wir uns jetzt einig waren.

»Steck die Waffe weg«, sagte sie schließlich. »Lass uns reingehen.«

Wir liefen über den spärlich beleuchteten Parkplatz auf das riesige Gebäude zu, dessen wenige helle Fenster beinahe bedrohlich wirkten. Langsam begannen die Schmerzmittel zu wirken, die ich vor der Abfahrt genommen hatte, und das Laufen fiel mir leichter.

Unsere Konversation hallte weiterhin in meinem Kopf nach und ich wusste, ich würde heute Nacht nicht normal schlafen. *Zumindest die Tabletten hat sie mir noch nicht verboten,* dachte ich bitter, und dann fiel mir auf, dass Larissay wahrscheinlich einfach nichts davon wusste. Ich hatte zumindest noch nie mit ihr darüber gesprochen und die letzten hatte Milo … besorgt. Wie auch immer er das gemacht hatte. Aber es war nicht unwahrscheinlich, dass Larissay nichts davon wusste.

Und das war auch besser so.

Ich hielt die schwere Eingangstür für sie auf und wir betraten die Lobby.

Eine Frau sah uns fragend an.

»Arianna«, sagte Larissay und scheinbar war das das Codewort gewesen. Die Frau nickte und wies zum Aufzug. »Null-Sieben-Dreiundneunzig.«

Stock sieben, Zimmer 93?

Larissay nickte ebenfalls und stieß mich an. Ich tappte Richtung Aufzug und sie drückte auf die Sieben. Der Aufzug war unglaublich langsam und ich ließ mich auf den Boden sinken, den Rücken gegen die Wand.

»Und? Wie fühlt es sich an, eingesperrt zu sein?«, fragte Larissay spitz.

»Ich hätte lieber die Treppe genommen, danke der Nachfrage.«

Ironischerweise waren Aufzüge wirklich eine meiner größten Phobien gewesen, bevor mir mein Leben egal geworden war. Inzwischen wusste ich, im Gegensatz zu einem Leben bei den Rebellen war ein Aufzug nur temporär. Blieb man stecken, dauerte es nur soundso viele Stunden, bis man befreit wurde, und solange war man sogar sicher. Aufzüge konnten nicht abstürzen.

»Ernsthaft?«

»Nein.« Ich verschränkte die Arme.

Sie schwieg.

Der Aufzug hielt an und wir betraten den siebten Stock. Die Intensivstation.

Ein Pfleger empfing uns, blickte mich kurz kritisch an und befand dann vermutlich, dass ich der Beschreibung entsprach, die irgendwer ihm gegeben hatte. Und Larissay kannte er mit Sicherheit sowieso.

Larissay griff nach meiner Hand, als wir den Flur entlangliefen, aber ich brachte es nicht übers Herz, sie abzuschütteln. Ich brauchte ihre Hand nicht. Ich brauchte keinen, der mich stützte – zumindest nicht, wenn diese Person mich bevormunden wollte.

»Melena!« Ich stolperte in den Raum, als der Pfleger die Tür öffnete. »Melena!«

Sie hob nicht einmal den Kopf. Es brach mir das Herz, sie so zu sehen – so schwach, verletzt, hilflos, gebrochen. Diese Frau, die einst meine größte Feindin und dann mein größtes Vorbild gewesen war.

Sie war es immer noch, sagte ich mir hastig. Ich bewunderte sie immer noch.

»Melena …« Ich trat an ihr Bett und griff vorsichtig nach ihrer Hand. Eine Infusion führte von ihrem Handrücken zu einer Flasche über ihrem Bett, ein breiter Verband war um ihren Kopf gewickelt und auf ihren Wangen prangten Schnittwunden.

»Was haben sie dir angetan?«, flüsterte ich.

Ihre Augenlider flatterten. »Arianna?«

»Ich bin da«, wisperte ich.

»Arianna.« Sie hustete. »Gut, dass du da bist. Wir müssen reden. Alleine.«

Ich blinzelte erstaunt. Ihre entschlossene Stimme klang verwirrend stabil und widersprüchlich zu ihrem physischen Zustand.

»Schon gut.« Larissay nickte und folgte dem Pfleger nach draußen. Die Tür fiel ins Schloss und ich hockte mich neben ihr auf die Bettkante. »Worüber müssen wir reden?«

»Über das, was passiert ist.« Sie zögerte. »Ich erinnere mich nicht an alles. Sie haben mich auf der Straße abgefangen. Deine Leute. Deine *ehemaligen* Leute. Beige Kleidung. Sie haben Dinge getan … ich weiß nicht. Ich will mich nicht erinnern. Und dann warst du da.«

»Ich war da, ja. Sie haben gedroht, dich sonst umzubringen.«

»Natürlich musstest du da eingreifen.« Sie lachte rau und bitter. »Musstest die alte Frau retten und dein junges Leben geben. Ich hätte es nicht anders gemacht.«

»Aber ich habe versagt. Die anderen mussten uns retten. Milo … Milo hat Leute erschossen, weil Larissay es nicht konnte.«

»Der Junge hat Potential. Aber ich glaube nicht, dass das schlecht ist.« Sie lächelte schwach. »Diese Welt ist keine leichte. Es ist gut, wenn wir darauf vertrauen können, dass er im Notfall alleine zurechtkommt. Vielleicht müssen wir uns tatsächlich mehr Sorgen um die *TF* machen und die Leute, die nicht mit Mord und Totschlag aufgewachsen sind.«

»Larissay zum Beispiel?« *Larissay, die gedroht hat, mich einzusperren?* Die Worte lagen mir auf der Zunge, aber ich konnte sie nicht sagen. Vielleicht war es doch mehr eine Sache zwischen ihr und mir.

»Sie alle. Diejenigen, die sich für uns in Gefahr bringen würden und sich dabei nur selbst gefährden.«

»Was willst du tun?«

»Ich weiß nicht. Vielleicht schulden wir ihnen ein paar Lektionen in der Theorie des Tötens. Immerhin sind sie nur durch uns in die Not geraten, handeln zu müssen.«

»Ich will nicht eine zweite Organisation in den Waffenwahn abrutschen sehen«, widersprach ich vorsichtig. »Die *TF* ist eine friedliche Gruppe. Wir drei sind auf uns allein gestellt, was Selbstschutz angeht.«

Melena legte den Kopf schief, soweit es ihre Halskrause zuließ. »Wie du meinst.« Sie zögerte. »Ich erinnere mich nicht daran, wie ich hierhergekommen bin. Larissays Leute meinten, du wärst verletzt. Aber nicht, weil du Unsinn gemacht hast, oder?«

Ich wusste genau, worauf sie anspielte. Sie erinnerte sich wohl doch an ein paar Dinge. »Ich habe mir nichts angetan, keine Sorge. Destiny Miller hat mich als Feigling bezeichnet, deshalb habe ich stattdessen *sie* erschossen. Dann ist der Staat aufgetaucht, mit der Richterin an der Spitze. Alice Lessing. Es ist eine riesige Schießerei ausgebrochen und ich wollte dich nach draußen bringen, aber dann wurde ich auch angeschossen. Am Oberschenkel. Und dann haben Milo und die *TF* scheinbar alle Leute mit Lachgas außer Gefecht gesetzt und uns nach draußen geschleppt. Larissay meinte später, es wäre nötig gewesen, dich hierher zu bringen.«

»Das war es wohl.« Sie grinste schief. »Ich erspare dir die Details. Ich will nur wissen: Geht es dir gut? Du weißt schon – mental.«

Ich dachte lange über eine gute Antwort nach. »Es ist nicht geil«, sagte ich dann vage. »Könnte besser sein. Könnte aber auch schlimmer sein, denke ich.«

»Bleib am Leben.« Sie drückte meine Hand. »Für alle, denen du etwas bedeutest.«

»Melena …« Ich zögerte. »Du wirst überleben, oder?«

Sie lächelte vorsichtig.

»Melena?!«

»Ich gebe mein Bestes, keine Sorge.«

Aber die Art, wie ihre Stimme heiser geworden war, gab allen Grund zur Sorge.

»*Was ist passiert*?«, hakte ich erneut nach.

»Ich habe innere Blutungen«, wich sie aus. »Und äußere. Eine Gehirnerschütterung, mindestens. Und psychische Folgen. Ich weiß *wirklich* nicht mehr alles, was passiert ist.«

»Na super.« Ich schüttelte bitter den Kopf. »Mann, Melena, du kannst doch jetzt nicht einfach sterben!«

Sie schnaubte belusigt. »An einer Gehirnerschütterung?«

»An den *inneren Blutungen!*«

»Ach was, das wird schon wieder, ja?« Sie drückte meine Hand. »Zu Weihnachten bin ich wieder bei euch.«

»Das ist übermorgen.«

»Mir egal. Ich bleibe nicht im Krankenhaus, während ihr Weihnachten feiert!«

»Und wenn es das Letzte ist, was du tust«, fügte ich trocken an. »Melena …«

»Du solltest jetzt wieder gehen. Ich will schlafen.«

»Melena –«

»Pass auf Milo auf«, flüsterte sie. »Und Larissay. Sie werden die ersten sein, wenn es zu einer neuen Attacke kommt.«

»Oder du. Bist du hier wirklich sicher?«

»Larissay sagt das.« Melena lächelte schwach. »Ich weiß es nicht. Noch ein Grund mehr, bald wieder bei euch zu sein.«

»Du liegst auf der Intensivstation.«

»Vielleicht morgen nicht mehr. Und von da ist es nur noch ein Schritt zur Entlassung.«

»Wie du meinst. Ich werde dich nicht zwingen, hier zu bleiben. Wenn du verreckst, ist das dein Problem.«

»Sehe ich genauso.« Sie grinste. »Schön, dass wir uns da einig sind.«

Larissay tauchte auf, nahm mich sanft am Arm und führte mich nach draußen, ohne dass ich eine Chance hatte, mich von Melena zu verabschieden.

»Was sollte das jetzt?«, fauchte ich, als wir im Aufzug waren.

»Menschen sind hier im Gebäude. Menschen, denen wir nicht begegnen sollten.«

»Toll«, murmelte ich. »Die sind überall. Und?«

»Du kannst nicht im Krankenhaus eine Gruppe Soldaten umbringen.«

»Wirst du mich aufhalten?« Ich hielt ihren Blick.

»Was, wenn?« Larissay sah mich ernst an. »Mord kann nicht deine Dauerlösung sein.«

»Würdest du bitte meine mentalen Probleme da drinnen lassen?!« Ich tippte mir gegen die Stirn. »Das war ein Grund, warum ich nicht mehr leben wollte. Weil ich nichts mehr in mir gesehen habe als ein Monster. Und es wäre schön, wenn du mich nicht daran erinnern würdest.«

»Was, wenn es die Wahrheit ist? Du tötest. Ständig.«

»Weil ich überleben will!« Verzweifelte Tränen brannten in meinen Augen. »Was soll ich tun, mich erschießen lassen?«

»War das nicht der Plan heute Mittag?«

»Jetzt reicht's.« Ich riss ihr den Autoschlüssel aus der Hand. »Noch ein Wort und du läufst.«

Sie schwieg.

Das Schlimmste war, dass sie mit jedem Wort Recht gehabt hatte.

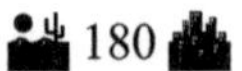

09 – Fluchtwagengespräche

Ich fuhr wahrscheinlich viel zu schnell, aber ich wollte unter keinen Umständen länger als nötig im selben Auto wie Larissay sitzen. Ich hatte mich so in ihr getäuscht. Wieder und wieder. Sie war nicht wie Melena, denn Melena hatte nie das Ziel gehabt, mich zu verletzen.

Ich vermisste sie so sehr – die Person, die sie gewesen war, bevor *heute* passiert war. Bevor sie eine gebrochene Frau geworden war.

Und als ich lange genug nachgedacht hatte, verstand ich Larissay endlich. Ihre Logik und ihre Art zu handeln. Eigentlich war es ganz einfach – ich wusste nur nicht genau, wie sie auf eine Konfrontation reagieren würde.

»Weißt du was?«, fragte ich ruhig, als wir mit knapp hundertzwanzig Sachen durch die Stadt fuhren.

»Wir werden sterben, weil du gegen eine Wand rast?«

»Korrekt.«

»*Was*?!«

»Könntest du mich aufhalten?«

»Nein. Ich habe Angst vor dir.«

»Manchmal ist es besser, die Wahrheit einfach nicht zu sagen. Insbesondere im Streit. Denn die Wahrheit im Streit ist oft eine Lüge im Frieden. Ist oft etwas, das du zu sagen vermeiden würdest, weil du jemanden nicht verletzen willst.«

Sie schnaubte. »Es verletzt dich, dass ich Angst vor dir habe?«

»Du hast keine Angst vor mir.«

»Du hast gerade gesagt –«

»Du weißt genau, dass du das nicht ernst gemeint hast, Larissay. Im Gegensatz zu den Sachen, die du im Aufzug gesagt hast. Du wusstest genau, dass das die Wahrheit war, und du hast es gesagt, weil du mich verletzen wolltest.«

»Ich –«

»Vielleicht ist es besser, wenn du gar nichts mehr sagst.«

Sie legte entkräftet die Hände aufs Armaturenbrett und klackerte mit den Fingernägeln darauf herum. »Vielleicht wäre es besser gewesen, wenn wir uns nie kennengelernt hätten.«

»Das ist wahr. Aber wir können es nicht rückgängig machen. Also entweder wir reißen uns beide zusammen und schenken einander Freiheiten oder ich gehe.«

Stille.

Ihre Hand schwebte kurz über meiner am Schaltknüppel, dann zog sie sie wieder weg. »Ich will nicht, dass du gehst.«

»Das habe ich mir gedacht. Ich glaube, du versuchst, mich zu provozieren, damit ich dir eine Seite von mir zeige. *Irgendeine.* Du hasst die Gleichgültigkeit, die ich habe. Die gleichgültige Haltung zu meinem Leben und zu dir.«

»Ich —«

»Du musst verstehen, es ist keine Bosheit. Keine Absicht. Sondern ein Schutzmechanismus. Wenn ich keine Bindungen eingehe, können auch keine zerstört werden.«

»Du bist doch auch bei Julix und Kalley.«

»Die wollen mich auch nicht einsperren.« Ich zögerte. »Das Verhältnis zwischen den beiden und mir im Vergleich zu dir und mir war schon immer anders. Weil du tatsächlich Angst vor mir hast, aber anders, als du eben meintest. Nicht physisch, sondern psychisch. Du hast Angst davor, mich nicht zu kennen. Mich nicht einschätzen zu können. Du hattest Angst, ich als ehemalige Rebellin würde dir den Rang als Anführerin der *Tender Freedom* ablaufen. Dass die Leute eher auf mich als auf dich schauen und hören würden, weil ich ganz andere Erfahrungen gemacht habe als du. Und tief in dir drinnen hast du Angst, mich zu verlieren, obwohl du mich nie hattest. Vor allen Dingen aber hast du Angst, dass du mir egal wärst.« Ich lenkte eine scharfe Kurve Richtung Tiefgarage. »Bist du aber nicht.«

»Das scheint mir nicht so.« Sie lachte bitter. »Bei deinem Fahrstil.«

Ich parkte das Auto und fing ihren Blick auf. »Du meinst: *Das scheint mir nicht so. Bei der Art, wie du mich wie Dreck behandelst.* Und warum das so ist, habe ich dir erklärt. Die Verbindung zwischen uns – würden wir sie zulassen – wäre ganz anders. Leidenschaftlicher. Wilder. Wettkämpferischer. Gefährlicher, vielleicht. Und deswegen habe ich Angst, dich näher an mich ranzulassen. Weil es auf eine andere Art wehtun würde, dich zu verlieren. Im Streit, im Tod, wie auch immer.«

Larissay griff nach der Tür, aber ich schaltete die Zentralverriegelung ein. »Dir geht es genauso. Sonst würdest du nicht versuchen, jetzt zu fliehen.«

Sie drehte sich langsam zu mir um. »Und wenn das die Wahrheit ist?«

»Wir müssen uns entscheiden. Zusammen, oder im Streit.«

Sie sah mich lange an.

»Ich bin offen«, sagte ich schließlich leise. »An diesem Punkt wollen sie sowieso alles und jeden, der mir lieb ist. Und ob wir dabei zusammen sind oder nicht – macht es noch einen Unterschied? Es wäre weniger schmerzhaft, wenn sie uns im Streit töten würden. Aber dir scheint einiges daran zu liegen, mich zu verletzen.«

»Vielleicht.« Larissay ließ die Hand vom Türgriff sinken und fing meinen Blick auf. »Ich hasse dich, Arianna Travino.«

Ich atmete auf und lächelte ihr leicht zu. »Ich hasse dich auch, Larissay Cardinale.«

Sie erwiderte das Lächeln. »Also … kein Streit mehr?«

»Klare Regeln«, erwiderte ich. »Ich brauche meine Freiheiten. Und du doch sicher auch.«

»Du wirst mich nicht mehr los«, entgegnete sie mit einem leichten Grinsen. »Wenn du dich einmal auf mich eingelassen hast, wirst du merken, dass ich unglaublich nervig und anhänglich bin.«

»Ich freue mich darauf.«

Über unseren Köpfen ging die Innenbeleuchtung des Autos aus.

»Sollen wir reingehen?«, fragte Larissay.

»Ach …« Ich grinste. »Jetzt, wo es gerade gemütlich wird?«

»Auch wieder wahr.« Larissay räusperte sich. »Genug Small Talk. Ich will nicht länger warten.«

Sie streckte die Hand aus, legte sie in meinen Nacken und zog mich zu sich. Und dann küssten wir uns.

»**W**ie schrecklich klischeehaft«, murmelte ich später, als wir im Aufzug standen.

»Richtig cringe.« Larissay grinste. Sie hatte nicht ein einziges Mal aufgehört zu grinsen, seit wir uns ins Gesicht gesagt hatten, wie sehr wir uns hassten. »Wem sagen wir es?«

»Lass uns einfach abwarten, wann sie es merken.« Ich lachte kurz. »Wobei, wahrscheinlich waren wir beide mal wieder die letzten, die es gemerkt haben.«

»Typisch.« Sie lachte mit, dann zögerte sie. »Ich habe heute ein paar Sachen gesagt … die waren nicht ganz fair.«

»Ich weiß. Ich erst recht, befürchte ich.«

»Ich glaube, du weißt genau, wie ich das alles gemeint habe. Deine Psychoanalyse war erstklassig. Aber trotzdem – ich will nochmal explizit sagen, dass ich das alles nicht böse gemeint habe. Ich war verzweifelt. Ich wollte nicht, dass du in dein Verderben rennst, und dabei habe ich völlig ausgeblendet, dass du einen eigenen Verstand hast und selbst entscheiden kannst, ob eine Situation sicher ist oder nicht. Zumal du Recht hast. Du bist kein bisschen sicherer, wenn du mich an deiner Seite hast. Ich – ich habe ja heute Morgen total versagt. Ich wollte dir das Leben retten und ich habe versagt. Ich – es tut mir leid, ja?«

»Schon gut.« Ich rang mir ein Lächeln ab. »Mir tut es leid, dass ich dich vor diese bescheuerte Wahl gestellt habe. Das war echt unfair und manipulativ. Und noch was: Ich will gar nicht, dass du für mich tötest. Ist schon schlimm genug, dass Milo es tut, da musst du es nicht auch noch tun.«

»Danke. Beim nächsten Mal werde ich es besser machen, versprochen.« Sie zog mich aus dem Aufzug in den Flur. »Was hat Melena zu dir gesagt?«

»Nichts Gutes.« Ich seufzte tief. »Sie hat innere Blutungen und hofft nur, dass sie es irgendwie überlebt. An Weihnachten will sie bei uns sein. Um jeden Preis.«

»Die ist ja schlimmer als du.« Larissay grinste, dann wurde sie wieder ernst. »Ich hoffe nur, meine Leute können sie lange genug versteckt halten.

Keine Ahnung, ob wir uns hier im Haus ausreichend um sie kümmern könnten. Im Zweifel müssen wir einen Arzt von unserer Seite im Krankenhaus abziehen und halt hier weiterbezahlen. Wird nicht einfach, wäre aber möglich, hoffe ich.«

»Ich hoffe nicht, dass wir in die Situation kommen«, murmelte ich. »Sie muss einfach schnell wieder gesund werden.«

»Du auch.« Larissay tippte auf die Wunde an meinem Oberschenkel. »Wie zur Hölle bist du so Auto gefahren?!«

»Ich habe schon ganz andere Sachen mit schlimmeren Verletzungen gemacht.« Das war ein bisschen übertrieben, aber Autofahren war tatsächlich einer meiner kleineren Stunts gewesen.

Wir hatten mein Zimmer erreicht. Ich suchte noch nach dem Schlüssel in meiner Hosentasche, aber Larissay drückte probeweise die Klinke herunter und die Tür ging auf. Milo war also hier – er und Larissay waren die einzigen, die einen Schlüssel hatten. Er, weil ich ihm vertraute und er manchmal nachts zu mir kam, wenn er Albträume hatte, und Larissay, weil sie die Notfallschlüssel für das ganze Haus verwaltete.

Milo saß an meinem Schreibtisch und drehte sich um, als wir reinkamen. »Ihr habt das Abendessen verpasst.«

»Das ist unsere kleinste Sorge, glaube ich.« Larissay sah ihn mitfühlend an.

»Ich will es nicht hören. Noch nicht.« Er warf mir einen bittenden Blick zu und ich nickte. Ich würde ihm nachher schonend, Fakt für Fakt, alles über meinen Besuch bei Melena erzählen. Und vielleicht noch ein, zwei Dinge über Larissay.

»Soll ich noch kurz bleiben?«, fragte Larissay und führte mich zum Bett. »Brauchst du noch irgendwas? Schmerzmittel? Einen neuen Verband?«

»Ich melde mich. Wollen wir uns in einer halben Stunde im Essenssaal treffen?«

»Ich bring dir was hoch, dann musst du nicht noch mit deinem Bein durchs ganze Haus laufen.«

Und das Angebot nahm ich tatsächlich an, obwohl sie mich wieder bevormundet hatte. In einer halben Stunde würde sie wiederkommen, sagte sie noch, dann fiel die Tür ins Schloss.

Milo legte den Kopf schief. »Julix und Kalley haben mir da ganz andere Sachen über euch erzählt.«

Julix und Kalley. Denen musste ich noch Bescheid sagen, bevor sie Larissay auf irgendwelche Dinge ansprachen, die längst geklärt waren.

»Sekunde«, murmelte ich ihm also zu und schrieb Julix eine Nachricht, dass die beiden bald vorbeikommen sollten.

Zwei Minuten später standen sie in meinem Zimmer.

»Gibt es … Neuigkeiten?« Julix zog die Augenbrauen hoch.

»*Neuigkeiten*, ja. Wir haben unseren Streit … mehr oder weniger friedlich beiseitegelegt.«

»Ihr habt euch nicht geprügelt, oder?« Julix sah mich beinahe beeindruckt an.

»Nein.« Ich musste lachen. »Wir haben uns nur ins Gesicht gesagt, dass wir uns hassen, und dann war alles gut. Wir verstehen uns jetzt wieder sehr gut.«

»Und mit Melena?« Kalley warf erst mir, dann Milo einen besorgten Blick zu.

»Es geht ihr … nicht gut.« Ich sah ebenfalls zu Milo, der jetzt nickte. Vermutlich war die Atmosphäre gerade etwas ruhiger als bei unserer Ankunft. Er hockte sich zu mir auf die Bettkante und hielt meine Hand fest.

»Sie kämpft«, sagte ich leise. »Innere und äußere Blutungen und eine Gehirnerschütterung. Und sie steht unter Schock. Alles in allem nicht gut. Aber sie ist fest entschlossen, mit uns Weihnachten zu feiern. Ich kenne sie gut genug – wenn sie sich so ein Ziel setzt, wird sie alles tun, es zu erreichen. Und sie lässt ausrichten, dass ihr alle gut auf euch aufpassen sollt. Sie macht sich Sorgen um euch.«

»Und um dich?«

»Mehr um euch, weil ihr grundlegend friedlich seid.« Ich lächelte. »Was natürlich erstmal für euch spricht. Aber Melena und ich sind praktisch

veranlagt und sind uns einig, dass ein Hang zum Morden die Überlebenschancen entscheidend erhöht. Wir wollen euch natürlich nicht zwingen. Im Gegenteil. Die Rebellen sind daran zerbrochen, dass sie mordende Monster ohne Rücksicht waren. Ich bin ganz auf eurer Seite, friedliche Lösungen zu finden. Aber manchmal geht es nicht anders. Und für das *manchmal* bin ich ja jetzt da.«

Es klopfte.

Larissay.

»Hey, sorry, ich bin etwas zu früh –« Sie stockte. »Störe ich euch?«

»Komm ruhig rein.« Ich lächelte ihr vorsichtig zu und sie balancierte zwei Teller Suppe Richtung Bett.

»Ich habe ihnen gerade von Melena erzählt«, fügte ich hinzu. »Wir machen uns alle Sorgen.«

»Sie schafft das, ich bin mir ganz sicher.« Larissay lächelte in die Runde. Früher hatte ich immer gedacht, sie hätte alles unter Kontrolle, aber inzwischen hatte ich erkannt, dass sie nur so tat – und dass ich eine der wenigen Personen war, die das wussten.

Ich nahm einen der beiden Teller entgegen und ließ mich von der Suppe aufwärmen.

»Können wir gehen?«, fragte Kalley grinsend. »Ihr habt ja Milo, falls ihr euch wieder streitet. Wir haben noch Dinge vorzubereiten für ihr-wisst-schon-was.«

Ich nickte, die beiden gingen und Larissay starrte mich an. »Du hast es ihnen wirklich nicht gesagt?«

Ich grinste. »Gib uns doch noch ein bisschen Zeit im Geheimen – vielleicht streiten wir uns wirklich in fünf Minuten wieder.«

»Das kannst du nicht ernst meinen.«

»Tue ich auch nicht.« Ich streckte ihr die Zunge raus, dann drehten wir uns automatisch wie ertappt zu Milo um.

»Ihr habt euch also *vertragen*«, sagte er nur.

»Richtig.«

»Das freut mich. Ihr – ihr seid etwas anderes als Freunde, oder?«

»Richtig.« Ich spürte, dass ich rot wurde. »Glaube ich zumindest …?« Ich blickte Larissay an.

»Richtig«, bestätigte sie.

»Habt ihr nicht gesagt, ihr hasst euch?«

»Manchmal sagt man genau das Gegenteil von dem, was man meint, weil man zu stolz für die Wahrheit ist.« Ich lächelte leicht. »Aber wenn zwei zu stolz für die Wahrheit sind, verstehen sie einander auch über Lügen.«

»Erwachsene sind komisch«, murmelte er, dann sah er zu Larissay, dann wieder zu mir. »Es freut mich auf jeden Fall für euch«, sagte er erneut, aber dieses Mal wesentlich unsicherer, dann stand er vom Bett auf. »Ich komm nachher nochmal vorbei, wenn das okay ist?«

Ich nickte verwirrt. »Klar.«

Larissay sah mich lange an, nachdem er verschwunden war. »Arianna«, sagte sie schließlich. »Egal, was du tust, du musst mir versprechen, dass Milo immer deine höchste Priorität ist. Nicht ich. Bitte.«

»Ihr seid nicht zu vergleichen«, widersprach ich.

»Aber wenn man dich vor die Wahl stellt –«

»So, wie man mich vor die Wahl gestellt hat, er oder Melena?«, flüsterte ich.

»*Das* haben sie getan?« Larissays Löffel fiel klackernd zu Boden.

»Das haben sie getan.«

»Und – wie hast du –«

»Ich.« Ich grinste schief. »Dachte, ich nehme ihnen den Spaß, den sie mit mir haben wollten. Aber dann hat Destiny – die Anführerin der Rebellen – mich einen Feigling genannt. Deshalb – sie ist tot.«

»Du lässt dich leicht provozieren.«

»Ich weiß. Aber das ist es nicht. Es ist vielmehr der Fakt … ich wollte sie schon so lange töten, aber ich konnte es nicht. Ich habe sie gehasst, aber ich habe es nie übers Herz gebracht.«

»Wieso?«

»Das sollte ich lieber nicht sagen.« Ich grinste leicht. »Sie war meine Ex.«

Larissay zog vielsagend die Augenbrauen hoch.

»Bis ich gemerkt habe, dass sie mich nur benutzt hat. Dass sie mich nie als die Person gesehen hat, die ich war. Dass sie nie auf meiner Seite war. Zur Trennung hat sie mir dann ein Extrapaket Depressionen geschenkt. Weißt du – sie ist schon immer ein bisschen extremer gewesen als der Rest, aber heute Morgen hat sie mir beiläufig erzählt, dass sie ihre eigene Schwester hat umbringen lassen, weil die sich uns anschließen wollte. Destiny hatte mein Mitleid nie verdient.«

»Verstehe.« Larissay stellte unsere leeren Teller auf den Boden. »Wir dürfen uns also niemals trennen, sonst bin ich die Nächste?«

»Bitte mach solche Witze nicht«, murmelte ich. »Ich – ich hoffe nicht, dass wir uns trennen. Ich will nicht jetzt schon an sowas denken. Nach einer Stunde. Und solange du mich nicht hintergehst, wirst du auch nicht meine Rachegedanken inspirieren. Immerhin hast du, hat diese Organisation, mir das Leben gerettet.«

Larissay nickte langsam. »Ich will auch nicht an eine Trennung denken. Aber ich glaube, es ist gut, wenn wir offen miteinander sind. Über *alles*, was uns auf dem Herzen liegt.«

»Spielst du auf meine Psychoanalyse eben an?«

»Vielleicht. Vielleicht hast du dabei ein paar Dinge genannt, von denen ich selbst nichts wusste. Und vielleicht lagst du doch minimal daneben. Denn manchmal habe ich tatsächlich Angst vor dir. Dann, wenn du eine Waffe in der Hand hast. Denn dann bist du unberechenbar. Und auch, wenn ich weiß, dass du mich nicht hasst, habe ich trotzdem Angst vor der Art, wie du die Kontrolle verlierst.«

»Davor habe ich auch Angst.« Ich zögerte. »Das dürfte dich nicht wirklich beruhigen, nehme ich an. Aber wie schon gesagt – das war ein Grund für …«

Wir schwiegen.

»Ich will nur, dass du es weißt«, sagte Larissay dann langsam. »Mir egal, dass wir es nicht ändern können, aber ich will es offen thematisieren.«

»Das ist gut.« Ich lächelte leicht.

»Nochmal kurz zurück zu deinem Bruder.« Larissay griff nach meinen Händen. »Er braucht dich. Ich werde es dir ganz sicher nicht übelnehmen, wenn du dich beim Frühstück lieber zu ihm als zu mir setzt oder lieber nachts für ihn da sein willst als vielleicht mit mir auf dem Dach zu sitzen. Er braucht deine Nähe und deinen Einfluss mehr als ich. Ich meine – ich brauche deine Nähe auch. Aber ich will mich nicht zwischen euch stellen. Ich will nicht, dass er sich in der Verpflichtung sieht, zu gehen, sobald ich da bin. Macht einfach so weiter wie immer. Alles andere ergibt sich irgendwie.«

»Das ist sehr … verantwortungsvoll von dir.« Ich schluckte hart. Ich wollte mich nicht zwischen ihnen entscheiden müssen, aber sie hatte mir gerade vorgehalten, dass alles andere in manchen Situationen unmöglich sein würde.

Sie nickte nur. »Und mit der Weihnachtsfeier – das läuft gut, glaube ich. Mal von Melena abgesehen. Aber Julix und Kalley haben das super unter Kontrolle, das wird ganz toll.«

»Super.«

»Du klingst nicht begeistert.«

»Ich freue mich für euch. Nicht für mich.«

»Du … willst nicht kommen?«

Ich setzte mich gerade hin. »Larissay … ich muss dir auch noch etwas gestehen, glaube ich.«

»Und zwar?«

»Ich nehme Drogen. Manchmal. Wenn mir meine Vergangenheit zu viel wird. Oder die drohende Zukunft. Oder die Last der Gegenwart. Und ich glaube nicht, dass ich einen ganzen Abend mit euch Weihnachten feiern kann und dann mental stabil ins Bett gehen kann und süß träume. Ich würde euch den Abend gönnen, wirklich, und ich will gar nicht dabei sein. Ich würde es nur vermasseln, würde eine Panikattacke bekommen und ihr müsstet euch um mich kümmern. Es ist für uns alle am einfachsten, wenn ich mich einfach in meinem Zimmer einschließe, zwei Stunden im Delirium auf dem Bett liege und dann penne. Ihr braucht mich nicht.«

Larissay starrte mich ein paar Sekunden lang an. »Was für Drogen?«, fragte sie schließlich.

»Früher? Alles Mögliche. Hier und heute? Beruhigungsmittel – sowas Ähnliches zumindest. Ich – es geht nicht anders.«

»Natürlich nicht.« Larissay stieß einen tiefen Seufzer aus. »Natürlich nicht.«

»Larissay …«

»Ich sag ja gar nichts. Es wundert mich auch nicht, je länger ich darüber nachdenke. Aber – willst du wirklich dein erstes richtiges Weihnachtsfest seit so langer Zeit auf diese Art verbringen?«

»So ist es mir am liebsten.«

»Schade.« Ihr Gesicht verriet mir, dass sie eigentlich etwas ganz anderes sagen wollte.

»Ist am besten für uns alle.«

»Wie du meinst.«

Wir schwiegen.

»Also … wie planst du die nächsten Tage zu verbringen? Mit Mellie und allem?«

Mit Drogen, lag mir auf der Zunge. »Müssen wohl irgendwie rumgehen. Was soll ich großartig tun?«

»Ich dachte, du würdest vielleicht … Pläne machen. Gegen den Staat oder gegen die Rebellen. Würdest vielleicht wissen wollen, wer Destiny Millers Nachfolge antritt.«

»Könnte mir nicht egaler sein. Entweder sie kommen mich holen oder eben nicht. Ich lasse mich nicht von der Möglichkeit einschüchtern.«

»Hm.« Larissay grinste schwach. »*Ich* würde aber gerne wissen, wie es weitergeht. Wie bald ich damit rechnen muss, dich zu verlieren.«

»Nicht allzu bald. Sobald wir Melena sicher hier drinnen haben, gibt es keine verletzliche Stelle mehr, an der sie ansetzen können. Im Zweifel darf halt keiner von uns mehr vor die Tür – offiziell«, schob ich schnell hinterher. »Dann stehen sie unter Zugzwang. Entweder sie stürmen unser Haus und brechen die Gesetze …«

»… oder sie ziehen ab? Unsinn.« Larissay schüttelte den Kopf. »Die gehen nicht wieder. Egal, wer von beiden.«

»Du wirst es sehr ungern hören wollen, aber ich gehe fest davon aus, dass die Sache nicht enden wird, bevor die Richterin Alice Lessing tot ist. Vielleicht wird es auch danach nicht enden, aber definitiv nicht vorher.«

»Planst du ein Attentat?«

»Wie gesagt, ich plane nicht«, entgegnete ich vage. Wobei ein Attentat verlockend klang. Oder eine Entführung. Eine Erpressung. Konnte ich mir damit wirklich die Freiheit erkämpfen – mir und dem Rest der *TF*?

»Weißt du was? Vielleicht denke ich mal darüber nach«, sagte ich dann und ließ mich in die Kissen sinken. »Und du? Wie willst du die Tage bis zu eurer Weihnachtsfeier verbringen?«

»Am liebsten … an deiner Seite.« Sie grinste schief und deutete aufs Bett neben mich. »Darf ich?«

»Klar.« Ich rückte ein Stück und sie legte sich neben mich.

»Theoretisch habe ich noch so viel zu tun«, fuhr sie fort. »Verwaltung und so. Aber … gerade jetzt will ich lieber für dich da sein.«

»Ich komme auch alleine klar. Also – wenn es sein muss. Nicht, dass ich dich loswerden will. Ich will nur nicht, dass du dich verpflichtet fühlst –«

Larissay lachte und nahm meine Hand. »Du bist ja auch keine Verpflichtung, sondern meine Freundin. Ich *will* bei dir sein.«

Fuck. Irgendwas hatten ihre Worte in mir getroffen, irgendeinen Punkt, von dem ich nicht gewusst hatte, dass er existierte. Eine angenehme Wärme füllte meinen Körper. Es war ein komisches Gefühl, so sehr von jemandem gemocht zu werden – auf eine plötzlich so selbstverständliche Art.

»Das finde ich sehr schön«, gab ich zurück, meine Stimme viel leiser als geplant.

Larissay lächelte und strich mir eine Strähne aus dem Gesicht. »Ich muss mich wohl noch bei dir bedanken. Dass du all die Sachen gesagt hast, für die ich zu stolz war. Ich hab Scheiße gebaut. Du auch, aber du hast es immerhin geschafft, alles wieder richtigzustellen. Ich hätte nie wieder ruhig schlafen können, wenn wir uns so sehr zerstritten hätten.«

»Weißt du …« Ich ließ den Kopf auf ihre Schulter sinken. »In dieser Situation will ich vielleicht gar nicht mehr so oft alleine rausgehen. Wenn ich auch genauso gut mit dir zusammen rausgehen könnte.«

»Oder mit mir zusammen drinnen bleiben.«

»Auch das.«

Wir schwiegen und sie streichelte sanft mit dem Daumen meine Hand.

Fuck, wie war das passiert? Ich hatte das nie gewollt. Nicht nach der Sache mit Destiny. Hatte mich nie mehr auf jemanden einlassen wollen auf diese bestimmte Art. Und ehrlich gesagt hatte ich auch gedacht, ich wäre längst zu traumatisiert, um nochmal Liebe zu empfinden, die über das hinausging, was ich für Milo und Melena verspürte.

Und jetzt war ich hier mit Larissay.

Es klopfte.

Larissay setzte sich sofort aufrecht hin, als hätte man uns bei etwas Verbotenem ertappt.

»Herein?«, rief ich vage.

»Ria?«

»Milo? Komm doch rein!« Ich runzelte die Stirn. Er hatte noch nie so reagiert.

Er schob die Tür einen Spalt auf, dann huschte er ins Zimmer und schloss die Tür hinter sich. »Störe ich?«

»Nein, natürlich nicht, wir – wir haben uns nur unterhalten.«

»Dann ist's gut.«

»Ich werd dann mal die Teller in die Küche bringen.« Larissay strich sich unsicher durch die kurzen blonden Haare. »Gute Nacht, Arianna. Gute Nacht, Milo.«

»Nacht«, murmelte ich. Sofort hatte ich ein schlechtes Gewissen. Keiner der beiden sollte für den anderen aufstehen müssen, warum konnten sie nicht beide bleiben? Aber klar – sie hatten Angst, ein Störfaktor zu sein. Verständlich irgendwo, ich würde an ihrer Stelle genauso handeln. Aber für mich war es einfach frustrierend. Jetzt schon.

»Und?« Milo hockte sich auf die gegenüberliegende Bettkante. »Wie läuft es so mit euch?«

»Ganz gut. Ich – ich hab mich wohl in ihr geirrt.«

»Bist du sicher? Weißt du, worauf du dich eingelassen hast?«, fragte er vorsichtig. »Ich meine, nach heute Mittag …«

»Erwachsene sagen manchmal dumme Dinge, um andere Dinge nicht auszusprechen zu müssen. Es ist beschissen, erwachsen zu werden, ich weiß. Vieles ist einfacher, wenn man jünger ist.«

Er nickte nur. »Aber … du vergisst mich nicht über sie, oder?«

»Natürlich nicht!« Ich rang mir ein Lächeln ab. »Sie hat extra gesagt, ich solle eher auf dich als auf sie Rücksicht nehmen. Immerhin bist du mein Bruder.«

»Ja. Ja, ist gut. Sorry, dass ich das gesagt habe. Keks?« Er streckte die Hand aus. »Hab ich mit Seline gebacken.«

Weihnachtsplätzchen. Schon vom Geruch wurde mir ein bisschen schlecht.

»Nein, danke.« Ich lächelte leicht. »Ich glaube, ich will bald schlafen. War ein anstrengender Tag heute. Bleibst du?«

»Wie du willst.«

11 – Tage danach, Tage davor

Die beiden Tage darauf waren die Hölle. Von Melena gab es keine Neuigkeiten und Larissay ließ niemanden mehr in die Nähe des Krankenhauses. Ihre Kontakte dort hatten wohl ausdrücklich gewarnt. Und dann war da Weihnachten, das bedrohlich näher rückte.

Ich zählte die Stunden. Noch sieben. Sie würden um siebzehn Uhr mit der Feier anfangen und ich würde mich um siebzehn Uhr in meinem Zimmer einschließen.

Leider stand das einzige Piano im Haus in genau dem Raum, in dem auch der Baum war. Und ein riesiger Haufen Deko. Und Geschenke.

In einem unbeobachteten Moment war ich dort gewesen und hatte mich umgesehen. Klar war es *schön*, auf irgendeine Weise. Aber da war auch dieses unterschwellige Gefühl, dass etwas fehlte. Nämlich der Zauber, den dieses Fest einst gehabt hatte. Ich hatte nicht festmachen können, woran dieser Zauber gebunden war. An den Weihnachtsmann hatte ich im Gegensatz zu vielen Kindern des Dorfes nie geglaubt.

Letztendlich hatte ich für mich entschieden, dass es an der Wahrheit lag. Weihnachten war ein Fest, das erst durch Lügen besinnlich wurde. Dadurch, dass man sich gegenseitig vorspielte, dass alles gut war. Dass man keine finanziellen Probleme hatte. Dass sich alle liebhatten. Dass keiner in Lebensgefahr war. Dass für zwei, drei Tage einfach alles gut war, alles ruhig war.

Klar war die Botschaft schön. Aber eben auch in erster Linie eine Lüge. Und vielleicht liebten mental stabile Menschen die Illusion – vielleicht half es ihnen, und das war auch völlig okay so, ich wollte niemanden verurteilen. Nur für mich war es eben nichts.

Aus irgendeinem Grund stand ich kurz nach dem Mittagessen wieder im großen Saal. Keiner war da – traditionsgemäß war der Saal abgeschlossen und würde erst heute Abend geöffnet werden. Aber da ich heute Abend nicht dabei sein würde, hatte ich mich entschlossen, den Zweitschlüssel aus Larissays Büro auszuleihen und mich umzusehen.

Alles roch nach Zimt und dem Baum und ich erlaubte mir, einen tiefen Atemzug zu nehmen. Ohne Erinnerungen. Nur in diesem Moment lebend. Ich hatte eine halbe Tablette eingesteckt, die ich mir jetzt einwarf, und dann setzte ich mich ans Klavier.

Es dauerte nicht lang, bis ich in eine Art Dämmerzustand verfallen war. Nicht ganz so extrem wie bei der normalen Dosis, sondern eher wie bei einem weißen Watteschleier, den jemand zwischen mich und die Welt gehängt hatte.

Ich wusste, meine Finger spielten gerade ein Weihnachtslied. Ob der Gesang dazu nur in meinem Kopf war oder ich selbst sang, wusste ich wiederum nicht. Dass ich die Tür wieder hinter mir abgeschlossen hatte, wusste ich. Warum Larissay auf einmal neben mir stand, wusste ich nicht. Interessierte mich aber auch in diesem Moment nicht. Ich konnte nicht mal sagen, ob es mich freute oder ärgerte.

Es war zumindest das erste Mal, dass sie mich in diesem Zustand sah, und es war nur gut, dass ich einen guten Tag erwischt hatte. Und nur eine halbe Tablette.

Irgendwann verblasste der Schleier. Meine Finger gehorchten nicht mehr richtig und mein Mund war trocken.

»Larissay«, flüsterte ich noch, dann versagte meine Stimme.

»Willst du was trinken?« Ihre Stimme war erst hinter, dann vor mir, dann irgendwie über mir. *Fuck.*

»Ja, bitte.« Ich zuckte unter der Lautstärke meiner eigenen Stimme zusammen, stand vom Klavierhocker auf und machte einen Schritt auf sie zu.

»Ich bin hier.« Sie klang irritiert. *Hier. Hier, hier, hier.* Vor mir oder hinter mir?

Ich kniete mich vorsichtig hin. Die Muster in den Holzdielen erwachten zum Leben, wie sich ringelnde Schlangen.

»Arianna?«

Auf einmal hielt ich ein Glas Wasser in der Hand. Wasser. An meinen Lippen, auf meiner Zunge. Ich schloss die Augen. Als ich sie wieder öffnete, lag ich auf einem Sofa.

»Larissay …?« Okay, meine Stimme klang wieder normal. Ich setzte mich auf. Alles war wieder normal. Nur, dass ich scheinbar doch keinen so guten Tag erwischt hatte. Und das bei einem *Viertel* der üblichen Dosis!

Die Zeit am Abend würde ich irgendwie anders rumkriegen müssen. Einen zweiten Versuch traute ich mir heute nicht mehr zu.

»Arianna!« Larissay tauchte hinter ihrem Computer auf. Wir befanden uns in ihrem Büro.

»Was ist mit dir? Geht es dir gut?«

»Ja.« Ich lächelte unsicher. »Tut mir leid für die Umstände.«

»Keine Sorge. Du … hast was genommen, oder?«

»Eigentlich läuft das anders, aber ein gewisses Restrisiko ist immer.«

»Hast du … überdosiert?«

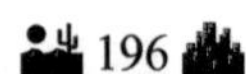

Ich lachte bitter. »Eher *unter*.«

»Ich wusste gar nicht, dass du Klavier spielst. Und dass du singst.«

»Kann ich auch im Normalzustand nicht mehr besonders gut. Da denke ich zu viel nach.«

Sie nickte vage.

»Warum warst du überhaupt unten?«, fragte sie dann. »Kein Vorwurf. Nur eine ernstgemeinte Frage.«

»Weiß ich selbst nicht so genau. Konfrontationstherapie, vielleicht.«

»Und hat es funktioniert?«

»Müsste ich jetzt ausprobieren.«

»Willst du?«

»*Du* willst, dass ich es will, oder?«

»Ich wünsche mir, dass wir zusammen feiern. Nur einen Teil des Abends vielleicht.«

Ich seufzte tief. »Auf deine Verantwortung.«

»Wirklich?« Sie strahlte.

»Wirklich.«

Zu dem Zeitpunkt hatte ich natürlich noch keine Ahnung, worauf ich mich einließ.

»Sollen wir dann vorsichtig zurück in den Saal gehen?«, schlug Larissay vor. »Oder willst du lieber in dein Zimmer? Oder noch liegenbleiben?«

»Kannst du denn hier weg von deiner Arbeit?«

Larissay lachte. »Als ob ich mich aufs Arbeiten konzentrieren könnte, während du auf meiner Couch pennst und ich keine Ahnung habe, was mit dir los ist! Ich habe online Karten gespielt. Also – bin offen für alles.«

Ich nickte vage. »Alles?«

Ihr Grinsen wurde breiter. »Alles.«

Ich griff nach ihrer Hand und zog sie neben mich aufs Sofa. »Dann küss mich.«

»Immer gerne.«

Irgendwann kam dann der Anruf. Wir waren bald in die Küche gegangen und hatten Weihnachtsplätzchen geklaut – sie schmeckten erstaunlich gut, aber nach drei Stück war Schluss für mich, die Erinnerungen waren zu präsent. Ich saß noch auf der Theke und Larissay stand neben mir und wir redeten über Gott und die Welt, als Larissays Handy klingelte.

Die Art, wie sich ihr Gesicht verzog, konnte schon nichts Gutes verheißen, und da hatte sie den Anruf noch nicht mal angenommen.

»Dr. Tinno? Was ist?«

Stille.

»Fuck, und was ist mit Melena?!«

Melena. Leider verstand ich kein Wort von dem, was die Person am anderen Ende der Leitung sagte.

»Nein, schon gut. Wir sind in – in zwanzig Minuten da. Versprochen.« Sie ließ das Handy sinken. »Arianna …«

»Mach es schnell und schmerzlos«, murmelte ich. Ich hatte mir natürlich schon längst die schlimmsten Szenarien ausgemalt.

»Dr. Tinno – der Chefarzt, der zu uns gehört – hat Gerüchte gehört, dass andere Mitarbeiter des Krankenhauses über Melenas Identität Bescheid wissen und gerade jemand diese Alice Lessing informiert hat. Wir sollen Melena schnellstmöglich evakuieren. Tinno meint, sie sei stabil genug. Sie hätten sie eh heute noch von der Intensivstation verlegt, wenn das hier nicht passiert wäre.«

»Also …«

»Also fahren wir jetzt ins Krankenhaus. Je weniger wir sind, desto unauffälliger. Also nur du und ich.«

»Gibt es einen Hintereingang?« Ich rutschte von der Arbeitsplatte.

»Da sollen wir hinkommen, ja.« Larissay zog mich in ihre Arme. »Wir schaffen das, oder?«

»Ganz sicher. Und wenn nicht … dann sterben wir zusammen.«

»Du machst Witze.«

»Klar. Was wäre das denn für ein Weihnachtsfest, an dem wir einfach sterben?« Ich rang mir ein gekünsteltes Lachen ab. »In fünf Minuten in der

Tiefgarage. Wir sagen niemandem Bescheid, sondern lassen nur einen Notizzettel hier liegen. Wenn sie zu früh davon erfahren, bringen sie sich auch in Gefahr. Und lass dein Handy hier – vielleicht können sie uns orten.«

Larissay nickte und wir teilten uns auf.

Ich wusste nicht mal, was ich jetzt hier tat, in meinem Zimmer. Hatte eigentlich nur meine Waffe holen wollen und eine Mütze, um meine blauen Haare zu verstecken. Aber gleichzeitig wusste ich, ich konnte nicht gehen, ohne eine Nachricht an Milo zu hinterlassen. Ich stellte mein Handy auf den Schreibtisch und hockte mich auf den Stuhl davor, dann sprach ich einen kurzen Text als Videonachricht. Keine Ahnung, was genau ich gesagt hatte – irgendwas davon, dass er nicht um mich trauern sollte und dass ich für Melena sterben würde. Dass ich mein Nötigstes getan hatte. Und dass er das letzte Andenken an unsere Familie haben sollte.

Zum ersten Mal seit Jahren nahm ich das Medaillon um meinen Hals ab, ohne danach duschen oder schwimmen zu gehen. Und dann öffnete ich es.

Klar war das ein Fehler gewesen, aber das Bild hatte sich sofort in mein inneres Auge eingebrannt, schneller noch, als ich es wieder zusammenfalten konnte.

Es war das Bild einer perfekten, glücklichen, wenn auch armen Familie. Eltern, Kinder – und Melena.

All die Jahre hatte ich das Bild meiner damaligen Erzfeindin mit mir herumgetragen, ohne es überhaupt zu ahnen.

12 – Finale

Irgendwie war ich in der Tiefgarage angekommen, völlig ohne Erinnerungen an den Weg. Stattdessen hatte ich tausende Erinnerungen an meine Kindheit. An die ersten Monate mit Milo. Daran, dass Melena gegangen war. Verdammt, wieso erinnerte ich mich jetzt auf einmal daran? Klar war das lange vor Milos Geburt gewesen – Melena war nur als ein gerahmtes Portrait in den Händen meiner Mutter auf dem Foto –, aber trotzdem. Nein, ich wollte mich nicht erinnern. Ihr Weggehen hatte meine Mutter zerstört.

Melena hatte meine Familie zerstört. Sie hatte die Fröhlichkeit aus den Augen meiner Mutter genommen. Dann war die Leichtigkeit in der Beziehung meiner Eltern verschwunden. Irgendwann hatten sie versucht, mit einem zweiten Kind das Familienglück zurückzuholen. Sie hatten sich weiterhin geliebt, aber sie waren nicht mehr glücklich mit sich selbst gewesen und hatten sich als eine Last für den jeweils anderen gefühlt. Und Milos Geburt hatte das alles nicht einfacher gemacht, ganz im Gegenteil.

Melena hatte meine Familie zerstört.

Und ich konnte es ihr nicht mal übelnehmen.

Klar – warum hatte ausgerechnet sie sich berufen gefühlt, in die Politik einzugreifen? Warum hatte es nicht irgendeine andere Person aus unserem Dorf gemacht? Aber wäre sie nicht Präsidentin geworden, wäre ich jetzt tot, und Milo vielleicht auch. Unsere Eltern wären so oder so bei dem Sandsturm ums Leben gekommen und ich wäre so oder so eine Rebellin geworden. Und der Staat hätte Milo wohl weiterhin gerettet, um mich zu erpressen.

Eigentlich hatte *ich* meine Familie zerstört.

Wäre ich bei ihnen geblieben, wäre alles ganz anders gekommen. Vielleicht wäre ich in dieser schicksalhaften Nacht noch wach gewesen und hätte aus dem Fenster gesehen, hätte den Sturm kommen sehen, wir hätten fliehen können. Ja, eigentlich hatte ich meine Familie zerstört.

»Arianna …?«

Larissay.

»Alles – alles gut. Wir können los.«

»Was hast du gerade getan?«, fragte sie unbeirrt und griff fast unauffällig nach meinen Handgelenken.

»Nicht das, was du denkst.« Ich schob wie zum Beweis die Ärmel hoch, dann zögerte ich. »Eher schlimmer. Ich habe das Bild angesehen.«

Sie wusste genau, wovon ich sprach.

»Falls es das letzte Mal ist, dass ich die Chance dazu bekomme.«

»Was hast du gesehen?«

»Meine Schuld an allem. Und Melena. Sie und ich – wir haben zusammen unsere Familie zerstört.«

»Und ihr habt überlebt. Wie ironisch das Schicksal manchmal ist.« Larissay seufzte tief.

»Richtig. Ich – ich muss dringend mit ihr darüber reden.«

»Dazu müssen wir sie jetzt erstmal retten.« Larissay drückte mich kurz. »Kopf hoch, Arianna. Hängen lassen kannst du ihn noch am Galgen.«

»Junge, Junge, die Seite von dir kannte ich noch gar nicht.« Ich musste trotz allem grinsen, dann ließ ich mich hinters Steuer des Fluchtwagens fallen. »Ist vielleicht besser, wenn ich fahre, wenn wir heute noch ankommen wollen.«

Sie protestierte nicht mal mehr.

»Wusstest du«, fragte sie unvermittelt mitten in der Stadt, »dass sich Alice Lessing für die kommenden Präsidentschaftswahlen hat aufstellen lassen?«

Ich lachte. »Wahlen? Nennt man das noch so?«

»Du weißt, dass hier tatsächlich eine gewisse Demokratie herrscht. Die Kandidaten lügen, klar, aber eine Wahl ist es trotzdem.«

»Und welche Lügen präsentiert Lessing?«

»Frieden. Sie will für Frieden in diesen unruhigen Zeiten sorgen. Was ich mal interpretiere als: Wir töten alle Rebellen.«

»Sie will also Krieg.«

»Korrekt. Und vor allem will sie Gesetze machen, die ihr erlauben, die *TF* in Grund und Boden zu stampfen und dich zu töten.«

»Wundert mich eigentlich, dass wir immer noch nicht verboten sind. Beziehungsweise dass wir überhaupt ein legaler Verein sind.«

»Wie gesagt: Das haben wir Melena zu verdanken, sie hat damals unauffällig einen Artikel leicht abgeändert, die Details sind unwichtig. Und die Sache mit den Spenden weißt du ja.« Larissay holte tief Luft. »Wir sind da.«

»Richtig.« Ich parkte dort, wo sie mich anwies – am Hintereingang.

»Wir müssen durchs Treppenhaus, der Aufzug ist zu riskant. Keine Ahnung, ob Lessings Leute schon hier sind. Dr. Tinno meinte, sie würden vielleicht die ganze Station abschotten.«

»Wenn dich irgendjemand töten will, sag ihnen, dass du sie zu mir führen kannst, ja?«

»Damit du stirbst und ich ohne dich weiterleben darf?« Larissay lachte.

»Damit wir zusammen sterben. Larissay – du glaubst doch nicht, dass sie dich gehen lassen werden, oder?«

»Ich – ich weiß nicht, keine Ahnung.« Sie grinste schwach. »Ist auf mich auch ein Kopfgeld ausgesetzt?«

»Du bist nicht *irgendwer*. Du bist die Anführerin der *TF* und stehst unter Verdacht, den drei meistgesuchten Personen des Staats Unterschlupf zu gewähren. Das reicht nicht für Kopfgeld, glaube ich, aber sie nehmen jeden, den sie finden können.«

»Los jetzt.« Sie stieß mich an, Richtung des Eingangs. »Ganz nach oben.«

»Wenn sie auf dich schießen«, flüsterte ich noch. »Stell dich sofort tot, wenn du getroffen wirst. Auf dich werden sie kaum mehr als eine Kugel verschwenden.«

»Und auf dich?« Sie griff kurz nach meiner Hand.

»So viele wie nötig.«

Sie drehte sich weg, ohne zu antworten, und rannte los.

Ich hastete hinter ihr her, durch das Treppenhaus des Personals. Irgendwo fielen Schüsse, oder vielleicht hatte ich mir das auch nur eingebildet – selbst der Staat würde an einem öffentlichen Ort wie diesem eher unauffällig vorgehen wollen, oder?

Wer zum Teufel hatte sich ausgedacht, dass die Intensivstation ganz oben sein sollte? Und warum hatte ich seit Monaten keinen vernünftigen Sport mehr gemacht? Keuchend hastete ich Larissay hinterher, die erstaunlich leichtfüßig nach oben lief.

Und dann war sie auf einmal verschwunden.

Fuck! Ich bog in einen Flur ab. Die Neonröhren an der Decke flackerten wie in einem schlechten Horrorfilm und ganz am Ende des Flurs stand eine Tür offen, von der Stimmen erklangen.

»Dann wird sie auch jeden Moment hier sein«, lachte jemand – Alice Lessing. Ganz toll – sie hatte Larissay und wartete jetzt nur noch auf mich. Und

natürlich würde ich jetzt geradewegs in ihre Falle laufen – sonst wäre Larissay tot, bevor ich mich von ihr richtig verabschieden konnte.

Ein stechender Schmerz durchfuhr mich, als mir bewusst wurde, dass wir noch kein einziges Mal den Mut gehabt hatten, *ich liebe dich* zu sagen. Oft genug hatte ich es gedacht, aber mich nie getraut, es zu sagen. Oder wir waren zu stolz gewesen.

Scheiß Stolz.

Ich griff nach meiner Waffe. Lessing oder wir. Es gab keine Möglichkeit, diesen Konflikt zu beenden, ohne dass einer von uns sterben würde.

Ich wusste, es war so gut wie unmöglich, dass ich das hier irgendwie zu unseren Gunsten drehen konnte. Lessing war sicher nicht allein, und selbst wenn sie starb, waren da noch genug, die ihre Ansichten vertraten.

Und trotzdem musste ich es versuchen.

Ein Schritt, noch einer. Dann den Moment der Überraschung nutzen. Erst die, die am schwersten bewaffnet waren, ausschalten, dann Lessing. Vorausgesetzt, sie war nicht diejenige, die am schwersten bewaffnet war. Ich wollte diese Rache haben, wollte ihr ein letztes Mal ins Gesicht sagen, wie sehr ich sie hasste.

Los jetzt.

Ich machte den letzten Schritt ins Behandlungszimmer. Sie waren zu dritt, und dann war Lessing allein.

Sie schien nicht einmal überrascht, als ihre beiden Soldaten zu Boden gingen.

Natürlich nicht – sie hatte mich erwartet.

»Ich hasse dich«, flüsterte ich und wollte die Waffe erneut heben, als sie mir fast aus der Hand fiel. Ich stieß einen langen Schrei aus.

»Larissay!«

Lessing lächelte.

Larissay blinzelte verzweifelt zu mir hoch. Sie kniete neben dem Behandlungstisch auf dem Boden und der Lauf von Lessings Waffe lag gegen ihren Hinterkopf gelehnt. So ungefähr hatte ich mir meine eigene Hinrichtung vorgestellt, damals, aber – aber doch nicht ihre! Nicht Larissays, verdammt!

»Ich werde nicht denselben Fehler ein zweites Mal machen.« Lessing hörte nicht mehr auf zu lächeln. »Und so weh es mir auch tut, ich werde es schnell machen, bevor mir wieder jemand dazwischenkommt.«

»Schieß«, heulte Larissay auf.

Fuck, ja – Ich riss die Waffe hoch, und dann waren da nur noch Schmerzen, solche Schmerzen. Die Kugel musste genau durch meine Handfläche gegangen sein, und überall war Blut, überall, auf dem Boden – warum lag ich auf dem Boden? War ich ohnmächtig gewesen? Für ein paar Sekunden oder länger?

»Arianna!«, wiederholte Larissay flehentlich, aber bevor ich wieder klar genug denken konnte, um meine linke Hand nach der blutigen Waffe auszustrecken, trat Lessings Militärstiefel schon auf den Griff und zog sie zu sich.

Fuck.

Ich hatte es vermasselt.

Larissay streckte ihre Hand aus und griff nach meiner linken.

»Hinknien«, befahl Lessing. »Gesicht zu mir.«

Ich gehorchte. Wenn sie mir in die Augen sehen wollte, dann wollte ich das auch.

»Ich habe mich geändert«, sagte ich leise. »Das weißt du genau. Du willst es nur nicht wahrhaben, weil du einen Sündenbock brauchst, an dem du deine Rache ausleben kannst.«

»Ich weiß, dass du da warst, an dem Tag.« Es war das erste Mal, dass sie fast schon neutral sprach. »Habe deine Haare in der Menge gesehen. Egal, an was du jetzt glaubst, damals warst du eine Mörderin und das muss bestraft werden.«

»Du bist ebenso eine Mörderin, wenn du das hier tust.«

Sie verzog das Gesicht zu einem bitteren Grinsen. »Auge um Auge, Zahn um Zahn.«

»Dann bring es zu Ende.« Ich lächelte, obwohl es mir schwerfiel. Ich wollte das nicht. Ich wollte nicht mehr sterben, auch nicht ehrenvoll im Kampf. Einfach gar nicht. Nicht jetzt, wo ich Familie hatte, und Freunde, und eine Freundin.

Lessing blickte mich prüfend an, als überlege sie, mit wem von uns sie anfangen sollte, dann legte sie die Waffe gegen meine Stirn. »Letzte Worte?«

Ich fing Larissays Blick auf und erkannte, dass wir keine Worte brauchten. Dass Stolz zwar äußerlich aufrechtzuerhalten war, aber nicht innerlich – nicht in den Augen als Spiegel der Seele.

Ich liebe dich, dachte ich, und ich wusste, sie dachte dasselbe.

Ein letztes Mal überlegte ich, ob ich irgendetwas für sie tun konnte – oder für Melena. Aber es war vergebens.

»Gut, dann nicht.« Lessing lachte und legte den Zeigefinger um den Abzug.

Ich hielt ihren Blick.

Ein Schuss.

Dann ein ganz anderes Paar Augen, direkt vor meinem Gesicht. *Larissay.*

Ein Schuss. Dann ein Klirren, Dunkelheit. Ein weiterer Schuss, dann noch einer. Schreie. Jemand stieß mich um. Harter Boden unter meinem Rücken und dann ein schweres Gewicht auf meinem ganzen Körper. Ich riss die linke Hand hoch und ertastete unwillkürlich kurze, stachelige Haare.

»Larissay?!« Nein, sie war nicht tot, sie atmete, sie – sie weinte. *Oh Gott.* In Kombination mit der Stille, der Dunkelheit und dem Fakt, dass wir beide noch lebten, erklärte das, was passiert war. Larissay hatte Lessing überwältigt, dabei hatte eine von ihnen die Deckenlampe zerschossen, dann hatte Larissay Lessing getötet und es sofort bereut.

»Larissay!« Ich konnte mich nicht mal aufsetzen, so fest hielt sie mich umklammert. Sie zitterte am ganzen Körper und brachte keine Antwort zustande und ich konnte nur noch meine linke Hand bewegen, die rechte gehorchte nicht mehr. Der Schmerz zog durch meine ganze rechte Körperhälfte, und irgendwann gab ich es auf, mich zu wehren. Ich ließ den Kopf auf den Boden sinken, schloss die Augen und begann ebenfalls zu weinen.

»Arianna …«, wisperte Larissay schließlich.

Ich konnte nicht antworten, sondern brachte nur ein vages Geräusch hervor.

»Arianna, du musst ins Krankenhaus …«

»Rate mal, wo wir hier sind.« Ich hustete.

»In eins, wo dich jemand behandeln kann! Wo nicht gerade alles zusammengebrochen ist!«

Irgendwo heulten Sirenen.

»Wir müssen Melena helfen.«

»Melena – ich befürchte –« Sie stockte.

»Zumindest ist Lessing kein Problemfaktor mehr«, murmelte ich und biss mir im selben Moment auf die Zunge.

»Arianna, ich habe sie –«

»Shh. Alles – alles wird gut.«

»Arianna!« Larissay klang beinahe panisch.

»Bitte, Larissay, Panik kannst du später noch haben!«

»Und du verblutest!«

»Kannst du aufstehen?«

»Ich – ich weiß nicht. Ich *will* nicht. Ich – können wir nicht einfach bis zum Ende aller Tage hier liegen bleiben?!«

Oh Gott. Ironischerweise war Larissay selbst dann noch süß, wenn sie Panik schob. Verdammt, wo war ihre Rationalität, wenn man sie brauchte? »Larissay, wenn du mich nicht gleich aufstehen lässt, dann ist *mein* Ende aller Tage ziemlich bald.«

»Scheiße, ich – ich will dich nicht loslassen.« Sie rappelte sich auf und ich hockte mich hin, sodass sie jetzt halb auf meinem Schoß saß.

»Es tut mir so leid, was passiert ist«, murmelte ich. »Dass du da mit reingeraten bist. Aber du hast mir das Leben gerettet. Und dir selbst auch. Du hast Mut bewiesen.«

»Mut der Verzweiflung.« Sie lächelte schwach.

»Mut ist Mut.« Ich zögerte, dann kramte ich mit der linken Hand einen Blister Tabletten aus meiner Jackentasche. »Ich – das muss sein. Sonst kommen wir nicht weiter. Und das Adrenalin ändert die Wirkung ab. Ich werde dieses Mal sicher nicht zusammenklappen, keine Sorge.«

»Immer, wenn du so viel redest, willst du damit dich selbst beruhigen.«

»Und wenn?« Ich warf eine Tablette ein, dann legte ich meinen linken Arm um Larissays Hüfte. »Mach dir um mich keine Sorgen. Es ist wichtig, dass wir Melena hier rausholen.«

»Du redest Schwachsinn und das weißt du. Du willst überleben.«

»Richtig.« Ich rang mir ein Lächeln ab. Langsam setzte die Wirkung der Tablette ein und die stechende Taubheit meines rechten Arms wurde zu einer totalen Taubheit.

»Okay. Dann lass uns hier raus. Mit Melena.« Larissay lächelte mit Tränen in den Augen, dann beugte sie sich vor und gab mir einen schnellen Kuss.

»Larissay –« Ich packte sie am Ärmel und hinderte sie am Aufstehen. »Ich liebe dich. Ich hoffe, du weißt das. Falls wir hier nicht lebend rauskommen.«

Sie starrte mich für ein paar Sekunden schweigend an, dann lächelte sie schwach. »Ich liebe dich auch, Arianna. Zusammen kommen wir hier lebend raus.«

Zwei Minuten später liefen wir durch die Krankenhausflure, die Pistolen in unseren Händen.

Eine Spur aus Blutstropfen folgte uns – wenn mich noch jemand suchen würde, würden sie mich einfach finden.

Und dann erreichten wir die Intensivstation. Es ging alles ganz schnell. Melena war da. Ein Mann mit einem Maschinengewehr, den Larissay als Dr. Tinno begrüßte. Ein paar Leichen.

Im einen Moment stand ich an Melenas Bett und half ihr beim Aufstehen, im nächsten saß ich auf einem Stuhl und dann auf dem Beifahrersitz unseres Fluchtwagens mit einem dicken Verband um die Hand.

Larissay fuhr, Melena saß auf der Rückbank. Wir hatten es geschafft.

13 - Keller

Milo lief uns schon in der Tiefgarage entgegen. *Bitte, lass ihn noch nicht in meinem Zimmer gewesen sein.*
»Endlich«, heulte er auf. »Ich dachte schon, ihr wärt tot!«

»Du weißt doch, dass du mich nicht so einfach loswirst.« Ich wuschelte ihm durch die Haare.

»Was ist passiert?!«

»Zu viel, um es zwischen Tür und Angel zu erzählen.« Ich knackste angespannt mit den Halswirbeln. »Wir – wir treffen uns in … sagen wir, einer Stunde im großen Saal, ja? Sag ruhig den anderen Bescheid.«

Er war sichtlich unzufrieden damit, dass ich ihn wegschickte, und natürlich hatte ich ein schlechtes Gewissen, aber ich spürte noch die Restwirkung der Tablette, und die Mischung aus Drogen und Adrenalin wollte ich ihm nicht antun.

Hinter uns fuhr ein zweites Auto in die Tiefgarage, und Dr. Tinno stieg aus.

»Er kümmert sich um Melena«, erklärte Larissay, die meinen Arm nicht mehr losgelassen hatte, seit wir ausgestiegen waren. »Und um deine Hand.«

»Die ist hin, da ist nichts mehr zu machen.« Ich grinste schief.

»Unsinn.« Larissay schüttelte den Kopf und ich brachte es nicht übers Herz, ihr zu erklären, dass ich dieselbe Art von Verletzung schon mehrfach gesehen hatte und sie selten richtig verheilt war.

»Bringst du Melena zu ihrem Zimmer?«, fragte ich.

»Ich bringe *dich* zu *deinem* Zimmer«, widersprach sie. »Bevor du mir wieder zusammenklappst.«

»Und Melena?«

»Tinno kümmert sich.«

Melena hatte während der ganzen Fahrt kein Wort gesprochen. *Keiner von uns* hatte ein Wort gesprochen und ich traute mich auch jetzt nicht, Melena direkt anzusprechen. Sie warf mir nur ein aufmunterndes Lächeln zu, das ich zögerlich erwiderte.

Dann hakte Larissay mich unter und brachte mich zum Aufzug.

Eigentlich war mein Plan gewesen, all das Blut bei einer warmen Dusche abzuwaschen, aber weder mein Kreislauf noch die Schusswunde hielten das für eine gute Idee und so begnügte ich mich damit, frische Klamotten anzuziehen,

mein Gesicht zu waschen und das getrocknete Blut aus meinen Haaren zu bürsten. Letzteres musste Larissay übernehmen, weil ich weder die rechte noch die linke Hand über den Kopf gehoben bekam. Ich saß also auf der Bettkante und sie kniete hinter mir und kämmte mir die Haare. Es war beruhigend und beinahe einschläfernd, wie ihre Hände auf eine unglaublich sanfte Art mit gleichmäßigen, ruhigen Bewegungen arbeiteten.

»So fühlt es sich also an«, sagte sie schließlich bitter.

»Willst du reden?«

»Du kannst mich nicht therapieren.« Sie lachte, dann wurde sie wieder ernst. »Ich wollte das nicht, wirklich. Ich wollte sie außer Gefecht setzen, wollte ihren Arm treffen, und dann hat sie den Kopf bewegt – genau in die Schusslinie – ich wollte das nicht, verstehst du?« Sie zog so energisch an der Bürste, dass sie mir beinahe das Genick ausgerenkt hätte.

»Wenn du sie nur verletzt hättest, hätte ich es beendet«, entgegnete ich ernst. »Und zwar nicht aus Versehen. Wäre dir das lieber gewesen?«

»Mir wäre eine Möglichkeit lieber gewesen, bei der keiner sterben muss.«

»Die Möglichkeit war nie offen. Wir oder sie – das war von Anfang an der Deal. Wir müssen dringend an die Öffentlichkeit. Sie wird einen Nachfolger haben, der uns genauso sehr jagen wird. Wir müssen dieser Sache ein Ende setzen!«

»Und wie willst du das tun? *Wenn ihr aufhört, uns zu jagen, hören wir auf, eure Leute zu töten*, oder was?«

»So ungefähr. Sie müssen doch verstehen, dass alle Mitglieder der *TF* friedlich sind und ich keine Rebellin mehr bin!«

»Lessing hatte aber nicht ganz Unrecht damit, dass deine Strafe noch aussteht. Solange du noch ohne vollzogene Strafe bist, bist du weiterhin die meistgesuchte Kriminelle des Staats.«

»Inzwischen wäre ich sogar bereit, Reue zu zeigen.« Ich seufzte. »Ich will nur, dass es aufhört. Diese ganze Jagd. Aber angenommen, ich könnte tatsächlich mit dem Staat einen Handel machen – es würde die Rebellen nur noch wahnsinniger machen.«

»Wenn nach Destinys Tod noch jemand so denkt. Hast du nicht von einer Spaltung erzählt? Vielleicht kommen ja bald ganz viele neue Freiwillige in die *TF*.«

»Schwachsinn.« Ich atmete tief durch, dann ließ ich mich nach hinten in ihre Arme fallen. »Ich will bloß, dass es aufhört. Irgendwie.«

Larissay seufzte und strich mir durch die Haare. »Ich weiß nicht, ob es jemals aufhören wird. Sie werden uns alle zerstören wollen. Und früher oder später werden sie es schaffen. Wir können nicht unser ganzes Leben so weitermachen wie jetzt, jeden Tag einen neuen Kampf, einen neuen – einen neuen Mord.«

»Du darfst sowas nicht sagen«, flüsterte ich. »Das sind Gedanken, die du nicht haben solltest.«

»Du hast nicht das Patent auf Depressionen.« Sie lächelte schwach. »Hast du schon mal darüber nachgedacht, dass wir einfach flüchten könnten? In einen anderen Staat, wo die Situation weniger angespannt ist?«

»Habe ich. Schien mir aber … nicht so schön. Es wird doch irgendwie genauso werden, meinst du nicht?«

»Ich weiß nicht.« Sie seufzte. »Wir sollten gehen. Du wolltest mit Melena reden, erinnerst du dich?«

Ich nickte und rappelte mich auf. Und dann wurde mir ganz plötzlich so schlecht, dass ich gerade noch den Weg zum Klo fand.

»Arianna?« Larissay klang beunruhigt.

»Alles – alles gut.« Ich betätigte die Spülung und wusch mir das Gesicht mit kaltem Wasser. »Ich – mir wurde nur gerade bewusst, dass Lessing meine gesamte rechte Hand zerstört hat. Und das hat mich kurz umgehauen.« Ich rang mir ein schiefes Grinsen ab, aber mir war wirklich nicht nach Grinsen zumute. Ich wusste ganz genau, wie sehr ich diese Hand eigentlich intakt brauchte. Im Alltag, und beim Schießen. Ich konnte es dank ausgiebigen Trainings für genau diesen Fall auch mit links – natürlich –, aber längst nicht so gut wie mit rechts. Ich würde uns nicht vor einem zweiten Angriff retten können. Und mal ganz davon abgesehen war es auch keine allzu schöne Vorstellung, dass eine Kugel einfach *durch* meine Hand gegangen war.

»Tinno wird sich kümmern«, versprach Larissay sofort. »Wenn wir jetzt zu Melena gehen, könnt ihr kurz reden und dann kümmert er sich um dich. Er hat ein paar der nötigsten Sachen für – für solche Aktionen schon vor Wochen hier deponiert, falls etwas passieren sollte.«

»Bin begeistert.« Ich grinste schief, atmete tief durch und verließ das Bad. »Dann lass uns gehen.«

Wir liefen durch die Flure, zum ersten Mal offen Hand in Hand. Ich war mir nicht sicher, warum wir unsere Beziehung die letzten Tage noch geheim gehalten hatten. Aber jetzt – jetzt war eh alles egal.

»Ich lass euch dann kurz alleine, ja? Schick Tinno einfach in den Flur, wenn er stört.« Larissay gab mir einen schnellen Kuss auf die Wange. »Bis gleich.«

Ich zögerte, dann klopfte ich.

»Herein?«, rief Melena fast sofort und ich trat ein.

Dr. Tinno nickte mir zur Begrüßung zu. »Zehn Minuten lasse ich Ihnen beiden, mehr nicht. Und dann sind Sie dran, Arianna.«

Es klang wie eine Drohung, aber er lächelte. *Ehrlich*, im Gegensatz zu Lessing.

»Okay.« Ich räusperte mich. »Danke schon mal. Für … alles.« Ich blickte zu Melena. Der Arzt nickte erneut und verschwand; die Tür fiel hinter ihm ins Schloss und ich setzte mich an das Bett meiner Tante. »Hi, Melena.«

»Arianna.« Sie lächelte, aber in ihrem Blick lag Sorge. »Du sollst doch nicht sterben, das weißt du doch.«

»Du aber auch nicht.« Ich konnte nicht mit ihr grinsen. »Lessing ist tot.«

»Habe ich mir gedacht. Sonst wärt ihr nicht mehr am Leben.«

»Larissay hat sie erschossen und mir das Leben gerettet.«

»Hat sie es also doch geschafft.« Melenas Stimme war kratzig und ich wusste, sie war genauso unzufrieden damit wie Larissay und ich.

»Es war ein Unfall. Sie wollte sie nur verletzen.«

»Und dann hättest du sie getötet.«

»Richtig.« Ich hob den Blick. »Du überlebst, oder? Sonst wärst du nicht hier, so ganz ohne Infusionen.«

»Ja.« Sie lächelte schwach. »Ich werde überleben. Dr. Tinno hat das ein oder andere Medikament für mich mitgehen lassen, aber im Großen und Ganzen bin ich über den Berg.«

»Das ist gut.«

Sie musterte mich kritisch. »Du trägst dein Medaillon nicht mehr.«

»Ich habe es abgezogen, damit Milo es bekommen hätte, wenn ich nicht zurückgekehrt wäre.«

Sie legte den Kopf schief. »Und du hast das Foto angesehen.«

»Ich habe das Foto angesehen, ja. Ich habe dich darauf gesehen.«

Sie schien ernsthaft überrascht. »Was für ein Foto ist es?«

»Ein Familienfoto. Meine Eltern, Milo und ich. Und meine Mutter hält einen Bilderrahmen mit einem Porträt von dir.« Ich zögerte. »Und ich erinnere mich jetzt daran, dass du gegangen bist. Dass du unsere Familie zerstört hast.« Ich wusste, sie verstand es nicht als Vorwurf, sondern als Tatsache.

»Auch du bist gegangen und hast eure Familie zerstört.« Melena lächelte leicht. »Ich habe es immer gesagt – wir sind uns ähnlich. Wir haben beide eine Familie für ein scheinbar größeres Gutes geopfert, das sich dann als Hölle erwiesen hat. Wären wir geblieben – was hätte sich geändert? Vielleicht wären wir alle gestorben. Vielleicht hätte Larissay niemals die *TF* gegründet, als Reaktion auf meine Mitgliedschaft im Parlament. Du weißt genauso gut wie ich, dass wir getan haben, was wir als richtig angesehen haben, und dass es nicht mehr zu revidieren ist.«

Jedes Wort war wahr, und nichts anderes hatte ich von dieser Unterhaltung erwartet. Ich wollte nur, dass sie es wusste.

»Schon gut.« Ich erwiderte ihr Lächeln. »Dr. Tinno will nach meiner Hand sehen. Lessing hat –«

»Ich hab es mitbekommen. Larissay hat es ihm noch im Krankenhaus erzählt, während du ohnmächtig warst. Und du warst *mehrmals* ohnmächtig.« Sie sah mich kritisch an. »Pass in der Zukunft ein bisschen besser auf deine Rachegelüste auf, ja?«

Ich seufzte. »Ich erzähl die ganze Geschichte nach der Behandlung. Unten im Saal. Schaffst du das?«

Sie lachte. »Ich habe dir doch versprochen, dass ich für Weihnachten da sein werde.«

Fuck, richtig. Es war Weihnachten.

»Arianna?« Dr. Tinno schob die Tür einen Spalt auf. »Kommen Sie?«

Ich seufzte. »Bis später dann.«

Melena lächelte aufmunternd. »Alles Gute, Arianna.«

Ich folgte Dr. Tinno und Larissay durch die Gänge zum Aufzug und von da in den Keller.

»Wohin ...« Irgendwas schnürte mir den Hals zu. Vielleicht das Gefühl, mit einem Arzt einen Keller zu betreten, das war letztes Mal schon nicht gutgegangen.

»Es gibt einen Behandlungsraum unten. Extra für Notfälle wie dich.« Larissay legte einen Arm um meine Hüfte.

Einen *Behandlungsraum.* Traurig, wie viel ähnlicher es mit jeder neuen Information meiner Hinrichtung wurde.

»Alles gut?« Larissay sah mich besorgt von der Seite an.

»Nur – nur Erinnerungen.« Ich schluckte hart, aber der Kloß verschwand nicht aus meinem Hals.

»Oh.« Sie nickte vielsagend. »Das hier ist – *anders.* Ich schwöre.«

»Das weiß ich selbst.« Ich räusperte mich. »Aber eine Traumatisierung funktioniert nicht rational.«

»Hast du ein richtiges Trauma davon?«

»Keine posttraumatische Belastungsstörung oder so – nicht so, wie man es aus Filmen kennt. Aber ich glaube, es ist ganz normal, dass man nach so einer Erfahrung ein ungutes Gefühl bekommt, wenn man in ähnlichen Situationen ist, oder?«

»Darf ich bitten, die Damen?« Dr. Tinno winkte uns aus dem Aufzug. Ich zerquetschte beinahe Larissays rechte Hand, als wir durch die Flure liefen.

»Da wären wir.« Tinno schloss eine Tür auf. Der Raum dahinter sah verstörend ähnlich aus wie das Labor im Keller des Staatsgefängnisses, aber ich atmete tief durch und folgte ihm nach drinnen.

 213

»Bleibst – bleibst du hier?«, fragte ich Larissay, als sie sich auf einen Stuhl an der Wand setzte.

Sie lächelte überrascht. »Natürlich.«

Gott sei Dank. Das nahm mir etwas von der Angst – ich war noch nie operiert worden und auch noch nie unter einer richtigen Narkose gewesen. Und dass das hier der Fall sein würde, war mir bei der Art der Verletzung völlig klar.

»Also.« Dr. Tinno räusperte sich. »Wir sparen uns die ganzen Floskeln und Vorgespräche, die ich im Normalfall jetzt mit Ihnen führen müsste. Ich muss nur wissen – nehmen Sie Medikamente, Arianna? Insbesondere in den letzten paar Stunden?«

»Medikamente nicht gerade …« Ich biss mir auf die Lippe.

»Wenn ich mir eine Lebensweisheit erlauben darf? Lügen Sie niemals einen Arzt an, es könnte Sie Ihr Leben kosten.« Dr. Tinno zuckte mit den Schultern. »Larissay, würdest du kurz vor die Tür –«

»Ich habe keine Geheimnisse vor Larissay«, unterbrach ich schnell. »Sagen wir es einfach so – wenn es möglich ist, würde ich eine örtliche Betäubung bevorzugen.«

Ein fast unmerkliches Grinsen zog sich über das Gesicht des Arztes. »Schon gut, ich verstehe. Ich denke, das wird möglich sein. Allerdings nur unter der Voraussetzung, dass Sie nicht zwischendurch ohnmächtig werden, für den Fall fehlt mir mindestens ein Paar Hände. Und sagen Sie mir bitte trotzdem, was Sie genommen haben.«

»Schaff ich schon irgendwie.« Ich nickte schnell und nannte ihm den Namen der Drogen.

»Gut.« Dr. Tinno stand von seinem Rollhocker auf und öffnete die Türen an einem Schrank an der Wand. »Besonders gute Hygienebedingungen können wir hier drinnen ganz sicher nicht schaffen, aber alles ist besser, als nichts zu tun.« Er verteilte OP-Masken und Haarnetze, dann begann er, mit irgendwelchen Metallwerkzeugen zu hantieren und ich lehnte mich seitlich an die Liege. Jetzt bloß keine Panikattacke bekommen. Es war alles ganz anders als damals. Niemand wollte mir etwas antun.

Dr. Tinno trat näher, eine Spritze in seinen Händen.

Ich begann zu schreien.

Im nächsten Moment drückte mich jemand zurück auf die Liege und umklammerte mein Handgelenk. Ich konnte mich nicht mehr wehren. Der Einstich war kaum zu spüren, aber ich wusste trotzdem, dass gerade irgendwas in meine Blutbahnen floss. Insgeheim wartete ich nur darauf, dass die Wirkung des Gifts einsetzte, weil ich ja zu dumm gewesen war, auf diesen Trick reinzufallen. Aber als nach zwei, drei Minuten nichts geschah, öffnete ich die Augen.

Es war Larissay, die mich an den Schultern gepackt und auf die Liege gepinnt hatte.

»Alles wird gut«, flüsterte sie noch, dann ließ sie mich los. Ich rappelte mich vorsichtig auf.

»Halten Sie den Arm gerade«, forderte Dr. Tinno mich mit einem vorsichtigen Lächeln auf, dann verstellte er mit wenigen Handgriffen den Behandlungstisch so, dass ich bequem darauf sitzen und den Arm auf einer Art Lehne ablegen konnte.

»Sind Sie bereit?«

»Ich hoffe, das ist eine rhetorische Frage.« Ich brachte die Worte kaum hervor.

Larissay nickte mir aufmunternd von ihrem Stuhl aus zu und ich schloss die Augen, als der Arzt langsam den Verband abwickelte.

Ich hätte Tabletten nehmen sollen.

Dr. Tinno redete mit mir, während er arbeitete – die Wunde sei nicht so schlimm, wie sie aussehe, und ich würde wahrscheinlich bis auf einen oder zwei Finger die Hand wieder normal benutzen können; es würde wohl unschöne Narben geben, aber ich solle mir keine Sorgen machen.

Auch Larissay sagte irgendwas, aber ihre Stimme ging noch mehr an mir vorbei als die des Arztes.

Lass es einfach bald vorbei sein.

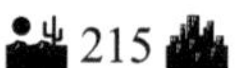

An irgendeiner Stelle machte ich den Fehler, zu blinzeln, und mir wurde sofort kotzübel, aber nachdem mich Dr. Tinno mehrmals darauf hingewiesen hatte, ruhig zu atmen, legte sich auch die Übelkeit wieder.

Dann sagte er irgendwas von Metallstäben und Draht, um meine Knochen zu stabilisieren, aber ich vermutete, es war am besten, ich würde ihm einfach nicht zuhören. Je weniger ich wusste, desto weniger konnte mir davon schlecht werden.

Und irgendwann war es vorbei.

Ich hatte längst das Zeitgefühl verloren, war zwischendurch tatsächlich mal eingeschlafen, aber wohl nicht ohnmächtig geworden. Zumindest hatte keins der paar Geräte, an die Dr. Tinno mich angeschlossen hatte, Alarm geschlagen.

»Bleiben Sie noch ein paar Minuten liegen.« Das war die erste Aussage seit langem, die ich aktiv wahrnahm. Im nächsten Moment war Larissay an meiner Seite und küsste mich auf die Wange. »Du hast es geschafft!«

Ich nickte müde zu Dr. Tinno. »*Er* hat es geschafft. Danke, Doc.«

»Stets zu Diensten.« Er lächelte. »Falls es irgendwelche Probleme geben sollte, hat Larissay meine Handynummer. Die nächsten Tage werde ich wohl eh in diesem Gebäude verbringen, nach allem, was im Krankenhaus passiert ist.«

14 – Weihnachten

Der Arzt hatte den Raum längst verlassen, als Larissay und ich beschlossen, dass es Zeit war, zu den anderen zurückzukehren.

Wir betraten den Aufzug. Sofort kamen die Erinnerungen zurück, wie ich mit Melena und Milo nach meiner gescheiterten Exekution den Keller des Gefängnisses verlassen hatte. Schwerbewaffnet und in Todesangst.

»Tut mir übrigens leid wegen eben.« Larissay griff nach meiner Hand und die Erinnerungen verblassten langsam. »Die Sache mit der Spritze, meine ich.

Ich dachte mir, wir machen es lieber auf die harte Tour, bevor du die nächste Panikattacke bekommst.«

»Gute Entscheidung.« Ich grinste schief. »Es war alles … so ähnlich. Der Aufzug. In den Keller. Mit einem Arzt. Dann dieser Raum, der fast genauso aussah. Und die Spritze …«

»Du hast es überstanden.« Sie lächelte vorsichtig und wir verließen den Aufzug im ersten Stock, wo der große Saal war.

Es fühlte sich wie eine Woche an, dass wir zuletzt hier gewesen waren, dass ich am Piano gesessen hatte, dass ich in Larissays Büro aufgewacht war.

Larissay nahm wieder meine Hand. »Ich will dich gar nicht mehr zu Weihnachten zwingen«, sagte sie, als wir vor der Tür standen. »Wenn du lieber schlafen willst, kannst du gehen.«

»Mal sehen. Erstmal sind da sicher ein paar Leute, die hören wollen, was uns passiert ist.« Ich schob die Tür auf.

Und da waren sie. Julix, Kalley, Seline, Milo, bestimmt zwanzig weitere Leute, die nicht unserer engen Freundesgruppe angehörten, sondern wahrscheinlich einfach nur fürs Weihnachtsfest da waren und jetzt sicher in wenigen Worten von Julix, Kalley und Seline in das ganze Chaos eingeweiht worden waren … und Melena. Melena, die ganz normal mit überschlagenen Beinen auf einem Stuhl saß, als wäre nichts passiert.

Sie fing sofort meinen Blick auf. »Wenn ich sage, dass ich mit euch Weihnachten feiere, dann werde ich das auch tun. Und wenn du dachtest, ich würde mich mit einem Krankenbett hier reinschieben lassen, dann kennst du mich nicht gut.« Sie grinste.

Ich hob die rechte Hand. »Wenn ich könnte, würde ich dir jetzt den Mittelfinger zeigen, herzallerliebste Tante.«

Sie riss die Augen auf. »Wie ist es gelaufen?«

»Ganz gut, denke ich. Der Mann weiß, was er tut.« Ich ließ mich auf den Klavierhocker fallen, den Rücken zum Piano und das Gesicht zu den anderen, die im Kreis saßen. *Wie ein Therapiekreis.* Ich grinste. Da war ich ja genau richtig.

Larissay schob sich neben mich auf den Hocker und legte den Arm um mich, und spätestens da fiel wohl endlich der Groschen bei Julix und Kalley.

»Ihr habt uns ganz schön verarscht«, murmelte Julix. »Von wegen *gerade so die Freundschaft gerettet!*«

Ich zuckte nur mit den Schultern. »Es gab Themen, die wichtiger für die Allgemeinheit waren in den letzten Tagen.«

»Glückwunsch jedenfalls.« Julix lächelte leicht. »Und jetzt raus mit der Sprache. Was ist passiert zwischen dem Moment, in dem ihr euch von uns weggeschlichen habt, und dem Moment, in dem ihr in die Tiefgarage gefahren seid?«

»Dr. Tinno hat mich angerufen. Er hatte von einer geplanten Attacke auf das Krankenhaus erfahren und wollte uns warnen, damit wir Melena rechtzeitig rausbringen.« Larissay grinste schief. »Wir kamen zu spät, die Attacke war schon im vollen Gange. Blöderweise bin ich genau in eine Falle gelaufen und Alice Lessing hat es für eine tolle Idee gehalten, Arianna durch mich zu sich zu locken und uns dann beide hinzurichten. Und dann – dann …« Sie stockte.

»Wir haben sie überwältigt und erschossen.« Ich rang mir ein Lächeln ab. »Es war die einzige Lösung, ihre Hetzjagd auf uns zu beenden.«

Und *wir* zu sagen, war die einzige Lösung, Larissay aus der Sache rauszuhalten. Auch der Öffentlichkeit gegenüber. Solange wir uns nicht genauer äußerten, würde man davon ausgehen, dass ich die Präsidentschaftskandidatin erschossen hatte, und ein Mord mehr oder weniger fiel kaum auf in meiner Akte. Larissay allerdings würde dadurch erst recht in den Fokus des Staats geraten, und mit ihr die ganze *TF*, und das konnte ich nicht verantworten.

»Zwischendurch hat sie mir auch noch die Waffe aus der Hand geschossen«, fügte ich an, um von dem *wir* abzulenken. »Und dann – dann sind wir auf die Intensivstation. Dr. Tinno hatte dort schon – sagen wir es so, *aufgeräumt* …«

»Nicht er.« Melena fing meinen Blick auf und grinste.

Ich verstand. »*Du* hast die fünf Soldaten erschossen?!«

»Korrekt. Die Leute von der *TF* haben allesamt noch Vernunft und Unschuld in sich, im Gegensatz zu uns beiden – zu uns *dreien*.«

Wir sahen beide kurz zu Milo, der zwischen Seline und Kalley auf dem großen Sessel hockte, und dann sah ich zu Larissay. Vermutlich würde der Verlust ihrer weißen Weste zwischen uns dreien bleiben.

»Vergessen wir das Morden für ein paar Minuten.« Larissay hob beschwichtigend die Hände. »Es ist Weihnachten, obwohl wir vielleicht gerade nicht in der Stimmung dafür sind. Aber vielleicht schaffen wir es ja, alles zu vergessen, für einen Abend. Wir feiern dieses Fest zum ersten Mal in der Geschichte unseres Vereins und es ist mir eine Ehre, mit Kalley eine Vertreterin des ursprünglichen Glaubens dahinter unter uns zu haben.«

Kalley grinste unsicher. »Danke.«

»Willst du uns etwas erzählen? Von eurem Glauben?«

Kalley lächelte leicht. »Gern. Ich bin froh, dass wir hier die Möglichkeit zum völlig vorurteilsfreien Austausch haben – das war früher nicht so, aber früher war die Kirche auch eine ziemlich fragwürdige Organisation, bei der die Essenz des Glaubens vor lauter Hass in den Hintergrund getreten ist.« Sie winkte ab. »Wir feiern an Weihnachten die Geburt unseres Retters Jesus Christus, der später gestorben ist, um unsere irdischen Sünden zu vergeben. Für uns ist er Gottes Sohn.«

»Gottes Sohn kann sterben?« Ein junger Mann, ich erinnerte mich nicht an seinen Namen, lachte unsicher. »Würde er nicht eher Stärke zeigen, indem er unsterblich ist?«

»Gott hat ihn als Mensch auf die Erde geschickt, um seine Verbindung zu den Menschen zu zeigen, und dazu gehört auch Sterblichkeit.«

»Und was hat es jetzt mit dieser Geburt auf sich? Mit dem Baum und so?«, fragte Milo, obwohl ich sicher war, dass er schon mit Kalley darüber gesprochen hatte und es nur nochmal hören wollte.

»Der Baum ist eine Tradition, die nichts mit der ursprünglichen Geschichte zu tun hat«, erklärte Kalley. »Früher hat man aber eine Krippe darunter gestellt, die die Geschichte von Jesu Geburt darstellen sollte.«

»Krippe? Kenn ich nur aus dem Stall.«

»Genau das ist es.« Kalley grinste. »Jesus wurde in einem Stall geboren. Seine Eltern waren unterwegs zu einer Volkszählung und es gab kein freies Zimmer mehr in der Herberge.«

»So ärmlich?«, bemerkte der Mann von eben. »Lass mich raten, um zu zeigen, dass Gott den Menschen ganz nahe ist?«

»Jesus und Gott sind den armen Menschen näher als den Reichen. Die Armen haben die Unterstützung eher nötig und die Reichen haben eher eine Lektion im Umgang mit ihren Mitmenschen nötig. Barmherzigkeit und Nächstenliebe sind sehr wichtige Faktoren im Christentum. Also quasi genau das, was wir hier machen.«

Was ihr *hier macht.* Klar war die *TF* im Sinne der Nächstenliebe unterwegs, aber ich gehörte ganz sicher nicht dazu. Morden und Nächstenliebe waren einfach nicht zu vereinen.

»Aber Gott ist auch bei Sündern. Insbesondere bei denen. Weil die eine Umkehr nötig haben und der Glaube ihnen helfen kann, auf den rechten Weg zurückzukehren.« Kalley sah jetzt mir genau in die Augen. »Gott liebt jeden. Auch Mörder.«

»Sogar den Staat und die Rebellen?«, murmelte Milo.

Sogar mich?, dachte ich. Kalleys Konzept des Glaubens hatte mich noch nicht ganz überzeugt, aber definitiv angesprochen. Ein Gott, der sich nicht zu den Reichen gesinnte, sondern zu allen, die auf eine Art als minderwertig betrachtet wurden? Aber würde er wirklich auch den Staat und die Rebellen beschützen? Leute, die ihre Taten noch weniger bereuten als ich? Leute, die andere Leute unterdrückten?

»Klar sollten diese Sünder auch Reue und Glauben zeigen«, räumte Kalley dann ein. »Zum Beispiel gab es einen Steuereintreiber, der den Menschen hohe Summen abgeknöpft und sich die Differenz in die eigene Tasche gesteckt hat. Jesus hat sich mit ihm abgegeben und der Mann hat sein Leben von Grund auf umgestellt.«

Das schloss wohl die Rebellen und den Staat aus. Und mich? Wollte ich mich auf diesen Glauben einlassen? Wo war Gott in den Tiefpunkten meines Lebens gewesen? Er hatte mir Milo geschickt, vielleicht. Und Larissay.

Melena. Julix, Kalley, Seline. Konnte das sein? War das die Art, wie ein Gott Wunder wirkte?

»Ich bin für eure Fragen offen«, fügte Kalley noch schüchtern an. »Gerne auch privat, später.«

»Danke dir, Kalley, für den Einblick.« Larissay stand auf. »Die Köche haben ein kleines Weihnachtsfestmahl vorbereitet und später gibt es noch Geschenke.«

Milo sprang auf und ab wie ein Jo-Jo, als sich alle anderen um die lange Tafel drängten. Wenigstens ihm ging es gut; wenigstens er schien das hier zu genießen.

Larissay nahm mich bei der Hand und führte mich zum Platz schräg neben ihrem, vor Kopf der Tafel, wo sie als Chefin der *TF* stets saß.

Die Köche der *TF* servierten Würstchen mit Kartoffelsalat, was laut Kalley ein typisches, aber nicht christlich geprägtes Weihnachtsessen war. Nicht gerade das Festtagsmenü, das ich erwartet hatte, aber ich war dankbar für jedes Essen, das ich nach dem Tag heute kriegen konnte. Wirklichen Hunger hatte ich zwar nicht, mir war eher schlecht von allem, aber mein Magen knurrte und ich zwang mich zum Essen. Was natürlich mit links super ging.

Okay, ich stellte mich nicht ganz so dumm an. Die Rebellen hatten einen gewissen Grad an Beidhändigkeit von ihren Mitgliedern gefordert, eben für solche Fälle wie den meinen, und zweimal in der Woche hatte die gesamte Einheit ihre Mahlzeiten mit der schwächeren Hand eingenommen, Nachrichten so geschrieben und ihr Schießtraining so absolviert. Und so nervig das damals auch gewesen war, es kam mir in Zeiten wie diesen dann doch zugute.

Ich hatte keine Geschenke besorgt.

Natürlich nicht – ich hatte ja nicht mal kommen wollen. Nur für Milo hatte ich eine Kleinigkeit besorgt und unter den Baum gelegt – er würde wissen, dass es von mir war.

Dass die anderen mir etwas besorgt hatten, hatte ich allerdings erwartet – *befürchtet* eher –, und so kam es natürlich auch.

Ich hatte den Raum verlassen, als die Geschenke verteilt wurden, und mich in Larissays Büro zurückgezogen. Das alles erinnerte mich zu sehr an früher, an die kleinkindliche Freude und den Zauber, den das Auspacken gehabt hatte. Das eine Mal im Jahr – zwei, wenn man den Geburtstag dazuzählte –, bei dem es eine Feier gegeben hatte, und neue Dinge im Haus. Ein neues Spielzeug oder zwei. Mein erstes Handy. Neue Klamotten.

Kurz – ich konnte und wollte nicht dabei sein, wenn Milo zum ersten Mal in seinem Leben eben diese Emotionen verspürte, die mit dem Alter so schnell verfliegen würden. Ich wollte nicht düster danebenstehen und ihm den Moment ruinieren.

Stattdessen saß ich jetzt auf Larissays grünem Sofa, die Beine angezogen, und starrte ins Leere. Versuchte, nicht daran zu denken, was heute passiert war und was gerade nebenan passierte.

Irgendwann klopfte es. Hoffentlich war es Larissay und nicht Milo oder sonst wer. Melena wäre auch noch okay. Der Rest war zu sehr im Weihnachtsfieber.

Es war Larissay.

Sie balancierte einen großen Karton herein und schloss die Tür hinter sich ab.

In den Karton waren große Löcher gebohrt.

Und er miaute.

Larissay grinste leicht und streckte mir den Karton entgegen. »Dein Geschenk. Frohe Weihnachten, Arianna.«

»Ich will doch gar kein Geschenk …« Ich seufzte und nahm den Karton entgegen. Irgendwie hatte ich das dumpfe Gefühl, dass ich dieses ganz spezielle Geschenk doch sehr gerne haben wollte.

»Mach schon auf!« Larissay fiel neben mir auf das Sofa. Sie war so hibbelig, als wäre *sie* diejenige, die gleich ein riesiges Geschenk bekam.

»Schon gut, schon gut.« Ihre Fröhlichkeit war ausnahmsweise mal ansteckend und ich nahm den nur locker aufgesetzten Deckel ab. Zwei grüne Augen starrten mich aus dem Dunkel an. Der Karton miaute wieder.

Ich musste grinsen und hob die Katze heraus. Sie war rot-schwarz gemustert und hatte pechschwarze Pfoten.

»Schau, sie trägt schwarze Stiefel«, kicherte Larissay.

Ich lächelte und blinzelte hastig ein paar Tränen weg.

»Ich dachte, wenn du schon nicht für uns ans Leben glauben willst, dann vielleicht für jemanden, der auf keinen Fall verstehen wird, was du tust.« Larissays Lächeln wurde bitter. »Wenn du verstehst, was ich meine.«

Natürlich verstand ich. Auch, dass sie es eher als Spaß gemeint hatte. Und dass sie wusste, dass ich beim nächsten Mal *noch* eher kämpfen würde, bevor ich mich für andere opfern würde. Denn alle anderen würden wissen, dass ich für sie sterben würde, aber diese Katze hatte keine Ahnung. Und das berührte mich auf eine andere Art.

Larissay kannte mich eben leider verdammt gut.

»Und ja, Tiere sind kein gutes Weihnachtsgeschenk und so, aber wenn du sie nicht willst, behalte ich sie eben selbst, keine Sorge.« Larissay grinste.

»Natürlich will ich sie«, flüsterte ich.

»Ich wusste es. Sie heißt übrigens Tala«, fügte Larissay hinzu. »Stand auf dem Schild im Tierheim. Ich nehme aber an, dass sie sowieso auf keinen Namen hört, wie Katzen eben so sind.«

Ich grinste und strich über Talas seidiges Fell, dann beugte ich mich zu Larissay und küsste sie auf die Wange. »Danke, das ist ein tolles Geschenk!«

Larissay lächelte. »Das freut mich.«

Eine halbe Stunde später saßen wir zusammen auf dem Dach – Larissay, Milo, Julix, Kalley, Seline, Melena und ich. Und natürlich Tala in meinen Armen.

»Habt ihr eigentlich mitbekommen? Noch heute Morgen hat Alice Lessing einen Haufen neuer Todesurteile und damit neue Staatsfeinde veröffentlicht«, erzählte Julix mit dem Handy in der Hand und grinste. »Wir sind jetzt alle offiziell zu Tode verurteilt und werden vom Staat gejagt. Man wirft uns Hochverrat vor, weil wir drei gefährliche Verbrecher beherbergen.«

»Wie kannst du das so lustig finden?«, fragte ich erschrocken. »Wegen uns seid ihr jetzt in Gefahr –«

»Es ist lustig, wie Lessing noch heute Morgen dachte, etwas gegen uns als Gruppe ausrichten zu können, und in den nächsten Stunden beweist ihr beide, dass sie keine Chance hat. Zeigt das dem Staat nicht alles?«

»Es war mehr Glück als Verstand«, stellte Larissay klar. »Aber vielleicht könnten wir tatsächlich dort ansetzen. Vielleicht könnten wir versuchen, mit ihnen zu handeln. Dass es nur zu mehr Blutvergießen führt, wenn sie uns nicht einfach in Ruhe lassen.«

»Du meinst wirklich, dass sie mit uns verhandeln wollen?«

»Sie werden sicher nicht wollen, dass wir noch mehr potentielle zukünftige Präsidentschaftskandidaten töten. Und gerade im Sinne der Weihnacht …?«

»Wir schreiben einen offenen Brief«, entschied ich. »Was sie daraus machen, ist ihre Sache, oder?«

»Und die Rebellen?«, hakte Kalley nach. »Sind wir die los?«

»Gute Frage.« Ich zögerte. »Vielleicht sollte ich mich mit dem ein oder anderen von ihnen in Kontakt setzen. Vielleicht fallen mir ja ein paar ein, die immer tendenziell liberaler waren. Was bei dieser Organisation zwar beschissen schwer wird, aber … wir werden sehen. Fakt ist, dass das nächste Jahr für uns alle besser wird. Irgendwie.« Ich lächelte.

Ich war hier. Mit meiner Katze. Meinem Bruder. Meiner Tante. Meiner Freundin. Und einem Haufen Chaoten, die ich meine Freunde nennen durfte. Und irgendwie schienen all die Gefahren so weit weg in diesem Moment.

Anhang

Nachwort der Autorin

»Das Ende und alles danach« begann mit »Six Feet Under« als ein Projekt, das eigentlich niemals veröffentlicht werden sollte, weil es zu depressiv war. Ich habe mir im November 2022 alles von der Seele geschrieben, was mich damals belastet hat. Zukunftsängste. Identitätsfragen. Wer will ich sein, wer kann ich sein? Wer *darf* ich sein?

Und leider wird es stetig aktueller. 2024 durfte ich zum ersten Mal wählen, und ich habe auf eine gewisse Weise Ariannas Probleme mit der Regierung nachvollziehen können (wenn auch natürlich nicht auf diese radikale Art): Ich habe feststellen müssen, dass es schwerer und schwerer wird, eine Partei zu finden, die nicht irgendwo einen problematischen Punkt im Programm hat, den man auf keinen Fall vertreten möchte. Und: Ich habe das Gefühl, dass ein sehr großer Teil der Parteien den Wunsch nach einer Machtposition über die Vernunft und Kompromissbereitschaft stellt.

Beim Blick auf die Wahlergebnisse fühle ich mich ein bisschen wie Arianna unter den Rebellen: Gibt es denn niemanden mehr, der für Menschlichkeit einstehen möchte? Warum wählen die Leute immer und immer wieder Hass, Hetze, Menschenfeindlichkeit?

Schreiben und Lesen ist politisch. Jedes Buch bildet Politik ab und man muss entscheiden, wie man es konsumiert. Ob man Lehren daraus zieht und Weisheiten mitnimmt. Ich hoffe, dass du in Ariannas Geschichte ein paar Weisheiten für dein Leben finden konntest und dich vielleicht entscheidest, gegen die Apokalypse vorzugehen, bevor es zu spät ist.

»Weltpolitik betrifft mich nicht.« Findest du? Wenn die Apokalypse kommt, wird sie dich betreffen. Versprochen.

Charakterverzeichnis

»Six Feet Under«

ARIANNA TRAVINO: Zweiundzwanzig Jahre alt und Sergeant bei den Rebellen. Hat die Suche nach einem Sinn im Leben längst aufgegeben.

MILO: Zehnjähriger Junge, der im Wüstengefängnis lebt. Hat keine Erinnerungen an seine Vergangenheit und nennt sich daher bloß Milo.

DIE REBELLEN: Gegner der Regierung – das andere Extrem. Gewaltbereit, radikal und unberechenbar.

MELENA FAHERTY: Die Präsidentin des neuen Deutschlands. Zusammen mit ihrer Regierung führt sie eine harte Linie geprägt von Struktur und Regeln, scheitert aber daran, ihre Wahlversprechen zu halten und soll deswegen von den Rebellen abgesetzt werden.

PHIL & EMMY: Melena Fahertys persönliche Angestellte.

ALICE LESSING: Richterin im Bundesgericht Forlin.

»Deserted«

LARISSAY CARDINALE: Fünfundzwanzig Jahre alt. Emmys Tochter. Anführerin der *Tender Freedom Charity Organisation*.

JULIX ELARA: Dreiundzwanzig Jahre alt. Mitglied der *Tender Freedom Charity Organisation*. Freund*in von Kalley und älteres Geschwisterkind von Seline.

KALLEY VEGA: Zweiundzwanzig Jahre alt. Mitglied der *Tender Freedom Charity Organisation*. Freundin von Julix.

SELINE ELARA: Zwanzig Jahre alt. Mitglied der *Tender Freedom Charity Organisation*. Jüngere Schwester von Julix.

DESTINY MILLER: Sechsundzwanzig Jahre alt. Vermutlich ein eher hochrangiges Mitglied der Rebellen.

DR. TINNO: Mitte vierzig, Arzt auf der Seite der *Tender Freedom Charity Organisation*.

Queerer Anhang

LGBTQIA+-Begriffe im Buch:

Asexuell: keine sexuelle Anziehung verspürend (Kalley)

Lesbisch: Frauen, die zu Frauen Anziehung verspüren (Larissay)

Nichtbinär: Geschlechtsidentität, die weder männlich noch weiblich ist (Julix)

Nichtbinäre Pronomen

Julix aus »Deserted« ist nichtbinär und nutzt dey/demm-Pronomen, die an das englische geschlechtslose »singular they« (they/them/theirs) angelehnt sind.

Falls beim Lesen Verwirrung entstehen sollte, hier ein kurzer Überblick:

Nominativ:	er/sie	dey
Dativ:	ihr/ihm	demm
Akkusativ:	sie/ihn	demm
Possessivpronomen:	ihr/sein	deren

Beispiel: *Dey ist nett. Ich helfe demm beim Tragen der Einkäufe. Ich mag demm gerne. Das ist deren Fahrrad.*

(Es gibt unterschiedliche Formen der dey/demm-Pronomen. Hier aufgeführt ist nur die in diesem Buch verwendete Variante.)

Dank

Vorab das Wichtigste: Danke, liebe Lesende, für eure Geduld, für eure Unterstützung und für eure Hilfe.

Der Weg zu »Das Ende & alles danach« war kein leichter – ich habe mit zwei Geschichten angefangen, dann noch sechs dazugeschrieben, dann auf vier gekürzt und stehe jetzt doch wieder mit nichts als den zwei Ausgangsgeschichten da.

Es tut mir leid für diejenigen, die sich auf die anderen sechs Geschichten gefreut haben, aber ich habe auf dieser Reise zwei Dinge gelernt: Man soll sich nicht verstellen, nur, um fremde Erwartungen zu erfüllen. Und: Man soll seinem Bauchgefühl vertrauen. »Ich kann's nicht veröffentlichen, irgendetwas passt nicht« – das habe ich im letzten Jahr sehr oft gesagt. Und im Endeffekt war es richtig: Etwas hat nicht gepasst. Jetzt passt alles, und ihr könnt endlich die Geschichten um Arianna und Larissay lesen!

Mein Dank gilt also den üblichen Verdächtigen. Ihr wisst, wer ihr seid :)

Außerdem: Elena & Lia fürs Korrekturlesen – ich habe zum Teil sehr mit euren durchaus hilfreichen Anmerkungen zu kämpfen gehabt (und tue mich mit manchen immer noch schwer), aber das ist normal, glaube ich, wenn man seinen Text zum ersten Mal in fremde Hände gibt ;) Danke euch für eure Unterstützung!

Und danke an die vorgezogene Bundestagswahl 2025 und die weltpolitische Situation, die mir Anlass gegeben haben, endlich dieses Buch fertigzustellen. Bevor die Apokalypse tatsächlich passiert.

Über die Autorin

JANINA NILGES, geboren 2005 im Westerwaldkreis, hat ihr Leben schon früh dem Schreiben gewidmet. Anfangs auf Fantasy-Jugendbücher beschränkt, schreibt sie inzwischen Spannungsliteratur für Erwachsene – ihr erster Thriller »Dark Deadly Lies« erschien 2023 im Selfpublishing. 2024 hat sie zudem die Arbeit mit Co-Autor*innen für sich entdeckt; ein Roman gemeinsam mit ihrer Freundin soll in naher Zukunft erscheinen. Weiterhin ist ihr das politische Schreiben sehr wichtig: Aktuell arbeitet sie neben einer Fortsetzung zu »Dark Deadly Lies« an einer weiteren Dystopie und einem gesellschaftskritischen Urban-Fantasy-Projekt. Wichtig ist ihr dabei immer die Repräsentation queerer Charaktere.

Auch außerhalb des Schreibens lassen Bücher und Wörter sie nicht los: Janina Nilges studiert Buchwissenschaft und Linguistik in Mainz und engagiert sich ehrenamtlich in einer Bücherei.

Instagram: @janinanilges.autorin

Eine neue SMS, direkt unter der anderen, selber Absender.

»Hast du verstanden?« Ja, hatte sie.

»Lasst mich in Ruhe. Das Spiel ist aus«, tippte sie.

Die Antwort kam sofort. »Das Spiel ist aus, wenn ich es sage.«

Die junge Autorin Arson Thames nimmt an einer Spielshow teil, über die sie selbst kaum Infos bekommen hat. Nur so viel: Es ist an ein Spiel angelehnt, das sie in einem ihrer Romane erwähnt hat. An ihrer Seite: Schauspielerin Halley Wilson, die durch die Hauptrolle in der Verfilmung von Arsons Debütroman berühmt wurde.

Es folgt ein Versteckspiel durch die ganze Stadt, und bald ist ganz Deutschland hinter den beiden her, um ein Teil der Show zu werden. Arson kämpft gegen die Angststörung an, die sie seit ihrer Jugend verfolgt, aber dann holt ihre Vergangenheit sie ein.

Aus Spiel wird Todesgefahr, aus Freund wird Feind und aus Liebe wird abgrundtiefer Hass.

ISBN: 9783754357279 | erschienen am 13.06.2023 bei Books on Demand
Preis: 12,99€ (Paperback); 6,99€ (E-Book)